Das grosse Buch der boshaften Definitionen

Das große Buch der boshaften Definitionen

Gesammelt und herausgegeben
von Ernst Günter Tange

mit Illustrationen von Peter Gaymann
und Heribert Schulmeyer

Eichborn Verlag

Wollen Sie ein Autor sein, wollen Sie ein Buch schreiben, dann denken Sie daran, daß es neu und nützlich oder zumindest sehr vergnüglich sein muß.

Voltaire

CIP-Titelaufnahme der Deutschen Bibliothek

Das große Buch der boshaften Definitionen /
ges. u. hrsg. von Ernst Günter Tange.
Ill. von Peter Gaymann u. Heribert Schulmeyer.
– Frankfurt am Main : Eichborn, 1989
ISBN 3-8218-1253-2
NE: Tange, Ernst Günter [Hrsg.]

Umschlaggestaltung: Uwe Gruhle unter Verwendung
einer Zeichnung von Peter Gaymann.
Satz: Fuldaer Verlagsanstalt GmbH.
Druck und Bindung: Wiener Verlag. ISBN 3-8218-1253-2.
Verlagsverzeichnis schickt gern:
Eichborn Verlag, Hanauer Landstraße 175, D-6000 Frankfurt 1

Anstiftung zum Nachdenken

Jeder Aphorismus ist eine Anleitung
zum eigenen Nachdenken.

(Sigmund Graff)

»Wer ein Problem definiert, hat es schon halb gelöst«, schrieb Julian Huxley einmal. Was heißt »definieren«? In Gero von Wilperts »Sachwörterbuch der Literatur« lesen wir: »Definition (lat. definitio = Abgrenzung): Begriffsbestimmung durch Angabe aller wesentlichen Merkmale und Unterscheidung von naheliegenden Begriffen ...« Lassen sich so die rund 4500 Definitionen beschreiben, die ich in mehr als dreißig Jahren für dieses Lexikon gesammelt habe? Keineswegs!

Was ich in Zeitungen und Zeitschriften, in Hörfunk- und Fernsehsendungen und in meiner umfangreichen Bibliothek gesucht habe und immer noch suche, sind Definitionen, »denen zum Glück die Perfektion fehlt« (Lothar Schmidt). Sie sind zwar meistens treffend, witzig und amüsant – manchmal auch »nur« geistreich, tief- oder hintersinnig –, aber sie sind nie umfassend. Vielmehr beleuchten sie die Sache, um die es geht, einseitig aus einem bestimmten Blickwinkel. Erst alle Definitionen für einen Begriff zusammengenommen decken im Idealfall alle Facetten des jeweiligen Betrachtungsgegenstandes ab.

Von wissenschaftlicher Strenge sind die von mir gesammelten Definitionen also weit entfernt. Dagegen haben sie viel vom Aphorismus. Dazu noch einmal das »Sachwörterbuch der Literatur«: »Aphorismus (von griechisch aphorizein = abgrenzen, definieren): Kurzer, schlagkräftig und äußerst prägnant formulierter Prosasatz zur Einkleidung eines eigenartigen Gedankens, Werturteils, einer Augenblickserkenntnis oder Lebensweisheit, durch geistreichen Inhalt und Stil unterschieden vom Niveau des Sprichworts ... Bewußte und betonte Subjektivität des Urteils und überspitzte, nicht streng logische, oft witzig gehaltene Begründung im Verein mit dem Anspruch auf scheinbare Gültigkeit schließen den Aphorismus nicht in sich ab, sondern fordern vom Leser eigene gedankliche Auseinandersetzung.« Besser kann man es nicht sagen.

Die von mir gesammelten Definitionen erheben also nicht den Anspruch, jede für sich umfassend zu sein, sondern sie sind bewußt subjektiv, dafür aber meistens amüsant oder geistreich. Formal sind sie halb Aphorismus und halb Definition. Deshalb werden sie aphoristische Definitionen genannt. Prof. Lothar Schmidt, ein exzellenter Kenner der Materie, bringt es auf den Nenner: »Die Definition ist Fertiggedachtes, die aphoristische Definition schlagfertig Gedachtes.«

Dieses Buch ist deshalb nicht für Leser bestimmt, die sich ein festgefügtes weltanschauliches System gezimmert haben und daran auch nicht rütteln lassen wollen. Es ist vielmehr ein Buch für Selbst- und Querdenker – für kritische, aktive Leser, die nicht die Meinung eines anderen übernehmen, sondern ihre eigene finden wollen.

»Es gibt sehr viele Menschen, die bloß lesen, damit sie nicht zu denken brauchen.« (Georg Christoph Lichtenberg) »Man läßt dabei seine eigenen Gedanken von einem anderen am Gängelband führen.« (Arthur Schopenhauer) Genau das Gegenteil will dieses Buch. Zu wichtigen Begriffen werden so viele unterschiedliche Definitionen angeboten, daß der Leser sie nebeneinanderhalten und gegeneinander abwägen sollte: welchen von ihnen kann er zustimmen, welchen nicht? Welche sind nur um des Gags willen formuliert worden, welche sind so tiefsinnig, daß sie nicht auch noch amüsant sein konnten? In welchen Bonmots verbindet sich der Witz mit dem Geist auf ideale Weise?

Unbestrittener König der boshaften, oft sarkastischen Definition ist Ambrose Bierce, ein Amerikaner, der 1842 im Staate Ohio geboren wurde. Er war Journalist – ein Beruf, von dem er nicht sehr viel hielt. 1911 erschien »Das Wörterbuch des Teufels«, das bis heute immer neue Auflagen erlebte – auch hierzulande. Die herkömmliche Logik wird von Bierce auf den Kopf gestellt. So respektlos, zynisch und bissig wie er war kaum einer von denen, die ihm nacheiferten.

Es sind vor allem angelsächsische Autoren, die ausdrucksscharf und pointiert definieren können: Mark Twain, Henry Louis Mencken, George Bernard Shaw, Oscar Wilde, William Somerset Maugham – aber auch Österreicher wie Karl Kraus. Die Deutschen tun sich etwas schwer, wenn es um Definitionen mit Pfiff und Pointe geht. Es heißt nicht umsonst: »Deutsch sein heißt Humor haben – aber da muß man Spaß verstehen . . .« Viel zu wenig bekannt ist in Deutschland Ron Kritzfeld, ein Meister der kleinen Form.

Ausnahmen, die die Regel bestätigen, daß fast nur Männer solche ironischen Definitionen formulieren, sind Marie von Ebner-Eschenbach (1830-1916) und Anita Daniel (1902-1982), eine amerikanische Schriftstellerin rumänischer Abstammung.

Da also fast alle Autoren boshafter Definitionen Männer sind – von einigen Schauspielerinnen einmal abgesehen, denen man sie aber vielleicht nur in den Mund gelegt hat –, geht die Bosheit manchmal zu Lasten der Frauen. Der Herausgeber bedauert das, kann aber die Materiallage nicht ändern und will gelungene Formulierungen nicht unterschlagen, nur weil sie als frauenfeindlich angesehen werden könnten. »Ohne ein bißchen Bosheit kann man unmöglich witzig sein« – dieser Ausspruch stammt von Thomas Babington Macaulay. Und der Österreicher Hans Weigel formulierte zu diesem Thema: »Wenn jemand sagt: ›Richard III. ist ein Ungeheuer‹, hat er recht. Wenn er sagt: ›Salome ist ein Ungeheuer‹, ist er ein Frauenfeind.«

Ein Autor, den ich besonders liebe und den ich deshalb Ihrer Aufmerksamkeit empfehle, tut sich nicht durch besonders witzige Definitionen hervor, sondern durch tiefsinnig-dichterische Metaphern, die in ihrer Schönheit unmittelbar einleuchten: Ramón Gómez de la Serna, ein spanischer Schriftsteller, der seine Einfälle »Greguerias« genannt hat.

Boshafte Definitionen von Dichtern und Philosophen stehen neben denen von Schauspielern, Journalisten und Kabarettisten. Es sind berühmte Autoren dabei und fast unbekannte – das einzige Kriterium für die Aufnahme in dieses Wörterbuch war die Qualität.

Das Buch hat eine lange Vorgeschichte: Am Ende meiner Schulzeit – die liegt jetzt 35 Jahre zurück – entdeckte ich einmal eine Definition in englischer Sprache, die ich witzig und einleuchtend fand. »Flirt«, so stand da, ist »attention without intention«. Ich notierte mir das Fundstück, und es wurde zum Grundstein einer Sammlung, die heute rund 5000 Exemplare umfaßt.

Als 1985 »Sag's mit Biß« erschien, das Wörterbuch der boshaften Definitionen, das inzwischen in 9. Auflage vorliegt, glaubte ich, viel mehr Material gäbe es nicht für so ein Buch. In der einzigen schlechten Kritik, die ich seinerzeit zur Kenntnis nehmen mußte, fand ich die Sätze: »Gründlichkeitsfanatikern sind die Eichborn-Bücher nicht dick genug. Die Leute haben einfach kein Sitzfleisch.« Diese Bemerkung konnte ich selbstverständlich nicht auf mir sitzen lassen. Ich sammelte weiter – das hätte ich natürlich sowieso getan, denn ich kann gar nicht anders –, und schon Anfang 1987 konnte ich einen zweiten Band mit boshaften Definitionen vorlegen: das »Wörterbuch für Querdenker«. So wurde aus der Sammlung geistreicher Definitionen ein »work in progress«. Ich fand noch so viel mehr wunderschöne Exemplare der von mir gesuchten Gattung, daß Anfang 1989 »Sag's mit Witz« – Geistreiche Definitionen für Selbstdenker – veröffentlicht werden konnte.

Die vorliegende Gesamtausgabe, die zum zehnjährigen Bestehen des Eichborn Verlages erscheint, enthält noch einige hundert weitere aphoristische Definitionen. Dafür sind einige andere weggefallen, die meinen Ansprüchen nicht mehr genügten.

Innerhalb der Stichworte wurden die Definitionen nach Autoren neu alphabetisch geordnet, wobei die mit »Anonym« gekennzeichneten Fundstücke, Sprichwörter und Zitate aus Zeitungen am Anfang stehen. Wenn die Urheberschaft von Definitionen erst nach der Veröffentlichung geklärt werden kann, wird der Name des Autors in späteren Auflagen genannt werden.

Ich hoffe, daß mit diesem Buch der Wunsch des Schriftstellers Henry von Heiseler in Erfüllung gegangen ist, es möge jemand eine Sammlung der besten Definitionen von Dichtern, Gelehrten und Künstlern über alle Dinge, die uns interessieren, vorlegen.

»Bücher, die einem zu fehlen scheinen, muß man selber schreiben«, hat Jean Paul einmal notiert. Ich habe mir diese Aufforderung zu Herzen genommen.

Oststeinbek, im September 1989 Ernst G. Tange

A

Abenteuer:
eine von der richtigen Seite betrachtete Strapaze. *Gilbert Keith Chesterton*

manchmal nur ein teurer Abend. *Ron Kritzfeld*

Aberglaube:
die verschämte Ausflucht von Leuten, die so viel lieber glauben würden.
Anita Daniel

der größte Aberglaube:
der Glaube an die Vorfahrt. *Jacques Tati*

Abfindung:
Geld, das man jemandem nachwirft, den man hinauswirft. *Michael Schiff*

abhängig:
auf den Großmut eines anderen angewiesen, da ohne Druckmittel.
Ambrose Bierce

Abkürzung:
oft der schnellste Weg zu einem Ort, den man gar nicht aufsuchen wollte.
Anonym

ein Weg, auf dem man keinen trifft, den man nach dem Weg fragen könnte.
Anonym

Abrüstung:
zwischenstaatliche Übereinkunft, alle veralteten Waffen zu vernichten.
Anonym

Abrüstungskonferenzen:
die Feuerwehrübungen der Brandstifter. *John Osborne*

Abschied:
die innigste Form menschlichen Zusammenseins. *Hans Kudszus*

Abschlußkommunique:
ein schon lange vorher ausgearbeitetes Dokument, von dem jeder hofft, daß es durch den Konferenzverlauf nicht widerlegt werden möge.
Pietro Quaroni

Abstinenz:
die Kunst, das nicht zu mögen, was man ohnehin nicht kriegt.
Georg Thomalla

Abstinenzler:
ein Mensch, der Alkohol lediglich aus Arzneiflaschen trinkt. *Anonym*

ein schwacher Mensch, der der Versuchung nachgibt, sich selbst ein Vergnügen zu versagen. *Ambrose Bierce*

Leute, die niemals entdecken, was sie versäumt haben. *Marcello Mastroianni*

Leute, die vom Verzichten nicht genug bekommen können. *Michael Pfleghar*

ein Mensch, der sich an Nüchternheit berauscht. *Ernst Waldbrunn*

Abstraktion:
der einzige gedankliche Prozeß, der einen befähigt, etwas zu erklären, was man selbst nicht versteht. *Georges Elgozy*

Absurdität:
eine Meinungsäußerung, die der eigenen Ansicht offenkundig widerspricht. *Ambrose Bierce*

Abteilungsleiter:
männlicher Angestellter, der sich seinen Kaffee nicht mehr selbst aufbrühen muß. *Michael Schiff*

Abwässer:
neuzeitliche Bezeichnung für Rhein, Elbe, Donau und ihre sämtlichen Nebenflüsse. *Anonym*

abwesend:
den Angriffen von Freunden und Bekannten ausgeliefert, verleumdet, geschmäht. *Ambrose Bierce*

Abwesenheit:

eine der nützlichsten Zutaten zum Familienleben, sie richtig zu dosieren, ist keine geringe Kunst. *Anonym*

8:

die Eieruhr der Zahlen. *Ramón Gómez de la Serna*

Adam:

der einzige Mensch, der nie eines Plagiats beschuldigt werden konnte. *Anonym*

der erste Entwurf für Eva. *Jeanne Moreau*

höchstwahrscheinlich der vorläufig letzte Mensch, der nichts plagiiert hat. *George Bernard Shaw*

Adamsapfel:

der Bissen, der ihm im Halse steckenblieb, als er merkte, was gespielt wurde. *Anonym*

hervortretender Schildknorpel am Hals des Mannes, von der Natur vorsorglich angebracht, damit der Strick nicht rutscht. *Ambrose Bierce*

Adjektive:
Dinge, an denen junge Autoren das Sparen lernen sollten. *Robert Lembke*

zweiter Advent:
ein Schotte mit einer Kerze vor einem Spiegel. *Anonym*

Advokaten:
die einzigen Leute, bei denen Unkenntnis des Rechts nicht bestraft, sondern belohnt wird. *Jeremy Bentham*

Ärger:
die Unfähigkeit, Wut in Aktion umzusetzen. *Wolfgang Herbst*

eine Säure, die ihren Behälter stärker zerfrißt als das, worüber man sie ausgießt. *»Das Beste«, 1968*

Affe:
ein Tier, das auf Bäumen lebt, besonders gern auf Stammbäumen. *Ambrose Bierce*

Agitator:
ein Politiker, der die Obstbäume seiner Nachbarn schüttelt – um die Würmer herunterzuholen. *Ambrose Bierce*

Akademische Freiheit:
es darf mehr gearbeitet werden, als verlangt wird. *Fedor Lynen*

Akrobat:
jemand, der sich den Hals bricht, um sich den Bauch zu füllen. *Ambrose Bierce*

Aktiengesellschaft:
Großbetrieb, in dem die leitenden Angestellten so tun, als gehörte er ihnen. *Anonym*

raffinierte Einrichtung zur persönlichen Bereicherung ohne persönliche Verantwortung. *Ambrose Bierce*

Akzent:
ein akustischer Fingerabdruck. *Henry Kissinger*

Albernheit:
eine Erholung von der Umwelt. *Peter Bamm*

Alibi:
eine Rechtfertigung mit zweifelhaftem Ruf. *Anonym*

Alimente:
Zahlungsverpflichtung bei Verkehrsunfällen. *Anonym*

jene Einrichtung, bei der einer dafür bezahlt, daß zwei einen Fehler gemacht haben. *Danny Kaye*

Vergnügungssteuern im nachhinein. *Henning Venske*

Alkohol:
der einzige Feind, den der Mensch lieben gelernt hat. *Anonym*

eine Flüssigkeit, in der man alles konservieren kann außer Geheimnissen. *Anonym*

das Betäubungsmittel, mit dessen Hilfe wir die Operation Leben überstehen. *George Bernard Shaw*

allein:
in schlechter Gesellschaft. *Ambrose Bierce*

der Zustand, in dem sich jeder Nachdenkliche befindet. *Helmar Nahr*

Allianz:

in der internationalen Politik: das Bündnis zweier Diebe, die sich gegenseitig die Hände so tief in die Taschen gesteckt haben, daß keiner von ihnen für sich allein einen Dritten ausplündern kann. *Ambrose Bierce*

Alpen:

unnatürliche Geschwülste der Erdoberfläche. *Samuel Johnson*

Alter:

wohl das einzige, was uns mühelos in den Schoß fällt. *Anonym*

Zeitspanne, in der man viele Fehler ablegt, weil man sie nicht mehr braucht. *Anonym*

die Lebensperiode, in der wir die Sünden, die wir noch begehen, dadurch wettmachen, daß wir jene verabscheuen, die zu begehen wir nicht mehr imstande sind. *Ambrose Bierce*

etwas, an das man in der Jugend nicht glaubt und von dem man im Alter überrascht wird. *Hermann Kesten*

jener Zustand, wo man genau weiß, was falsch ist, ohne es richtig machen zu können. *Wilhelm Lichtenberg*

die hoffnungsloseste aller Krankheiten. *Heinrich Mann*

die Zeit, wo die Erinnerung an die Stelle der Hoffnung tritt. *Wilhelm Raabe*

gefährliches Alter:

die Zeit von der Geburt bis zum Tod. *Georges Elgozy*

mittleres Alter:

der Lebensabschnitt, wenn dich die Kinder eins nach dem andern verlassen, um nach einer Weile zu zweit zurückzukehren. *Anonym*

altern:

bis heute die einzige Möglichkeit, alt zu werden. Deshalb müssen wir uns damit abfinden. *Daniel François Auber* sich über sich selbst klarwerden und sich beschränken. *Simone de Beauvoir*

Vorgang, in dessen Verlauf die Zukunft sich immer schneller in Vergangenheit verwandelt. *Ron Kritzfeld*

eine schlechte Gewohnheit, die ein beschäftigter Mann gar nicht erst aufkommen läßt. *André Maurois*

in zunehmendem Maße sich überflüssig machen. *Hellmut Walters*

Altsein:

ein herrlich Ding, wenn man nicht verlernt hat, was anfangen heißt. *Martin Buber*

Amateur:

ein Mensch, der eine Sportart betreibt, die niemand sehen will. *Robert Lembke*

Amerika:

der Erdteil, der aus Versehen entdeckt wurde. *Anonym*

ein Land, in dem viele Männer als Tellerwäscher angefangen haben und, soweit sie verheiratet sind, auch als Tellerwäscher aufhören. *John Bottomley*

die Entwicklung von der Barbarei zur Dekadenz ohne Umweg über die Kultur. *Georges Clemenceau*

ein freies Land, in dem jeder Mann tun kann, was seiner Frau beliebt. *David Philips*

eine Nation, die viele sonderbare Erfindungen macht, um irgendwohin zu gelangen, und die dann nicht weiß, was sie tun soll, wenn sie dort angekommen ist. *Will Rogers*

ein Land, in dem die Maschinen von den Männern und die Männer von den Frauen beherrscht werden. *Subcha Singh*

ein Facharzt für Funktionsstörungen der Demokratie, der selber krank geworden ist. *Daisetz Teitaro Suzuki*

Amerikaner:
das einzige Volk der Welt, bei dem ein Verkehrsunfall als natürliche Todesursache gilt. *Michael Gordon*

amerikanische Präsidentschaftsbewerber:
das einzige Wild, das niemals Schonzeit hat. *John Groves*

Amme:
Talent im Stillen. *Anonym*

Amnestie:
die Großmut des Staates gegen diejenigen Gesetzesübertreter, deren Bestrafung auf die Dauer zu kostspielig käme. *Ambrose Bierce*

ein Akt, durch den die Herrscher die häufigsten Ungerechtigkeiten verzeihen, die sie begangen haben. *Pierre Véron*

Amüsement:
das Glück derer, die nicht denken können. *Alexander Pope*

Analphabeten:
Leute, die des Nichtlesens und Nichtschreibens mächtig sind. *Ralph Boller*

Anarchismus:
der Versuch, das kleinere Übel durch das größere zu ersetzen. *Karl Garbe*

Anarchist:
ein Mensch, der das Leben leicht nimmt, wenn es einem anderen gehört. *Anonym*

Anatomie:
etwas, das jeder hat, das aber bei Mädchen besser aussieht. *Anonym*

anders:
auch nicht besser. *Ambrose Bierce*

Anekdote:
ein Witz, der in Bayreuth aufgetreten ist. *Ralph Boller*

Anekdoten:

charakteristische Episoden, die sich in den Biographien von mindestens zwanzig berühmten Persönlichkeiten finden. *Anonym*

Anerkennung:

eine Pflanze, die vorwiegend auf Gräbern wächst. *Robert Lembke*

Anfang:

der wichtigste Teil der Arbeit. *Plato*

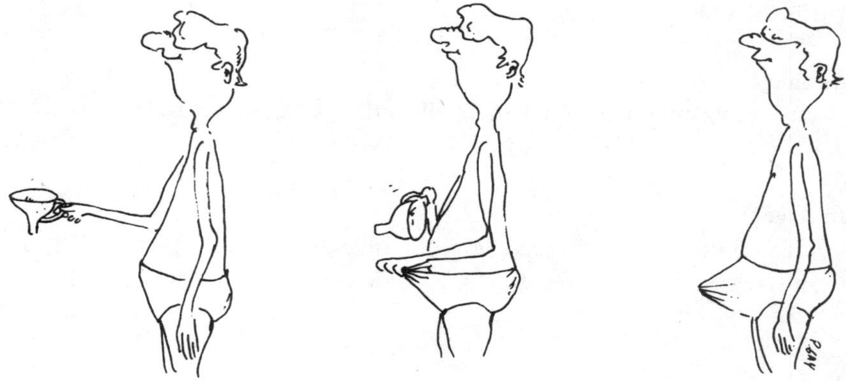

Angeber:

einer, der sich Sekt in die Scheibenwaschanlage füllt. *Mia Jertz*

angeln:

die unverdächtigste Art des Nichtstuns. *Anonym*

ein großartiger Anschauungsunterricht für die Gleichheit der Menschen – vor den Fischen sind alle Menschen gleich! *Anonym*

die einzige Art der Philosophie, von der man, wenn man Glück hat, satt werden kann. *Peter Bamm*

stundenlang geduldig an einem Fleck lauern, bis man nichts gefangen hat. *Anonym*

Angestellter:

Mitarbeiter, der es noch zu keinem wohlklingenden Titel gebracht hat.
Anonym

ein Arbeiter, der glaubt, keiner zu sein. *Anonym*

leitender Angestellter:

ein Mann, der jederzeit fortbleiben kann, ohne daß man ihn vermißt.
Anonym

Angst:

das einzige, das sich schneller vermehrt als Kaninchen. *Hal Boyle*

die Triebfeder des Krieges. *George Bernard Shaw*

Anhänger:

ein Gefolgsmann, der noch nicht alles erlangt hat, was er zu kriegen hofft.
Ambrose Bierce

anklagen:

die Schuld oder Unwürdigkeit eines anderen beteuern; gewöhnlich, um uns selber dafür zu rechtfertigen, daß wir ihm Unrecht getan haben.
Ambrose Bierce

Anpassung:

der Vorgang, der das Magengeschwür zum Vernarben bringt. *Anonym*

eine soziale Kreisbewegung, bei der jeder sich nach dem anderen richtet, wobei allerdings niemand weiß, nach wem sich der erste richtet. *Anonym*

der Weg des geringsten Widerstands – doch der führt nirgendwohin.
Else Pannek

Ansehen:

der gute Ruf, den man genießt, weil viele schweigen. *Earl of Chesterfield*

Anständigkeit:

der Trost, der einem nach schlechten Geschäften bleibt. *Helmar Nahr*

die Verschwörung der Unanständigkeit mit dem Schweigen.
George Bernard Shaw

Anstand:
wie man sich benimmt, wenn man allein ist. *Anonym*

Anstandsdame:
eine ältere Dame, die aufpaßt, daß junge Mädchen nicht Dinge machen, die sie selbst gern gemacht hätte, wenn sie nicht als junges Mädchen eine Anstandsdame gehabt hätte. *Anonym*

Anteilnahme:
die allseitige Bestätigung der Einsamkeit. *Gottfried Edel*

die gesellschaftliche Form der Zudringlichkeit. *Hans Lohberger*

Antipathie:
das Gefühl, das Frauen empfinden, die das Wort Eifersucht vermeiden wollen. *Anonym*

das Gefühl, das einem der Freund eines Freundes einflößt. *Ambrose Bierce*

Antiquitäten:
schöne alte Dinge mit häßlichen neuen Preisen. *Anonym*

das sind so Sachen, die beim Sperrmüll immer zuerst geklaut werden. *Jürgen von Manger*

der Kitsch von vorgestern zu den Preisen von heute. *Jacques Tati*

das einzige Feld, auf dem das Gestern noch Zukunft hat. *Harold Wilson*

Apathie:
das Verhältnis zum Verhältnis nach dem Verhältnis. *Anonym*

Apfel:
Sündenfallobst. *Hans-Horst Skupy*

Aphorismen:
Philosophien in einem Satz. *Anonym*

transportierfähige Weisheiten, ausgesuchtester Extrakt des Denkens und Fühlens. *William Alger*

Behauptungen, die keines Beweises bedürfen, weil sie durch ihre Formulierung überzeugen. *Sigmund Graff*

Sätze, in denen ein gewisses Maß an Genauigkeit der Kürze geopfert wird. *Samuel Johnson*

Hobelspäne vom Baum der Erkenntnis. *Hanns-Hermann Kersten*

vollendete Sätze. *Hans-Horst Skupy*

Aphorismus:

der letzte Ring einer langen Gedankenkette. *Marie von Ebner-Eschenbach*

die Wahrheit im Gewande der Improvisation. *Sigmund Graff*

eine Anleitung zum eigenen Nachdenken. *Sigmund Graff*

eine These seines Autors, für welche er den Beweis schuldig bleibt. *Ernst R. Hauschka*

Indiz dafür, daß jemandem ein Gedanke durchgegangen ist. Durch den Kopf. *Hanns-Hermann Kersten*

ein Gedankensplitter, der ins Auge geht. *Gabriel Laub*

die Kunst der Kürze. Kann auch die Kunst der Zu-kurz-Gekommenen sein. *Ludwig Marcuse*

die älteste, die einfachste und die allgemeinste Form philosophischer Erwägung. *Hans Margolius*

ein Sektor, der den Kreis ahnen läßt. *Heinrich Wiesner*

ein guter Aphorismus:

die Weisheit eines ganzen Buches in einem einzigen Satz. *Theodor Fontane*

ein Universum im Wassertropfen. *Martin Kessel*

Aphoristik:

Kunst des Weglassens bis zur Spruch-Reife. *Ron Kritzfeld*

Aphoristiker:

ein Mensch, der sich wie ein Kind freut, weil es ihm gelungen ist, sich etwas auszudenken, was wahrscheinlich schon bei den alten Phöniziern ein uraltes Sprichwort war. *Wieslaw Brudzinski*

aphoristische Definition:

eine Definition, die sich mit Vorliebe das Nichtdefinierbare aussucht. *Paul Renner*

aphoristische Definitionen:

kandierte Früchte vom Baum der Erkenntnis. *Helmar Nahr*

Apotheker:

ein Geschäftsmann, der verhungert, wenn es ihm nicht gelingt, unleserliche Rezepte zu entziffern. *Anonym*

Komplize des Arztes, Wohltäter des Bestatters und Ernährer der Würmer. *Ambrose Bierce*

Appetit:

die Luxusausgabe des Hungers. *Anita Daniel*

Appetithappen:

kleine Leckerbissen, die man so lange in sich hineinstopft, bis einem der Appetit vergeht. *Anonym*

Applaus:

Rauschmittel, unter dessen Einwirkung sich Politiker zu den seltsamsten Erklärungen verleiten lassen. *Ron Kritzfeld*

Arbeit:

laut Statistik die Hauptursache aller Betriebsunfälle. *Anonym*

eines der größten Dinge auf der Welt; wir sollten uns deshalb einiges davon für morgen aufheben. *Anonym*

die lästige Unterbrechung der Freizeit. *Anonym*

veraltete Methode, den Lebensunterhalt zu verdienen. *Anonym*

eine Sucht, die wie eine Notwendigkeit aussieht. *Peter Altenberg*

das am weitesten verbreitete Rauschgift. *Vic Bartlett*

Tätigkeit, durch die A für B Vermögen schafft. *Ambrose Bierce*

der Umweg zu allen Genüssen. *Willy Brandt*

für die Mehrheit der Menschen die einzige Zerstreuung, die sie auf die Dauer aushalten können. *Dennis Gabor*

der Wucherzins, den wir für unser Leben bezahlen. *Rudolf Hartung* eine so faszinierende Sache, daß ich anderen stundenlang dabei zuschauen könnte. *Jerome K. Jerome*

die ewige Last, ohne die alle übrigen Lasten unerträglich würden. *Klaus Mann*

die Kur, bei der man sich von der Erholung erholt. *Georg Thomalla*

eine Art Gefängnis. Wie viele schöne Dinge gehen vorbei, die zu sehen sie hindert. *Paul Válery*

der Fluch der trinkenden Klassen. *Oscar Wilde*

ein Rauschgift, das wie ein Medikament aussieht. *Tennessee Williams*

übertriebener Arbeitseifer:
eine Sucht, die man genauso behandeln lassen sollte wie jede andere Form der Süchtigkeit. *Wendell Wyatt*

Arbeitsessen:
eine Mahlzeit, bei der man die Arbeit gleich mitverspeist, damit sie nicht mehr stört. *Roger Peyrefitte*

Arbeitspensum:
was geschafft würde, wenn alle mitarbeiteten. *Michael Schiff*

Arbeitsteilung:
der Vorgang, bei dem drei Leute in drei Stunden dasselbe leisten, das bisher ein Mann in einer Stunde geleistet hat. *Cyril Northcote Parkinson*

Arbeitswut:
rezeptfreies Betäubungsmittel, das durch fortgesetzten Gebrauch zur Gewöhnung und schließlich zur Sucht führen kann. *Ron Kritzfeld*

Arbeitszeit:
immer kürzer werdende Unterbrechung der Freizeit. *Michael Schiff*

Archäologe:
jemand, dessen Laufbahn in Trümmern liegt. *Anonym*

der beste Mann, den eine Frau haben kann; je älter sie wird, um so mehr interessiert er sich für sie. *Agatha Christie*

ein Mann, der es vor Altgierde kaum aushält. *Dieter Hallervorden*

Archäologie:
gefrorene Geschichte. *David Gregory Mason*

ARD:
eine Uhr, in deren Werk kein Rädchen zum anderen paßt, aber deren Zeiger – unbegreiflich für alle – dennoch die richtige Zeit anzeigen.
Edwin Friesch

arm:
nicht der, der wenig hat, sondern der, der nicht genug bekommen kann.
Jean Guéhenno

Armbanduhr:
die Handfessel der Zeit. *Sigismund von Radecki*

Armee:
eine Streitmacht, welche die Fehler der Diplomaten berichtigt.
Josephus Daniles

Armenrecht:
eine Methode, mittels derer einem Rechtsuchenden, der kein Geld für Anwälte hat, gnädig erlaubt wird, seinen Prozeß zu verlieren.
Ambrose Bierce

arriviert:
wer es sich leisten kann, im Büro genauso mufflig zu sein wie daheim am Frühstückstisch. *Anonym*

Arrivierter:
einer, der sich jemanden zum Rasenmähen nimmt und dann Golf spielen geht, weil er Bewegung braucht. *Anonym*

Arroganz:
die Karikatur des Stolzes. *Ernst Freiherr von Feuchtersleben*

Arzt:

ein Zeitgenosse, der auch kein Mittel gegen Schnupfen weiß. *Anonym*

ein freundlicher älterer Herr, der die Patienten während des natürlichen Heilungsprozesses unterhält. *Anonym*

Gentleman, der an Krankheit gedeiht und an Gesundheit stirbt.

Ambrose Bierce

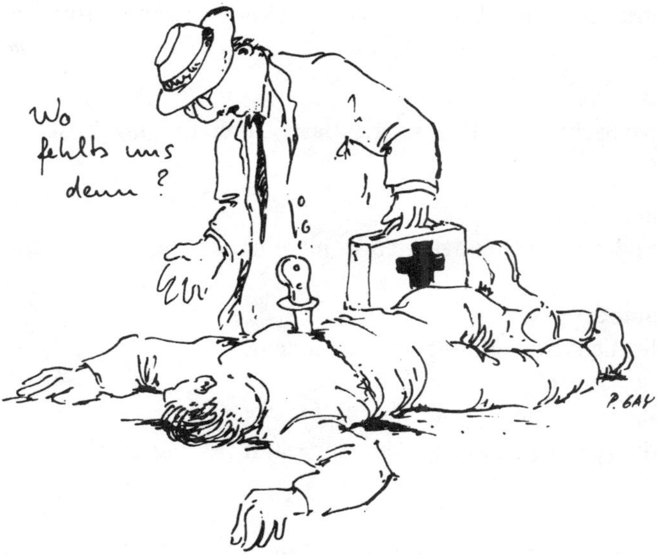

ein guter Arzt:

einer, der es versteht, den Patienten so lange zu beruhigen, bis die Natur ihn wieder gesund gemacht hat. *Anonym*

Asket:

schwächlicher Charakter, der der Versuchung erliegt, sich ein Vergnügen zu versagen. *Ambrose Bierce*

Asketen:

Leute, die allem entsagen können außer der Entsagung. *Ralph Boller*

Assistent:

junger Mann, dessen Ehrgeiz in einem umgekehrten Verhältnis zu seiner Macht steht. *Michael Schiff*

Astrologe:

ein Mensch, der aus den Sternen liest, was im Gesicht steht. *Anonym*

Astrologie:

eine Form von Aberglauben, die sich anmaßt, Gott in die Karten zu schauen. *Hoimar von Ditfurth*

Astronauten:

Männer, die ihren Frauen von ihren Reisen nichts mitbringen müssen. *Robert Lembke*

Atheist:

ein Mensch, der ohne unsichtbare Unterstützung auskommen muß. *Anonym*

Atheisten:

Leute, die einen Glauben, den sie nicht haben, glühend verteidigen. *Ron Kritzfeld*

Atombombe:

Waffe, die Heldenmut überflüssig macht. *Ron Kritzfeld*

Atmosphäre:

was die gemütliche kleine Weinstube statt frischer Luft bietet. *Anonym*

Aufklärung:

der Vorgang, bei dem ein Erwachsener mit Hilfe aller seiner Kenntnisse den Kindern ein Viertel von dem erzählt, was sie schon wissen. *Jo Herbst*

jener Vorgang, bei dem sich herausstellt, daß Opa nur halb soviel weiß wie der Enkel. *Giorgio Marconi*

der Vorgang, bei dem der Enkel dem Großvater erklärt, was dieser bei Oswald Kolle nicht verstanden hat. *Georg Thomalla*

Aufrichtigkeit:

die verwegenste Form der Tapferkeit. *William Somerset Maugham*

totale Aufrichtigkeit:

die Zuflucht jener, die weder Phantasie noch Taktgefühl besitzen. *Henry de Montherlant*

Aufschub:
die tödlichste Form der Ablehnung. *Cyril Northcote Parkinson*

aufstehen:
die schwerste Arbeit des ganzen Tages, die zumeist schon vor dem Frühstück erledigt werden muß. *Anonym*

sicheres Auftreten:
nichts anderes als die Fähigkeit, sich sein Unbehagen nicht anmerken zu lassen. *Anonym*

aufwachen:
die beste Art, seine Träume wahr zu machen. *Diane Keaton*

Augen:
für gewöhnlich ein Vergrößerungsglas für fremde Fehler. *Zarko Petan*

Augenaufschlag:
der beste Aufschlag vieler Tennisspielerinnen. *Sigi Sommer*

Auktionator:
jemand, der mit dem Hammer verkündet, daß er einem mit seinem Mundwerk die Tasche geleert hat. *Ambrose Bierce*

Ausdauer:
eine niedere Tugend, die der Mittelmäßigkeit zu unrühmlichem Erfolg verhilft. *Ambrose Bierce*

konzentrierte Geduld. *Thomas Carlyle*

Ausführungsbestimmungen:
Erklärungen zu den Erklärungen, mit denen man eine Erklärung erklärt. *Abraham Lincoln*

Ausgewogenheit:
nichts anderes als das Leugnen bestehender Konflikte, Herstellung von Einäugigkeit, die es ermöglicht, die Welt als eine konfliktfreie darzustellen. *Heinrich Böll*

ausländisch:
aus einem anderen, zweitklassigen Land. *Ambrose Bierce*

Ausnahme:
etwas, das sich die Freiheit nimmt, von anderen Objekten seiner Klasse abzuweichen, wie: ein ehrlicher Mann, eine aufrichtige Frau etc.
Ambrose Bierce

Auspuffgase:
der Weihrauch der Zivilisation. *Anonym*

Ausrede:
etwas, das die Frauen schneller zur Hand haben als ihre Schürze.
Irisches Sprichwort

Kunst des Ausruhens:
ein Teil der Kunst des Arbeitens. *John Steinbeck*

Ausschüsse:
Gremien, die Probleme nicht lösen, die es ohne die Ausschüsse nicht gäbe.
Arno Sölter

Ausschuß:
Einrichtung, die nur funktioniert, wenn von ihren drei Mitgliedern zwei verreist sind. *Anonym*

eine Einrichtung, die es einem ermöglicht, nicht allein schuldig zu sein.
Anonym

eine Gruppe Unvorbereiteter, die von Unwilligen ernannt werden, damit sie Unnötiges tun. *Frederick L. Allen*

Ausschußsitzung:
für Leute, die gern die eigene Stimme hören, eine willkommene Gelegenheit, endlose Reden zu schwingen, während andere Krokodile oder Damenbeine zeichnen. *Lin Yutang*

Außenpolitik:
der Tourismus der wenigen. *Harry T. Baxter*

Tourismus auf Staatskosten. *Giovanni Guareschi*

spektakuläre Ablenkungsmanöver bei innenpolitischen Schwierigkeiten. *Ron Kritzfeld*

die Kunst, einem anderen so lange auf den Zehen zu stehen, bis dieser sich entschuldigt. *Charles Maurice Talleyrand*

Aussteuer:
die einzige Steuer, die nicht hoch genug sein kann. *Wilhelm Hauff*

Austern:
ein Gericht, das so miserabel schmeckt, daß es niemand essen würde, wenn es nicht so teuer wäre. *Anonym*

Australien:
ein Land in der Südsee, dessen industrielle und wirtschaftliche Entwicklung durch einen Disput der Geographen unerhört aufgehalten wurde, die nicht entscheiden konnten, ob es sich um einen Kontinent oder eine Insel handelt. *Ambrose Bierce*

Auswanderer:
Narr, der ein Land für besser hält als ein anderes. *Anonym*

Menschen, die aus einer bekannten in eine unbekannte Misere reisen. *Anonym*

Auto:
Mittel der Technik, das uns instand setzt, in der Regel viel schneller und bequemer die nächste Reparaturwerkstatt zu erreichen, als wir das zu Fuß vermöchten. *Helmar Nahr*

jene technische Erfindung, welche die Anforderungen an die Reaktionsgeschwindigkeit der Fußgänger beträchtlich gesteigert hat. *Paul Renner*

ein Frack aus Blech. *Rochus Spieker*

Autobahn:

Straße, die streckenweise wegen Reparatur der Umleitung für den Verkehr geöffnet ist. *Anonym*

Autobiographie:

Enthüllungen über das schlechte Gedächtnis des Verfassers. *Anonym*

Mittel, das manche Schriftsteller benutzen, um klarzustellen, was in Biographien über sie geschrieben werden soll. *Alfredo La Mont*

Autobus:

Fahrzeug, das immer halb leer ist, wenn es in entgegengesetzter Richtung fährt. *Anonym*

Auto fahren:

die Kunst, viel Geld in einen Haufen Blech zu stecken, um schneller als derjenige voranzukommen, der einen gerade überholt hat. *Anonym*

die Kunst, am Montag noch am Leben zu sein. *Heinrich Bertz*

Autofahrer:

jemand, der ein paar Kilometer vorsichtig fährt, sofern er gerade an einer Unfallstelle vorübergekommen ist. *Anonym*

Leute, die sich die Benutzung öffentlicher Verkehrsmittel nicht leisten können. *Wolfram Weidner*

Automation:

der Versuch des Mannes, die Arbeit so leicht zu machen, daß die Frau sie tun kann. *Anonym*

Autor:

einer, der aufgrund übereinstimmender Aussagen von Buchhändlern und Verlegern die alleinige Schuld am Mißerfolg eines Buches trägt. *Hans Weigel*

Autoren:

Leute, die die Zeit in der Nase haben sollten und nicht die Nase in der Zeit.

Herbert Asmodi

die Kunst des Autorennfahrens:

so langsam wie möglich der Schnellste zu sein. *Emerson Fittipaldi*

Autorennfahrer:

ein Pilot, der zu niedrig fliegt. *Jean-Paul Belmondo*

sichere Autos:

Autos, die nicht schneller fahren, als ihr Fahrer denkt. *Robert Lembke*

Avantgardisten:

Leute, die nicht genau wissen, wo sie hinwollen, aber als erste da sind.

Romain Gary

B

B:

die Amme des Alphabets. *Ramón Gómez de la Serna*

Baby:

menschliches Wesen, das immer nur dann niesen muß, wenn es den Mund voller Brei hat. *Anonym*

ein Engel, dessen Flügel schrumpfen, während die Beine wachsen.

Französisches Sprichwort

ein Magen mit einem Lautsprecher auf der einen Seite und einem Auspuff auf der anderen. *Jerry Lewis*

Babysitter:

Teenager, der sich wie ein Erwachsener benimmt, während die Erwachsenen ausgehen und sich wie Teenager benehmen. *Anonym*

Bacchus:

eine praktische Gottheit, die sich die Alten erfanden, um ohne Skrupel saufen zu können. *Ambrose Bierce*

Bahnhof:

eine Art Ersatzheimat der Menschen mit Heimweh. *Silvio Mazzinghi*

Bahnwärter:

ein Mann, der sich ständig danach sehnt, ein schrankenloses Dasein zu führen. *Anonym*

Ballett:

Tanz auf die Spitze getrieben. *Anonym*

Balzruf:

das Heiratsinserat der Vögel. *Jürgen Herrmann*

Bank:

eine Einrichtung, die dir so lange Geld leihen wird, als du beweisen kannst, daß du keins brauchst. *Anonym*

eine Einrichtung, wo man Regenschirme verleiht, wenn es schön ist, und sie zurückfordert, wenn es anfängt zu regnen. *Jerome K. Jerome*

Bankauszug:

ein bequemes Mittel um festzustellen, wie sehr man über seine Verhältnisse gelebt hat. *Anonym*

Bankett:

eine Veranstaltung, bei der man ißt, was einem nicht schmeckt, bevor man zu Leuten, die einen nicht interessieren, über Dinge spricht, von denen man keine Ahnung hat. *Anonym*

Bankier:

ein Mensch, der seinen Schirm verleiht, wenn die Sonne scheint, und ihn sofort zurückhaben will, wenn es zu regnen beginnt. *Mark Twain*

Bar:

ein Lokal, in dem die Tische reservierter sind als die Gäste. *Anonym*

Bargeld:

die Kreditkarte des armen Mannes. *Walter Cavanagh*

Barmherzigkeit:

eine Eigenschaft, die von ertappten Delinquenten sehr geschätzt wird. *Ambrose Bierce*

Barometer:

ein sinnreiches Instrument, das anzeigt, wie das Wetter im Augenblick ist. *Ambrose Bierce*

Barscheck:

Löschpapier für Brandbrief. *Ron Kritzfeld*

Bart:

eine Fahne, die man im Gesicht trägt. *Henri Tisot*

Bauherr:

von Architekten zur Betäubung von Sparern erfundener Titel, um mit dem Geld der Ahnungslosen Häuser ganz nach ihrem Geschmack bauen zu können. *Ron Kritzfeld*

Baum:

ein Gegenstand, der jahrelang am selben Fleck steht, bis er sich urplötzlich einem Autofahrer in den Weg stellt. *Anonym*

Beamte:

ein wundersames Beispiel für die Vermehrung der Menschen auf ungeschlechtliche Weise. *Ursula Noack*

Leute, die ein Leben lang sitzen, ohne verurteilt worden zu sein.

Alberto Sordi

Beamter:

ein Mann, der sich durch den Fleiß seiner Untergebenen auszeichnet.

Aus den »Fliegenden Blättern«

Bedauern:

das Gefühl, das wir empfinden, wenn uns etwas, was wir nicht hätten tun dürfen, schiefgegangen ist. *Anonym*

Bedenken:

Gewissensbisse im vorhinein. *Hans Clarin*

Bedenkzeit:

Tage, die man verstreichen läßt, bevor man bei seiner Meinung bleibt.

Anonym

befragen:

eine längst entschiedene Sache von jemand anderem billigen lassen.

Ambrose Bierce

Befriedigung:

ein Hochgefühl, das eine Frau empfindet, wenn ihre eigenen Kleider der besten Freundin zu eng geworden sind. *Anonym*

begehren:

haben wollen, was der Besitzer in seiner Gehässigkeit nicht hergibt.

Ambrose Bierce

Begräbnisfeier:

Zusammenkunft, bei der manchem Menschen die erste Ehre erwiesen wird. *Ron Kritzfeld*

Behagen:

Gefühl, das sich angesichts des Unglücks eines Nachbarn einstellt.

Ambrose Bierce

Beichte:

Urform angewandter Psychotherapie. *Ron Kritzfeld*

Beichtstuhl:

ein Ort, wo der Priester die großen Sünden vergibt, weil ihm das Anhören der kleinen Vergnügen bereitet. *Ambrose Bierce*

Bekannter:

jemand, den wir gut genug kennen, um ihn anzupumpen, aber nicht gut genug, um ihm etwas zu leihen. *Ambrose Bierce*

Bekanntschaft:

ein Grad der Freundschaft, den man »flüchtig« nennt, ist ihr Gegenstand arm oder unbekannt, und »intim«, ist er reich und berühmt. *Ambrose Bierce*

Beleidigungen:

die Argumente derer, die unrecht haben. *Jean-Jacques Rousseau*

Belladonna:

im Italienischen eine schöne Frau, in unserer Sprache ein tödliches Gift.Ein schlagendes Beispiel dafür, daß die beiden Sprachen im wesentlichen übereinstimmen. *Ambrose Bierce*

Benzin:

der Weihrauch der Zivilisation. *Ramón Gómez de la Serna*

Berater:

ein Mann, der 49 Liebespositionen kennt, aber kein einziges Mädchen. *Anonym*

ein Mann, der Deine Uhr nimmt, sagt, wie spät es ist, und Dir dann dafür eine Rechnung schickt. *Anonym*

Beredsamkeit:

Logik in Flammen. *Lyman Beecher*

die Fähigkeit, Wahrheit in eine Sprache zu übersetzen, die dem völlig verständlich ist, der dir zuhört. *Ralph Waldo Emerson*

die Kunst, so von den Dingen zu sprechen, daß jedermann gern zuhört. *Blaise Pascal* die Kunst, Angenehmes zu sagen, so daß die Zuhörer aus Sympathie zum Sprecher »ja, ja!« sagen, ohne allzu genau nachzuforschen, was er eigentlich meint. *Sam Tucker*

Berge:
Briefbeschwerer der Natur. *Anonym*

Berichterstatter:
jemand, der sich schreibend zur Wahrheit vortastet und sie mit einem Schwall von Worten verjagt. *Ambrose Bierce*

Berlin:
ein fruchtbares Gelände für sumpfige Typen – seit 750 Jahren. *Wolfgang Neuss*

Berliner:
ein Publikum, das schon im vorhinein merkt, was man sagen will – deshalb kann man viel weglassen. *Hans-Joachim Kulenkampff*

Bermuda-Dreieck:
wahrscheinlich der dickste Bär, den man uns je aufzubinden versucht hat. *Lawrence Kusche*

Berühmtheit:
der Vorteil, denen bekannt zu sein, die einen nicht kennen. *Nicolas-Sébastién Chamfort*

jemand, der sich freut, daß ihn viele kennen, die er nicht kennenzulernen braucht. *Henry Louis Mencken*

Berufe:

Verschwörungen gegen den Laien. *George Bernard Shaw*

Berufsethos:

die Kunst, das Geldverdienen mit einem Heiligenschein zu versehen. *Michael Schiff*

Berufsoffizier:

ein Mann, den wir in Friedenszeiten durchfüttern, damit er uns im Krieg an die Front schickt. *Gabriel Laub*

Bescheidenheit:

die Kunst, andere herausfinden zu lassen, wie wichtig man ist. *Anonym*

die Kunst, die Aufmerksamkeit der Umwelt auf das unter den Scheffel gestellte Licht zu lenken. *Anonym*

die Kunst, andere zu veranlassen, das Gute zu sagen, das man nicht wagen würde, von sich selbst zu sagen. *Anonym*

der einzige sichere Köder, wenn du nach Lob angelst. *Earl of Chesterfield*

die letzte Raffinesse der Eitelkeit. *Jean de La Bruyère*

die Kunst, demütig auszusehen, wenn man den Leuten sagt, wie tüchtig man ist. *Lee Jackson*

eine Tugend, die man vor allem an anderen schätzt. *François de La Rochefoucauld*

bei mittelmäßigen Fähigkeiten bloße Ehrlichkeit, bei großen Talenten dagegen Heuchelei. *Arthur Schopenhauer*

eine Eigenschaft, die die Frauen an einem Liebhaber mehr loben als lieben. *Richard Sheridan*

Besserwisser:

Schlechtermacher. *Paul Hubschmid*

Beständigkeit:

oft nur die Furcht, schwach zu erscheinen, wenn man seine Meinung ändert. *Alberto Moravia*

die letzte Zuflucht des Phantasielosen. *Oscar Wilde*

die Kunst der Besteuerung:

eine Gans so rupfen, daß sie die größte Menge Federn unter geringstem Zischen gibt. *Jean-Baptiste Colbert*

Bestseller:

eine wunderbare Einrichtung: man kauft Bücher, braucht sie aber nicht zu lesen. *Danny Kaye*

Bücher, die von vielen Leuten gelesen werden, aber nicht persönlich. *Danny Kaye*

Bestseller-Listen:

die Friedhofstafeln von morgen. Was dort oben steht, hat fast nie die Chance zu überleben. *Siegfried Unseld*

beten:

darum bitten, daß die Gesetze des Universums zugunsten eines einzelnen, nach eigenem Geständnis unwürdigen Bittstellers aufgehoben werden. *Ambrose Bierce*

Betriebsanalyse:

kostspielige Methode, durch betriebsfremde Fachleute das ermitteln zu lassen, was man im Betrieb seit 20 Jahren weiß. *Michael Schiff*

Betrüger:

ein Rivale bei der Bewerbung um öffentliche Ehren. *Ambrose Bierce*

Betrug:

Diebstahl, bei dem es um größere Beträge geht. *Anonym*

die Triebkraft des Geschäfts, die Seele der Religion, der Köder der Liebeswerbung und die Grundlage politischer Macht. *Ambrose Bierce*

Bett:

ein Schlachtfeld, aus dem sich jeden Morgen zwei erheben: eine Siegerin und ein Besiegter. *Anonym*

die Oper des kleinen Mannes. *Italienisches Sprichwort*

Bettler:

jemand, der sich auf die Hilfe seiner Freunde verlassen hat. *Ambrose Bierce*

Beweis:

eine Aussage, die einen Grad glaubwürdiger ist als die Unwahrheit. *Ambrose Bierce*

das Zeugnis zweier glaubwürdiger Zeugen, das dem eines einzigen entgegengesetzt ist. *Ambrose Bierce*

der beste Beweis:

die hundertmalige Wiederholung der Behauptung. *Charles Tschopp*

Bewunderung:

höfliche Anerkennung für diejenigen, die uns ähnlich sind. *Ambrose Bierce*

Beziehung:

was sich zwischen zwei Menschen abspielt, während sie warten, daß sie was Besseres finden. *Anonym*

Beziehungen:

eine Rutschbahn nach oben. *Karl Farkas*

eine Waage mit ungleichem Gewicht. *Heinrich Wiesner*

Bibel:

das heilige Buch unserer Religion, im Unterschied zu den falschen und profanen Schriften, auf denen alle anderen Glaubenslehren beruhen. *Ambrose Bierce*

Bibliotheken:

Büffets des Geistes. *Aus den »Fliegenden Blättern«*

öffentliche Bibliotheken:

geistige Tankstellen der Nation. *Helmut Schmidt*

Bigamie:

das Musterbeispiel eines unsozialen Verhaltens: Sie bringt die Scheidungsanwälte um ihr Honorar. *George Cox*

eine Möglichkeit, zugleich die Schmutzwäsche der Scheidung und die Last von Unterhaltszahlungen zu vermeiden. *Oliver Herford*

der Versuch, ein Übel zu verkleinern, indem man es verdoppelt. *Helmar Nahr*

eine Frau zuviel. Monogamie: dasselbe. *Oscar Wilde*

Bigamist:

ein Mann, der auch noch andere Fehler zweimal machen wird. *Peter Sellers*

Bigamist in der Marine:

wer zwei Frauen im selben Hafen hat. *Anonym*

bigott:

hartnäckig und eifernd einer Ansicht zugetan, die man selber nicht teilt. *Ambrose Bierce*

Bikini:

kleinste Wichtigkeit zur Verdeckung wichtiger Kleinigkeiten. *Anonym*

Bilanz:

Unzucht mit Zahlen. *Anonym*

das Jahreszeugnis des Managers. *Helmar Nahr*

moderner Bildhauer:

ein Mann, der einen unbehauenen Klotz aus Stein oder Holz hernimmt und monatelang bearbeitet, bis er aussieht wie ein unbehauener Klotz aus Stein oder Holz. *Anonym*

Bildhauerei:

die Fähigkeit, von einem Marmorblock die überflüssigen Teile zu entfernen. *Anonym*

Bildröhre:

das Präservativ der Realität. *Dieter Hildebrandt*

Bildung:

eines der wünschenswertesten Ziele, für das niemals zuviel von dem Geld anderer Leute aufgewendet werden kann. *Institute of Economic Affairs*

was dem Weisen enthüllt und dem Toren verbirgt, daß er nichts begreift. *Ambrose Bierce*

die Fähigkeit, sich alles mit anzuhören und dabei weder die Selbstbeherrschung zu verlieren noch das Selbstvertrauen. *Robert Frost*

die Fähigkeit, Parallelen zu sehen. *Sigmund Graff*

etwas, das die meisten empfangen, viele weitergeben und wenige haben. *Karl Kraus*

die Fähigkeit, Wesentliches von Unwesentlichem zu unterscheiden und jenes ernst zu nehmen. *Paul de Lagarde*

das, was übrig bleibt, wenn der letzte Dollar weg ist. *Mark Twain*

das, was übrig bleibt, wenn wir vergessen, was wir gelernt haben. *Marquis of Halifax*

Blödelei:
die billigste Form der Psychotherapie für Menschen, die an Melancholie leiden. *Peter Vogel*

Blondine:
Brünette mit großem Geheimnis. *Anonym*

Blondinen:
ein Geschenk der chemischen Industrie an die Männer. *Anonym*

Blüte:
das Lächeln der Pflanze. *Peter Hille*

Blumen:
das Lächeln der Erde. *Ralph Waldo Emerson*

Blumenkohl:
ganz gewöhnlicher Kohl mit College-Erziehung. *Mark Twain*

Bock:
jenes Tier, welches auch als Bier getrunken werden kann. *Wilhelm Busch*

Börse:
ein Monte Carlo ohne Musik. *Georg von Siemens*

Bonn:
eine Stadt, die nur halb so groß ist wie der Zentralfriedhof von Chicago, aber doppelt so tot. *Anonym*

*B*undeshauptstadt *o*hne *n*ennenswertes *N*achtleben. *Rüdiger Hülser*

ein Wasserglas, in dem ständig Sturm herrscht. *Wolfram Weidner*

Bonner Korrespondent:
wer verächtlich seinen Hut vor einer Neuigkeit zieht und erklärt, er habe das seiner Zeitung schon vor Wochen gemeldet. *Dr. Alois Rummel*

Bosheit:
die Antwort auf eine enttäuschte Zutraulichkeit. *Martin Kessel*

Botschafter:

ein Mann, der von der Regierung bezahlt wird, damit er das Land verläßt. *Anonym*

die Augen und Ohren der Staaten. *Francesco Guicciardini*

ein Mann, der verschlüsselt nach Hause drahtet, was die Zeitungen schon vor drei Tagen gebracht haben. *Roger Peyrefitte*

ein anständiger Mensch, den man ins Ausland schickt, damit er dort zum Wohl seines Vaterlandes lügt. *Henry Wotton*

Bräutigam:

ein Mann, der es nicht fertiggebracht hat, zugleich ein Mädchen und den Mund zu halten. *Dan Bennett*

Brandung auf Hawaii:

ein Drittel Wasser und zwei Drittel Menschen. *Bob Hope*

Branntwein:

allgemeine Bezeichnung für alkoholische Getränke, die bei Abstinenzlern Wahnsinn hervorrufen. *Ambrose Bierce*

Brause:

Wasser mit Schluckauf. *Anonym*

Braut:

ein Mädchen, das nicht daran denkt, daß es die Aufmerksamkeiten vieler Männer gegen die Unaufmerksamkeit eines einzelnen eintauscht. *Anonym*

ein Mädchen, das noch keinen hat, aber schon einen weiß. *Anonym*

eine Frau mit vielversprechenden Glücksaussichten hinter sich. *Ambrose Bierce*

Brautglocken:

der Freundschaft Sterbeglocken. *Paul Heyse*

Bridge:

ein Spiel, das die Gedanken der Damen beschäftigt, während sie reden.

Anonym

der nach der Liebe in den USA am weitesten verbreitete Zimmersport.

Anonym

offener Brief:

elegante Form der Erpressung. *Michael Schiff*

Briefe schreiben:

die einzige Möglichkeit, Einsamkeit und Geselligkeit zu verbinden.

Lord Byron

Brille:

der Sieg der Neugier über die Eitelkeit. *Robert Lembke*

Buch:

ein Garten, den man in der Tasche trägt. *Arabische Weisheit*

ein verhindertes Gespräch. *Hans Urs von Balthasar*

ein Spiegel, aus dem kein Apostel herausgucken kann, wenn ein Affe hineinblickt. *Georg Christoph Lichtenberg*

ein Licht des Herzens, ein Spiegel des Lebens, ein Lehrmeister der Jugend, ein Vertreiber des Lasters, eine Kurve der Klugen, ein köstlicher Hauptschmuck der Weisen, eine Ehre derer, die in Ehren sind, eine Zierde der Gelehrten, ein Gefährte auf der Reise, ein Freund zu Hause, ein Schwatzgeselle, wenn man gleich schweigt, ein Behältnis der Beredsamkeit, ein Garten voller Früchte, eine Wiese von unterschiedlichen Blumen, der Anfang des Verstandes, ein Vorrat des Gedächtnisses.

Daniel Georg Morhof

für mich eine Art Schaufel, mit der ich mich umgrabe. *Martin Walser*

Buchhändler:

einer, der aufgrund übereinstimmender Aussagen von Autoren und Verlegern die alleinige Schuld am Mißerfolg eines Buches trägt. *Hans Weigel*

Buchwissen:

abwertender Begriff, den der Dummkopf für alles Wissen prägt, das über seine eigene ungestrafte Ignoranz hinausgeht. *Ambrose Bierce*

Buddelschiffe:

auf Flaschen gezogenes Fernweh. *Anonym*

Bücher:

der fliegende Teppich ins Reich der Phantasie. *James Daniel*

Brillen, durch welche die Welt betrachtet wird. *Ludwig Feuerbach*

nur dickere Briefe an Freunde. *Jean Paul*

Werkzeuge zur Selbstfindung, und jeder bedarf anderer. *Zenta Maurina*

für den Autor nichts als gestrige Stationen, bei denen er unmöglich stehen bleiben kann. *Hans Erich Nossack*

Möbel aus Papier. *Gerard Prentice*

erotische Bücher:

für viele Menschen Erinnerungen an nie Erlebtes. *Gaston Leduc*

Bücher schreiben:

das einzige Verbrechen, bei dem sich der Täter bemüht, Spuren zu hinterlassen. *Gabriel Laub*

Büffelhaut:

eine Einrichtung, die dazu dient, den Büffel zusammenzuhalten. *Anonym*

Bündnis:

in der internationalen Politik die Vereinigung zweier Diebe, die ihre Hände so tief in den Taschen des anderen stecken haben, daß sie nicht unabhängig voneinander einen dritten ausplündern können. *Ambrose Bierce*

mündige Bürger:

X Personen, von denen erwartet wird, daß sie einmal zur Wahlzeit ihre Stimme für die richtige Partei erheben und danach den Mund halten.

Ron Kritzfeld

Bürokratie:

ein Riesenapparat, der von Zwergen bedient wird. *Honoré de Balzac*

die Vervielfältigung von Problemen durch Einstellung weiterer Beamter.

Cyril Northcote Parkinson

Büstenhalter:

eine Einrichtung, die oft mehr verspricht, als sie hält. *Anonym*

Bundesbahn:

Großgrundbesitzer mit eigenem unrentablen Verkehrsbetrieb. *Anonym*

Bundesrepublik:

der Staat mit den wenigsten Kommunisten und mit den meisten Kommunistenjägern. *Walter Jens*

Butler:

eine Prozession, die aus einem einzigen Menschen besteht.

Pelham Grenville Wodehouse

C

Caddy:

O Helfer beim Golfspiel, der auch nicht gesehen hat, wohin der Ball geflogen ist. *Anonym*

Café:

das Wartezimmer der Poesie. *Hermann Kesten*

Callgirl:

ein Mädchen, das einem Ruf folgt, ohne auf seinen Ruf zu achten. *Anonym*

der einzige Frauenberuf in Deutschland, in dem man es auch ohne Abitur noch zu was bringen kann. *Anonym*

eine, die sich auszieht, ihr Glück zu machen. *Cedric Dumont*

Campingsaison:

die Zeit, in der große Teile der Bevölkerung unzureichend ernährt, untergebracht und bekleidet sind. *Anonym*

Casanova:

ein Mann, der Frauen so lange nachläuft, bis sie ihn erwischt haben. *Anonym*

der bekannteste Multi der Erotik. *Henry Miller*

Chance:

die Gelegenheit, einen Fehler zu wiederholen. *Anonym*

Chanson:

der irrwitzige Versuch, die Welt in ein paar gesungenen Versen zu erfassen. *Michael Naura*

Chaos:

jene Ordnung, die man bei der Erschaffung der Welt zerstört hat. *Stanislaw Jerzy Lec*

Ordnung, die wir nicht verstehen. *Konstantin Wecker*

Charakter:

wesentliches Hindernis für den Erfolg im Leben. *Anonym*

die Fähigkeit, sich selbst im Wege zu stehen. *Anonym*

ein Fels, an welchem gestrandete Schiffer landen und anstürmende scheitern. *Immanuel Kant* die Unfähigkeit, anders zu sein. *Ron Kritzfeld*

Mut zur Monotonie. *Hans Kudszus*

das, was man hat, wenn keiner zuschaut. *Siegfried Lowitz*

weiter nichts als eine langwierige Gewohnheit. *Plutarch*

ein Nebenprodukt. Er wird in der großen Fabrik der täglichen Pflicht produziert. *T. Woodrow Wilson*

Charakterlosigkeit:

ein Mythos, den biedere Individuen geschaffen haben, um die Faszinationskraft anderer Leute erklären zu können. *Oscar Wilde*

Charakterstärke:

oft nichts anderes als Gefühlsschwäche. *Arthur Schnitzler*

Charme:

jener Teil der Persönlichkeit, von dem man gar nicht weiß, daß man ihn besitzt. *Anonym*

die Fähigkeit, in einem Menschen das Gefühl zu erwecken, daß er so wundervoll sei wie du. *Anonym*

das, was in anderen ist und das uns zufriedener macht mit uns selbst. *Henri-Frédéric Amiel*

das, was manche Leute haben, bis sie beginnen, sich darauf zu verlassen. *Simone de Beauvoir*

eine Art, wie ein Mensch »ja« sagt, ohne daß ihm eine bestimmte Frage gestellt worden war. *Albert Camus*

die Chance der Häßlichen. *Sigmund Graff*

jene Gabe, die andere vergessen läßt, daß man aus dem Mund riecht. *Jean-Paul Lafargue* das, was übrig bleibt, wenn alles andere schwindet. *Françoise Rosay*

ein Juwel, das nachläßt zu funkeln, sobald der Besitzer von ihm weiß.
Ilse Schreiber

Chaussee:

ein Streifen Land, der von einem Ort, wo es langweilig ist, zu einem anderen führt, wo der Aufenthalt sinnlos ist. *Ambrose Bierce*

Chef:

ein Mensch wie alle anderen. Er weiß es nur nicht. *Anonym*

der während der Kaffeepause auf die Uhr sieht. *Anonym*

ein Mann, der früh kommt, wenn man zu spät ist, und spät kommt, wenn man früh ist. *Anonym*

ein Mensch, der es versteht, mit den Köpfen anderer Leute zu denken.
Bernard Fox

das ist nicht der, der etwas tut, sondern der, der das Verlangen weckt, etwas zu tun. *Edgar Pisani*

einflußreiche Persönlichkeit im Betrieb, die angenehme Dinge den Arbeitnehmern selbst mitteilt, unangenehme aber durch Dritte mitteilen läßt. *Michael Schiff*

ein Mann, der pünktlich sein muß, nur um sehen zu können, wer unpünktlich ist. *Hans Söhnker*

ein Mensch, der anderer bedarf. *Paul Valéry*

Chemie:

die Wissenschaft, die daran arbeitet, Wasser und Luft in ihrer reinen Form zu erhalten, denn die Chemie ist die Wissenschaft, die dafür verantwortlich ist, daß Wasser und Luft in ihrer reinen Form nicht mehr vorkommen. *Münchner Lach- und Schießgesellschaft*

Chic:

der i-Punkt auf dem i. Ohne Punkt würde das i niemals auffallen.
Anita Daniel

Chirurg:

ein Zeitgenosse, der besonders liebenswürdig mit jenen Nachbarn verkehrt, die den Blinddarm noch haben. *Helmuth M. Backhaus*

Chirurgen:

höfliche Menschen; sie klopfen anderen Leuten auf den Bauch, bevor sie hereinkommen. *Karl Farkas*

die einzigen Menschen, die ohne fremden Blinddarm und ohne fremde Mandeln nicht leben könnten. *Peter Sellers*

Choleriker:

ein Mensch, der um so roher wird, je mehr er kocht. *Anonym*

einer, der nach dem Grundsatz lebt: nicht wundern, nur ärgern. *Anonym*

Chor:

Vereinigung verhinderter Solisten. *Anonym*

Christ:

jemand, der das Neue Testament für ein göttlich inspiriertes Buch hält, welches den geistlichen Bedürfnissen seines Nächsten wunderbar entgegenkommt. *Ambrose Bierce*

jemand, der die Lehre Christi insoweit befolgt, als sie sich mit einem Sündenleben vereinbaren läßt. *Ambrose Bierce*

Chuzpe:

wenn einer, der Vater und Mutter erschlagen hat, vor Gericht um mildernde Umstände bittet, weil er ein Vollwaise ist. *Peter Mosler*

CIA:

Finanzierungsgesellschaft für Fotosafaris im Ostblock. *Anonym*

Cocktailparty:

eine Gesellschaft, bei der jeder redet und keiner zuhört. *Anonym*

Gelegenheit, Leute zu treffen, die soviel trinken, daß man ihre Namen nicht behalten kann. *Anonym*

Gelegenheit, alte Bekannte zu treffen, die man noch nie gesehen hat. *Anonym*

Computer:

ein elektronisches Wunderwerk, das in einer zehntausendstel Sekunde die verwickeltsten Rechen- und Buchungsoperationen ausführt – und dann die Kontoauszüge mit zehn Tagen Verspätung verschickt. *Anonym*

eine großartige Erfindung. Es passieren genauso viele Fehler wie früher. Aber niemand ist daran schuld. *Anonym*

die logische Weiterentwicklung des Menschen: Intelligenz ohne Moral. *John Osborne*

die neueste technische Errungenschaft zur wirksamen Verzögerung der Büroarbeit. *Cyril Northcote Parkinson*

die Lösung vieler Probleme, die wir ohne Computer gar nicht hätten. *Klaus-Peter Schreiner*

Apparat, dessen Irrtümer bei der Verrechnung von Autorentantiemen weit schwieriger zu entdecken sind als die Irrtümer von Buchhaltern. *Hans Weigel*

Conférencier:

Mundwerker. *Anonym*

einer, der alte Witze erfindet. *Cedric Dumont*

Covergirl:

ein gut ausgezogenes junges Mädchen, mit dem man heiße Umschläge für Illustrierte macht. *Jürgen Scheller*

D

Dackel:

ein Tier, das halb so hoch ist wie ein Hund und doppelt so lang. *Anonym*

ein Hund, der jemanden an der Leine hat. *Ernst Waldbrunn*

daheimbleiben:

konsequente Abkürzung eines längeren Spaziergangs. *Ron Kritzfeld*

Dame:

eine Frau, die es einem Mann leicht macht, ein Herr zu sein. *Anonym*

eine Frau, die nicht weiß, was etwas kostet. *Anonym*

weibliches Wesen, das vielleicht seine Juwelen, niemals aber die Fassung verliert. *Anonym*

eine Frau, die nicht immer weiß, was sie zu tun hat, aber immer weiß, was sie zu unterlassen hat. *Hermann Bahr*

eine Frau, die weiß, was sie nicht wissen darf, obwohl sie es weiß. *Jean-Paul Belmondo*

eine Frau, deren bloße Anwesenheit zur Folge hat, daß sich Männer wie Herren benehmen. *Henry Louis Mencken*

eine Frau, die einem Mann in gesellschaftlich einwandfreier Form zu erkennen gibt, wie weit er zu weit gehen darf. *Hans Söhnker*

Damen:

weibliche Wesen, die nein sagen, wenn sie vielleicht meinen, und vielleicht, wenn sie ja sagen wollen; wenn sie mit ja antworten, sind es keine. *Anonym*

Damenknie:

Ansatzpunkt für Männer, die den Drang nach Höherem in sich spüren. *Anonym*

Dankbarkeit:

bei den meisten nichts als das geheime Verlangen, noch größere Wohltaten zu empfangen. *François de La Rochefoucauld*

das Gedächtnis des Herzens. *Jean-Baptiste Massilon*

eine Pflicht, die erfüllt werden sollte, die aber keiner das Recht hat zu erwarten. *Jean Jacques Rousseau*

Dauerurlaub:

ein guter Deckname für die Hölle. *George Bernard Shaw*

Definition:

das Einfassen der Wildnis einer Idee mit einem Wall von Worten. *Samuel Butler*

Defizit:

bei Staaten noch nicht einmal ein Kavaliersdelikt, bei Firmen enden sie mit dem Todesurteil. *Anonym*

Déjeuner:

das Frühstück eines Menschen, der in Paris war. Die Aussprache wechselt. *Ambrose Bierce*

Dekolleté:

optischer Selbstbedienungsladen. *Anonym*

ein Stückchen Stoff, das hinten und vorne nicht reicht, vor allem vorne. *Axel von Ambesser*

die Kunst, soviel zu zeigen, daß noch etwas übrigbleibt. *Ralph Boller*

jener schmale Grat, auf dem der gute Geschmack balanciert, ohne herunterzufallen. *Coco Chanel*

ein Wink der Zugänglichkeit. *Sacha Guitry*

ein Beweis dafür, daß jede Frau an der richtigen Stelle zu sparen weiß. *Jo Herbst* das Kunststück, so ausgezogen zu sein, daß man immer noch für angezogen gilt. *Jeanne Moreau*

Demagoge:

ein Mann, der einen Kahn zum Schaukeln bringt und jedermann einredet, es sei ein Sturm. *Anonym*

ein politischer Gegner. *Ambrose Bierce*

ein Mensch, der mit dem Kehlkopf denkt. *Helmut Qualtinger*

Demagogen:

Leute, die das Stroh in den Köpfen anderer Leute dreschen. *Gerhard Bronner*

Leute, die in den Wind sprechen, den sie selbst gemacht haben. *Helmut Qualtinger*

Demagogie:

die Fähigkeit, Massen in Bewegung zu schieben, und die Unfähigkeit, sie wieder zu bremsen. *Wolfgang Herbst*

die fragwürdige Fähigkeit, die kleinsten Ideen in die größten Worte zu kleiden. *Abraham Lincoln*

Dementi:

der verzweifelte Versuch, die Zahnpasta wieder in die Tube hineinzubekommen. *Lore Lorentz*

verneinende Bestätigung einer Nachricht, die bisher ein Gerücht war. *Roger Peyrefitte*

indirekte Bejahung durch direkte Verneinung. *Roger Peyrefitte*

ratenweise Bestätigung durch fortgesetzte Verneinung. *Roger Peyrefitte*

nach den Spielregeln der hohen Politik ein halbes Eingeständnis einer ganzen Dummheit. *Saint-John Perse*

Demokratie:

eine Regierungsform, in der jedem die laute Frage erlaubt ist, was das Land unter einer erstklassigen Verwaltung alles leisten könnte. *Anonym*

eine Regierungsform, in der die Reichen alle die Rechte haben, die den Armen garantiert sind. *Anonym*

eine Einrichtung, die es den Menschen gestattet, frei zu entscheiden, wer an allem schuld sein soll. *Anonym*

eine Methode, voranzukommen, ohne jemanden hinter sich zu lassen. *Anonym*

eine der unbequemsten Einrichtungen, weil sie uns zwingt, Leute, die nicht unserer Meinung sind, respektabel oder sogar intelligent zu finden. *Corriere della Sera, Mailand*

Regieren durch Amateure. *Maxwell Anderson*

jene Staatsform, in der man sagt, was man will, und tut, was einem gesagt wird. *Gerald Barry*

Ausreden-Lassen und Zuhören-Können. *Heinrich Brüning*

die schlechteste aller Staatsformen, ausgenommen alle anderen. *Winston Churchill*

die Notwendigkeit, sich gelegentlich den Ansichten anderer Leute zu beugen. *Winston Churchill*

die Kunst, sich selbst im Zaum zu halten, damit man nicht von anderen im Zaum gehalten werden muß. *Georges Clemenceau*

Herrschaft des Volkes, das den von Minderheiten bestimmten Mehrheitsentscheidungen gehorcht. *Rolf Haller*

die Spielregeln einhalten, auch wenn kein Schiedsrichter zusieht. *Manfred Hausmann*

die Kunst, sich an die Stelle des Volkes zu setzen und ihm feierlich in seinem Namen, aber zum Vorteil einiger guter Hirten, die Wolle abzuscheren. *Romain Rolland*

Wahl durch die beschränkte Mehrheit anstelle der Ernennung durch die bestechliche Minderheit. *George Bernard Shaw*

ein Verfahren, das garantiert, daß wir nicht besser regiert werden, als wir es verdienen. *George Bernard Shaw*

ein Staat, dessen Souverän man unentwegt anschreien muß, damit er nicht einschläft. *Richard Thoma*

die wiederholt auftauchende Vermutung, daß mehr als die Hälfte der Leute in mehr als der Hälfte der Fälle recht haben. *Elwyn Brooks White*

Demoskopen:

Astrologen ohne Sterne. *Anonym*

Demoskopie:

die Kunst, hinterher zu begründen, warum alles ganz anders gekommen ist. *David Frost* die Kunst, Dinge herbeizuführen, indem man sie voraussagt. *Vance Packard*

die Wetterfahne, nicht der Wind. Demoskopen sollten daher nicht versuchen, Wind zu erzeugen. *Renato Pezzi*

Demoskopin

Pythia mit Computer. *Alberto Sordi*

Demut:

geziemende und übliche Geisteshaltung gegenüber Reichtum oder Macht.Besonders angebracht, wenn sich ein Arbeitnehmer an einen Arbeitgeber wendet. *Ambrose Bierce*

eine merkwürdige Sache: wenn man glaubt, sie zu haben, hat man sie gerade verloren. *E. D. Hulse*

eine besonders unsympathische Art von Hochmut. *Hans Krailsheimer*

nur eine erheuchelte Unterwerfung, um sich andere zu unterwerfen. *François de La Rochefoucauld*

denken:

etwas, das auf Schwierigkeiten folgt und dem Handeln vorausgeht. *Bertolt Brecht*

Taten überflüssig machen. *Fritz Diettrich*

die schwerste Arbeit, die es gibt, deshalb beschäftigen sich auch nur wenige damit. *Henry Ford*

die Arbeit des Intellekts, Träumen ist sein Vergnügen. *Victor Hugo*

für viele Menschen nichts anderes als eine Umgruppierung ihrer Vorurteile. *William James*

reden mit sich selbst. *Immanuel Kant*

Zwiegespräch mit sich selbst, bei dem der klügere Teil nicht immer das letzte Wort hat. *Ron Kritzfeld* das Selbstgespräch der Seele. *Plato*

eine Befriedigung, die sich im Kopf abspielt. *Gabriele Wohmann*

Denker:

wer sich darauf versteht, die Dinge einfacher zu nehmen, als sie sind. *Friedrich Nietzsche*

Leute, die aufs neue denken, und die denken, daß das, was vorher gedacht worden war, niemals hinreichend bedacht worden war. *Paul Valéry*

Denkmäler:

gefrorene Geschichte. *Sir Alec Guinness*

eine ständige Erinnerung an das, was ein Volk manchmal gern vergessen möchte. *Halldor Laxness*

ein Bauwerk, das die Erinnerung an etwas stützen soll, das entweder dieser Stütze nicht bedarf oder an das man sich nicht erinnern kann. *Ambrose Bierce*

ein lebenslanger Imperativ, der aus zwei Wörtern besteht. *Fritz Grünbaum*

ein Stehplatz, den man von der Geschichte bekommen hat. *Harold Macmillan*

der Beweis dafür, daß man einen Menschen eigentlich schon vergessen hat. *Harold Pinter*

ein berühmter Mann in Marmor oder Bronze, der schutzlos in Wind und Regen steht und den Tauben als Toilette dient. *Peter Sellers*

Denkpause:

Zeitspanne, in der gelegentlich die besten Chancen ungenutzt verstreichen. *Ron Kritzfeld*

Depressionen:

extreme seelische Druckzustände, die nicht selten zu Druckerzeugnissen führen. Bei entsprechend begabten Schriftstellern sogar zu heiteren. *Hanns-Hermann Kersten*

desertieren:
seine Abneigung gegen das Kämpfen bezeugen, indem man eine Armee oder Frau verläßt. *Ambrose Bierce*

deutsch sein:
eine Sache um ihrer selbst willen übertreiben. *Anonym*

Deutscher:
ein Mensch, der keine Lüge aussprechen kann, ohne sie selbst zu glauben. *Theodor W. Adorno*

ein tierlieber Frühaufsteher. *Hans Magnus Enzensberger*

Deutschland:
das Land der unbegrenzten Zumutbarkeiten. *Anonym*

das Land der Schulmeister. *James B. Conant*

das einzige Land, in dem die Schlagersänger so aussehen wie ihre Lieder. *André Heller*

das einzige Land, wo Mangel an politischer Befähigung den Weg zu den höchsten Ehrenämtern sichert. *Carl von Ossietzky*

das einzige Land, in dem man die Kosten Unkosten nennt. *Sandro Paternostro*

die größte Provinz der Welt. *Wolfgang Rademann*

ein Land, in dem es keine Revolution geben kann, weil man dazu den Rasen betreten müßte. *Josef Stalin*

eine anatomische Merkwürdigkeit. Es schreibt mit der Linken und tut mit der Rechten. *Kurt Tucholsky*

Devisentermingeschäfte:
Kunstlauf auf Eis, das hinter dem Läufer ständig einbricht. Manchmal schon vor ihm. *Enzo Cavalese*

Diätassistentin:

junge Dame, die behilflich ist, uns für Joghurt und grünen Salat den Preis von Filet mit Morcheln abzuknöpfen. *Ron Kritzfeld*

Diäten:

leichtverdauliche Tagesspesen für Abgeordnete. *Wolfgang Gruner*

der geglückte Versuch von Parlamentariern, die eigenen fetten Einkünfte durch einen Begriff zu verschleiern, der den gewöhnlichen Bürger an magere Schonkost und Hungerkur erinnert. *Ron Kritzfeld*

Diagnose:

die Krankheitsvoraussage eines Arztes, gegründet auf den Puls und das Portemonnaie des Patienten. *Ambrose Bierce*

eine ärztliche Vermutung darüber, was den Krankheitszustand mit dem geringsten Schaden für den Patienten am besten verlängert. *Ambrose Bierce*

Diamant:

ein Stückchen Kohle, aus dem unter Druck etwas geworden ist. *Anonym*

dichten:

ein Brückenschlagen von dem, der schreibt, zu dem, der liest. *Hermann Kasack*

Dichter:

ein Schriftsteller, dessen Namen man kennen muß. *Anonym*

das Auge der Menschheit bei der Betrachtung des Kleinen. *Martin Andersen Nexö*

ein Wesen, das imstande ist, eine Pfeife zu verschlucken und dafür eine Dampflokomotive auszuspucken. *Jean Cocteau*

eine Welt, eingeschlossen in einen Menschen. *Victor Hugo*

das Sprachrohr der Ratlosigkeit seiner Zeit. *Marie Luise Kaschnitz*

Leute, die sich ihre Träume honorieren lassen. Der Rest der Menschheit phantasiert gratis. *Hanns-Hermann Kersten*

einer, der über alles erstaunt ist. *Stéphane Mallarmé*

einer, der uns die Augen öffnet. *Heinz Piontek*

die geborenen Verbrecher, nur ohne die nötige Courage. *Arthur Schnitzler*

wer aus einer Zehnzeilenmeldung »Buddenbrooks« machen kann. *Horst Vetten*

übles Schimpfwort für einen unbekannten Autor, Ehrenname für einen arrivierten Autor. *Hans Weigel*

Dichtkunst:

ein Spiel der Sinnlichkeit, durch den Verstand geordnet. *Immanuel Kant*

Dichtung:

Ungeduld nach Erkenntnis. *Hermann Broch*

Verwandlung von Blut in Tinte. *Thomas Stearns Eliot*

immer nur eine Expedition nach der Wahrheit. *Franz Kafka*

eine Form der Liebe. *Gertrud von le Fort*

ein Text im Smoking. *Horst Dieter Schlosser*

engagierte Dichtung:

ein Text im Smoking mit roter Fliege. *Horst Dieter Schlosser*

Dieb:

ein Mensch, der zu vernünftig ist, um zu verhungern, aber zu unvernünftig, um zu arbeiten; zu verschämt, um zu betteln, aber gerade unverschämt genug, um zu stehlen. *Aus den »Fliegenden Blättern«*

ein Mann, der etwas findet, was ein anderer nicht verloren hat. *Definition eines Kindes*

Diebstahl:

Beschreiten des zweiten Vermögensbildungsweges. *Joachim Schwedhelm*

Diktatur:

jene Regierungsform, in der man zu allem, was nicht erlaubt ist, gezwungen wird. *Anonym*

Regierung, bei der man in Gefahr gerät, sitzen zu müssen, wenn man nicht hinter ihr stehen will. *Anonym*

ein Staat, in dem jeder tun darf, was er tun muß. *Ralph Boller*

ein Staat, in dem das Halten von Papageien mit Lebensgefahr verbunden ist. *Jack Lemmon*

die kompletteste Form der Eifersucht. Es gibt keinen Diktator, der nicht eifersüchtig auf einen anderen Diktator wäre. *Curzio Malaparte*

ein Staat, in dem sich alle vor einem fürchten und einer vor allen. *Alberto Moravia*

ein Land, in dem man die Ergebnisse der nächsten Wahlen aus dem Panzerschrank der Regierung stehlen kann. *Henri Tisot*

Diktaturen:

Einbahnstraßen. In Demokratien herrscht Gegenverkehr. *Alberto Moravia*

autoritär regierte Länder, in denen die Geschichte alle paar Monate neu geschrieben wird. *Mario Scelba*

Dilettant:

einer, dem es Spaß macht, etwas zu tun, das er nicht kann. *Anonym*

Dilettanten:

die Sonntagsfahrer der Kunst. *Robert Lembke*

Dilettantismus:

Liebe zur Kunst ohne Gegenliebe. *Aus den »Fliegenden Blättern«*

Diplomat:

Mensch, der so lange mit einem heißen Eisen spielt, bis ein kalter Krieg daraus geworden ist. *Anonym*

ein Mann, der Probleme zu lösen versucht, die andere Diplomaten geschaffen haben. *Anonym*

ein Mann, der, nach seiner Lieblingsfarbe befragt, antwortet: kariert. *Anonym*

ein Mensch, der in mindestens drei Sprachen schweigen können muß. *Anonym*

ein Mensch, der sich siebenmal auf die Zunge beißt, bevor er schweigt. *Anonym*

ein Mann, der bei einem Mißstand nicht die Stimme hebt, sondern nur die Brauen. *Anonym*

ein Mann, der zweimal nachdenkt, bevor er nichts sagt. *Winston Churchill*

ein Mann, der dreimal scharf nachdenkt, bevor er den Mund hält. *Lawrence Durrell*

ein Mann, der sich immer an den Geburtstag seiner Frau erinnert, aber nicht an ihr Alter. *Abba Eban*

ein Mensch, der offen ausspricht, was er nicht denkt. *Giovanni Guareschi*

ein Mann, dem es gelingt, seine Frau davon zu überzeugen, daß ein Pelzmantel dick macht. *Alfredo La Mont*

ein Mann, der die Paukenschläge der Staatsmänner in Harfenklänge verwandeln soll. *Eugene O'Neill*

Diplomaten:

Leute, die man ins Ausland schickt, damit sie dort zum Nutzen ihres Vaterlandes lügen. *Sir Henry Wotton*

Diplomatie:

die Fortsetzung des Krieges mit anderen Mitteln. *Anonym*

die Kunst, mit dem Fuß aufzustampfen, ohne jemandem auf die Zehen zu treten. *Anonym*

die Kunst, jemand die Kehle durchzuschneiden – ohne Messer. *Anonym*

die patriotische Kunst, im Interesse des eigenen Vaterlandes zu lügen. *Ambrose Bierce*

die Verwandlung vieler brennender Fragen in schwelende Feuer. *Ambrose Bierce*

die Fähigkeit, auf eine so taktvolle Weise nein zu sagen, daß alle Welt glaubt, man hätte ja gesagt. *Anthony Eden*

überreife Konflikte durch faule Kompromisse lösen. *Wolfgang Eschker*

die häßlichsten Dinge auf netteste Art sagen. *Isaac Goldberg*

die Fähigkeit, den Hund so lange zu streicheln, bis der Maulkorb fertig ist. *Fletcher Knebel*

ein Schachspiel, bei dem die Völker mattgesetzt werden. *Karl Kraus*

die Polizei in Galauniform. *Napoleon I.*

die Kunst, mit hundert Worten zu verschweigen, was man mit einem Wort sagen könnte. *Saint-John Perse*

Boxkampf mit Glacéhandschuhen, bei dem der Gong durch das Klingen der Sektgläser ersetzt wird. *Georges Pompidou*

das zweitälteste Gewerbe nach dem ersten, das auch einen schlechten Ruf hat. *Frank Roberts*

die Kunst, so gut zu lügen, daß einem sogar die Wahrheit geglaubt wird. *Alberto Sordi*

Direktor:

jemand, der zwei Stunden zu Tisch gehen kann, ohne vermißt zu werden.

Anonym

ein Mann, der die Besucher empfängt, damit die Angestellten ungestört arbeiten können. *Anonym*

Dirigent:

ein verkappter Diktator, der sich glücklicherweise mit der Musik begnügt.

Anonym

Musikdarsteller. *Hans-Klaus Jungheinrich*

Dirigenten:

Facharbeiter, die zwanzig Jahre Berufsausbildung benötigen.

Herbert von Karajan

dirigieren:

eine ausgesprochen gesunde Bewegungstherapie. Nur schade, daß man nicht an der frischen Luft dirigiert. *Karl Böhm*

die Luft massieren. *Rudolf Buchbinder*

Aerobic mit Musikbegleitung. *Harold Cobb*

Diskretion:

die Kunst, Geheimnisse so auszuplaudern, daß das Siegel der Verschwiegenheit unverletzt bleibt. *Anonym*

die außer Mode gekommene Fähigkeit, von sich schweigen zu machen.

Carl Raddatz

Diskussion:

ein Austausch von Gedanken, bei dem immer die Gefahr besteht, daß man überzeugt wird. *Anonym*

eine Veranstaltung, bei der mehrere Menschen versuchen, zuerst das letzte Wort zu bekommen. *Anonym*

eine Methode, andere in ihren Irrtümern zu bestärken. *Ambrose Bierce* die Kunst, wohlüberlegt aneinander vorbeizureden. *Clare Boothe-Luce*

für Männer die Kunst, den Partner zum Schweigen zu bringen. Frauen verstehen darunter die Kunst, den Partner nicht zum Reden kommen zu lassen. *Fritz Eckhardt*

die Kunst, aus falschen Argumenten die richtigen Schlüsse zu ziehen. *Robert Matzek*

Disneyland:

die größte Menschenfalle, die eine Maus je gebaut hat. *Anonym*

Dogma:

nichts anderes als ein ausdrückliches Verbot zu denken. *Ludwig A. Feuerbach*

eine Zwangsjacke für das Hirn. *Zarko Petan*

Antworten, deren Fragen verlorengegangen sind. *Michael Richter*

Dollar:

Geld, das immerhin noch lange nicht umsonst zu haben ist. *Uwe Johnson*

Dolmetscher:

jemand, der zwei Menschen verschiedener Sprache in die Lage versetzt, einander zu verstehen, indem er jedem die Worte des anderen so wiederholt, wie sie ihm selber am besten zupaß kämen. *Ambrose Bierce*

Dompteur:

ein Mensch, der im Raubtierkäfig vor den Menschen sicher ist.

George Bernard Shaw

Don Juan:

ein Mann, der den Frauen seine eigenen Wünsche von den Augen abliest.

Anonym

ein Mann, der überall Frauen sitzenläßt – nur nicht in der Straßenbahn.

Anonym

ein Mann, der Frauen beim Fallen behilflich ist. *Anonym*

nicht der Mann, der die Frauen liebt, sondern den die Frauen lieben.

José Ortega y Gasset

Doping:

der Kunstdünger der menschlichen Leistungskraft. *Werner Schneyder*

Doppelkorn:

Flüssigkeit mit zwei Blaumachern. *Anonym*

modernes Drama:

ein Stück, in dem außer action eigentlich nichts passiert. *Helmar Nahr*

Dramatiker:

Leute, die sich aufführen, als ob sie aufgeführt würden. *Joachim Ringelnatz*

Dramaturg:

eine Mischung aus Wünschelrutengänger, Animierdame und Hebamme.

Anonym

Dreck:

Materie am unrichtigen Ort. *Viscount Palmerston*

Dreieck:
eine nur in der Mathematik harmlose Konstruktion. *Anonym*

Dreistigkeit:
tadelnde Reden, deren Gegenstand man selber ist. *Ambrose Bierce*

Dreiviertel:
nichts Halbes und nichts Ganzes. *Anonym*

Drive-in-Kino:
ein Autoparkplatz, an dem man alte Filme für junge Pärchen vorführt, die gar nicht hinschauen. *Steve Rank*

Druckfehler:
mögliche Todesursache für Menschen, die sich anhand von Ärztebüchern selbst behandeln. *Anonym*

Drucksache:
portopflichtige Briefkastenverstopfung. *Michael Schiff*

Dünkel:
Selbstachtung bei jemandem, den wir nicht mögen. *Ambrose Bierce*

dummes Zeug:
das Gescheite, das die Menschen nicht verstehen. *Marie von Ebner-Eschenbach*

Dummheit:
der Glaube, genug zu wissen. *Anita Daniel*

ein menschliches Privileg; in der Natur gibt's keine. *Sigismund von Radecki*

Faulheit des Geistes. *Johann Gottfried Seume*

die sonderbarste aller Krankheiten: Der Kranke leidet niemals unter ihr. Die schmerzhaft leiden, sind die anderen. *Paul Henri Spaak*

Durchfall:
die Folge von Unreife bei Äpfeln oder Dramatikern. *Anonym*

Durchlauferhitzer:
der Personalchef, der jeden Morgen die Büros durchstreift und die Gemüter der Mitarbeiter in Wallung bringt. *Hans Kasper*

Durststrecke:
der Weg vom öden Heim in die gemütliche Stammkneipe. *Anonym*

E

Echo:
eine Naturerscheinung, die sogar Frauen gegenüber das letzte Wort behält. *Anonym*

Egoismus:
eine Droge, die es bestimmten Menschen ermöglicht, mit sich selbst auszukommen. *Anonym*

das verabscheuungswürdigste Laster, das keiner bei anderen vergeben will und ohne das er selbst nicht sein kann. *Henry Ward Beecher*

die Zärtlichkeit der Ellenbogen. *Norman Mailer*

Egoist:
der Mann, der im Kino zwei Armlehnen belegt. *Anonym*

einer, den unsere Sorgen und Nöte kaltlassen. *Anonym*

ein Mensch, der von sich selbst fasziniert ist. *Anonym*

ein Mensch, der in seinem eigenen Leben eine zu große Rolle spielt. *Anonym*

Mensch von schlechtem Geschmack, mehr an sich als an mir interessiert. *Ambrose Bierce*

ein Mensch, der nicht an mich denkt. *Eugène Labiche*

ein Mensch, der sich nicht die Mühe macht, seine Haltung zu bemänteln. *Helmar Nahr*

Egozentriker:

einer, der von sich nicht absehen kann. *Ron Kritzfeld*

Menschen, die davon ausgehen, daß ihre Umgebung sich an sie zu gewöhnen hat. *Hellmut Walters*

Ehe:

ein oft mißglückter Versuch, die Anpassungsfähigkeit des Menschen zu beweisen. *Anonym*

die einzige wirkliche Leibeigenschaft, die das Gesetz kennt. *Anonym*

die kostspieligste Methode der Welt, die eigenen Fehler festzustellen. *Anonym*

ein Vertrag, bei dem der Mann auf die Hälfte seiner Lebensmittel verzichtet, damit man ihm die andere Hälfte kocht. *Anonym*

die gegenseitige Zärtlichkeit von zwei Schleifsteinen. *Anonym*

ein Roman, der manchmal mehrere Auflagen erlebt, meint der Schriftsteller. *Aus den »Fliegenden Blättern«*

ein verkehrtes Fieber, das mit Hitze anfängt und mit Kälte aufhört, meint der Arzt. *Aus den »Fliegenden Blättern«*

eine Institution zur Lähmung des Geschlechtstriebes. *Gottfried Benn*

eine Gemeinschaft, bestehend aus einem Herrn, einer Herrin und zwei Sklaven, insgesamt zwei Personen. *Ambrose Bierce*

ein Versuch, zu zweit mit den Problemen fertig zu werden, die man allein niemals gehabt hätte. *Eddie Cantor*

das öffentliche Bekenntnis einer streng privaten Absicht. *James C. Dayenhart*

eine Einrichtung zur Erzeugung gemeinsamer Gewohnheiten. *Tilla Durieux*

die Summe zweier Einsamkeiten, gebrochen durch Langeweile. *Tilla Durieux*

ein Zustand, in dem es zwei Leute weder mit noch ohne einander längere Zeit aushalten können. *Marie von Ebner-Eschenbach*

eine Bühne, auf der alle Tage das gleiche Stück gespielt wird. Um so mehr sollten sich die Männer ab und zu einmal eine Neuinszenierung einfallen lassen. *Suzanne Leduc*

kein Fertighaus, sondern ein Gebäude, an dem ständig konstruiert und repariert werden muß. *Jean Gabin* ein Bund zur gegenseitigen Festigung von Gefühlen durch deren Abnützung. *Jean Genet*

legalisierte Einsamkeit zu zweit. *Jean Genet*

jene geschützte Einrichtung, die Liebesglut allmählich in Sodbrennen verwandelt. *Jean Genet*

eine Institution, die dazu dient, jene Kümmernisse gemeinsam zu tragen, die man nicht hätte, wenn man nicht verheiratet wäre. *Sacha Guitry*

die vielleicht seltsamste Mischung von Biologie und Jurisprudenz. *Kurt Höbel*

vielfach nur der Kontrakt, auf dessen Bruch die Unterhaltspflicht als Konventionalstrafe steht. *Karl Jaspers*

das teuerste Verfahren, seine Wäsche umsonst gewaschen zu bekommen. *Franklin P. Jones*

die wichtigste Entdeckungsreise, die der Mensch unternehmen kann. *Sören Kierkegaard*

Verbindung, zu der mancher nicht rechtzeitig sein Neinwort gab. *Ron Kritzfeld*

der Sonderfall eines Abonnements, das mehr Geld kostet, als wenn man einzeln zahlen müßte. *Gabriel Laub*

das beste aller Übel. *Daliah Lavi*

die vom Staat sanktionierte Tyrannei. *Alma Mahler-Werfel*

ein Bauwerk, das jeden Tag neu errichtet werden muß. *André Maurois*

ein notwendiges Übel. *Menander*

der originelle Versuch, die Kosten zu halbieren, indem man sie verdoppelt. *George Mikes* eine Hölle bei gemeinsamem Schlafzimmer; bei getrennten Schlafzimmern ist sie nur noch ein Fegefeuer; ohne Zusammenwohnen wäre sie vielleicht das Paradies. *Henry de Montherlant*

die schönste Sache von der Welt, wenn es mehr Kür und weniger Pflicht gäbe. *Jeanne Moreau*

das Bündnis zweier Menschen, von denen einer sich niemals an Geburtstage zu erinnern vermag und der andere sie nie vergißt. *Odgen Nash*

ein Buch, dessen erstes Kapitel aus Poesie besteht, die folgenden sind Prosa. *Beverley Nichols*

die verlogenste Form des Geschlechtsverkehrs, und eben deshalb hat sie das gute Gewissen auf ihrer Seite. *Friedrich Nietzsche*

ein Hafen im Sturm, öfters aber ein Sturm im Hafen. *Petit-Senn*

ein Rahmen für organisiertes Zusammenleben, nicht für Liebe.
Christiane Rochefort

ein Souvenir der Liebe. *Helen Rowland*

in vielen Fällen lebenslängliche Doppelhaft ohne Bewährungsfrist und Strafaufschub, verschärft durch Fasten und gemeinsames Lager.
Jean-Paul Sartre

der allmähliche Wärmeverlust, der durch gegenseitige Reibung entsteht.
Peter Sellers

die wahre Festung der bürgerlichen Moral. *George Bernard Shaw*

die liederlichste aller menschlichen Einrichtungen, das ist das Geheimnis ihrer Beliebtheit. *George Bernard Shaw*

eine Einrichtung, die populär ist, weil sie das Maximum der Versuchung mit dem Maximum der Gelegenheit verbindet. *George Bernard Shaw*

die bedingungslose Kapitulation des Eroberers. *Vittorio de Sica* der beste Beweis dafür, daß aus jedem Eroberer im Laufe der Zeit ein Beherrschter wird. *Phil Silvers*

eine gerechte Einrichtung: Die Frau muß jeden Tag das Essen kochen und der Mann muß es jeden Tag essen. *Alberto Sordi*

eine lange Unterhaltung, unterbrochen durch Dispute. *Robert Louis Stevenson*

eine polizeilich anerkannte Freundschaft. *Robert Louis Stevenson*

das Beieinander zweier übler Launen bei Tag und zweier übler Gerüche bei Nacht. *Charles Maurice Talleyrand*

eine lange Mahlzeit, die mit dem Dessert beginnt. *Henri Toulouse-Lautrec*

eine obszöne Einrichtung zur totalen kommerziellen Ausbeutung des Mannes. *Esther Vilar*

das einzige Abenteuer, in das sich auch die Feigen stürzen. *Voltaire*

ein Versuch, zu zweit wenigstens halb so glücklich zu werden, wie man allein gewesen ist. *Oscar Wilde*

gegenseitige Freiheitsberaubung im beiderseitigen Einvernehmen. *Oscar Wilde*

Ehe und Militärdienst:
die zwei staatlich sanktionierten Formen von Freiheitsentzug ohne Gerichtsurteil. *Jean Genet*

eine glückliche Ehe:
eine Ehe, in der die Frau ein bißchen blind und der Mann ein bißchen taub ist. *Gordon Dean*

eine gute Ehe:
eine bessere Hälfte und eine stärkere Hälfte. *Victor de Kowa*

eine Brücke, aber keine Kommandobrücke. *Horst Tappert*

wilde Ehe:
meistens ein ziemlich ruhiges Konkubinat. *Wolfgang Gruner*

Ehebruch:
das einzige Delikt, das einen Komplicen verlangt. *Rechtsanwalt Floriot*

Ehefrau:
ein Geschöpf, das sich verpflichtet, die Sorgen mit uns zu teilen, die wir nicht hätten, wenn wir sie nicht geheiratet hätten. *Anonym*

eine vollkommene Ehefrau:
eine, die weiß, daß kein Mann vollkommen ist. *Anonym*

Ehemänner:
Gewächse, die eingehen, wenn sie nicht ausgehen. *Ursula Herking*

Ehemann:
ein Autofahrer, der beide Hände am Steuer hat. *Anonym*

ein Mann, der, wenn er einen Aschenbecher geleert hat, den Anschein zu erwecken versteht, er habe das ganze Haus geputzt. *Anonym*

ein Mann, der sich nach dem Essen als Tellerwäscher betätigen muß. *Ambrose Bierce*

für manche Frau ein Hometrainer zur Vorbereitung auf Auswärtsstarts. *Rolf Thiele*

der ideale Ehemann:
er raucht nicht und trinkt nicht, er kocht, wäscht das Geschirr, bohnert den Fußboden und ist obendrein Junggeselle. *Margaret Biddle*

ein Mann, der jedes Wort versteht, das seine Frau nicht gesagt hat. *Alfred Hitchcock*

nach den Vorstellungen der amerikanischen Frau ein Butler mit dem Einkommen eines Generaldirektors. *William Somerset Maugham*

der erste Mann der Witwe, die man geheiratet hat. *Michel Placidi*

moderner Ehemann:
ein Mann, der in seiner Jugend das getan hat, was die Eltern wollten; der später das getan hat, was seine Frau wollte; der jetzt tut, was seine Kinder wollen. Und der höchstwahrscheinlich niemals das tun wird, was er selber möchte. *Clive King*

Ehen:
private Verkehrsbetriebe mit Nulltarif. *Wolfram Weidner*

Ehepaar:
zwei Menschen, die sich für das Finale qualifiziert haben. *Werner Finck*

Ehering:
eine Tapferkeitsauszeichnung, die man am Finger trägt. *Noel Coward*

Eheringe:
die Handschellen der bürgerlichen Gesellschaft. *Curth Flatow*

Ehrerbietung:
die geistige Einstellung des Menschen zu Gott und des Hundes zum Menschen. *Ambrose Bierce*

Ehrfurcht:
Respekt mit weit geöffnetem Mund. *Anonym*

Ehrgeiz:
ein übermächtiges Verlangen, von seinen Feinden zu Lebzeiten geschmäht und von seinen Freunden nach dem Tode verlacht zu werden. *Ambrose Bierce*

Sehnsucht, die nicht vom Herzen, sondern vom Kopf herkommt. *Anita Daniel*

die letzte Zuflucht des Versagers. *Oscar Wilde*

ehrlich:
im Geschäftsleben schwerbehindert. *Ambrose Bierce*

Ehrlichkeit:
Betrügerei auf längere Sicht. *Pitigrilli*

Eifer:

ein Viertel Fleiß, drei Viertel Dummheit. *Anonym*

Eifersucht:

unnötige Besorgnis um etwas, das man nur verlieren kann, wenn es sich sowieso nicht lohnt, es zu halten. *Ambrose Bierce*

Liebesneid. *Wilhelm Busch*

die Gelbsucht der Seele. *John Dryden*

ein Verschönerungsspiel. Eifersüchtige neigen oft dazu, den Rivalen zu idealisieren. *Nancy Friday*

die Angst vor dem Vergleich. *Max Frisch*

eine Leidenschaft, die mit Eifer sucht, was Leiden schafft. *Friedrich Schleiermacher*

die radikalste, ursprünglichste und unverhohlenste Form der Bewunderung – Bewunderung in Kriegsbemalung sozusagen. *Robert Louis Stevenson*

eifersüchtig sein:

nicht an seiner Frau, sondern an sich selbst zweifeln. *Honoré de Balzac*

Eigenliebe:

der Beginn einer lebenslangen Romanze. *Oscar Wilde*

Eigensinn:

die Willenskraft der Schwachen. *Marie von Ebner-Eschenbach*

die Energie der Dummen. *Baltasar Gracian*

Eigentum:

das Objekt kurzer menschlicher Raffgier und langer Gleichgültigkeit. *Ambrose Bierce*

Eigentumswohnung:

neuzeitliches Heim, das in idealer Weise alle Nachteile des eigenen Hauses mit denen der Mietwohnung vereinigt. *Ron Kritzfeld*

einander kennenlernen:
lernen, wie fremd man einander ist. *Christian Morgenstern*

Einbildungskraft:
die einzige Waffe im Krieg gegen die Wirklichkeit. *Jules de Gaultier*

das, was uns davon abhält, uns in den Armen eines Stubenmädchens so glücklich zu fühlen wie in den Armen einer Gräfin. *Samuel Johnson*

das, was manchen Politiker glauben macht, er sei ein Staatsmann.
Roberta Tennes

eine Eigenschaft, die den Menschen dafür entschädigt, was er nicht ist.
Oscar Wilde

Einbruch:
kriminelle Form der Selbstbedienung. *Michael Schiff*

Eindruck:
etwas, das manche Menschen nur hinterlassen, wenn sie in Schnee fallen.
Anonym

Einfachheit:
der Mut zum Wesentlichen. *Helmar Nahr*

Einfall:
eine Idee mit einem Lächeln. *Robert Lembke*

Einfühlungsvermögen:
das Vermögen, das sich am besten verzinst. *Günter Radtke*

Eingeborene:
belanglose Individuen, die den Boden eines neuentdeckten Landes bestellen. Sie hören bald auf, ihn zu bestellen – sie düngen ihn. *Ambrose Bierce*

Einkommen:
die Provision, die einem der Staat für die Erarbeitung der Steuern zuerkennt. *Anonym*

Einkommensgrenze:
die Grenze, die man bei Urlaubsreisen nicht überschreiten sollte. *Anonym*

Einkommensteuer:
Dauerstrafe für regelmäßiges Arbeiten. *Anonym*

einmal:
oft genug. *Ambrose Bierce*

Einsamkeit:
der Weg, auf dem das Schicksal den Menschen zu sich selber führen will. *Hermann Hesse*

ein idealer Zustand, wenn man sich die Menschen aussuchen könnte, die man meidet. *Karl Kraus*

die Verfassung, in der wir nicht wissen, wer der Partner unseres Dialoges ist. *Hans Kudszus*

Belästigung durch sich selbst. *Werner Schneyder*

Einwanderer:
unzivilisierter Mensch, der ein Land für besser hält als das andere. *Ambrose Bierce*

Eisenbahn:
die wichtigste vieler technischer Vorrichtungen, die es einem erlaubt, sich von dem Ort, an dem man sich befindet, an einen anderen zu begeben, an dem es einem auch nicht besser geht. *Ambrose Bierce*

Eishockey:
eine Mischung von Boxen mit bloßen Fäusten und Fechten mit Säbeln aus Holz. *Douglas Carter*

Eiskratzer:
ein Autozubehörartikel, der im Sommer stets aus dem Handschuhfach fällt, im Winter dauernd unter den Sitz rutscht und nicht zu finden ist und schließlich beim ersten Gebrauch zerbricht. *Anonym*

Eitelkeit:

eine Folge der Illusion, man errege jemandes Aufmerksamkeit. *Anonym*

das letzte Kleid, das der Mensch auszieht. *Ernst Bloch*

der Versuch, in einem trüben Spiegel mit sich selbst zu kokettieren. *Romain Gary*

die Gabe, sich noch wichtiger zu nehmen, als man sich fühlt. *Victor de Kowa*

die Neigung, sich als Individuum zu geben, während man keines ist. *Friedrich Nietzsche*

Ekel:

ein Mensch, der so viel über sich spricht, daß wir nicht dazu kommen, über uns zu sprechen. *Malville D. Landon*

Ekstase:

ein Mittel, durch Außersichsein zu sich selber zu kommen. *Thomas Niederreuther*

Elefant:

ein Tier, das wegen seiner Farbe leicht mit Mäusen verwechselt wird. *Anonym*

ein gefährliches Tier, denn aus seinen Stoßzähnen werden Klaviertasten gemacht. *Johannes Brahms*

Eleganz:

guter Geschmack mit einem Hauch von Wagemut. *Anonym*

gemeisterte Verschwendung. *Walter Rathenau*

Elend:

Krankheit, die man sich zuzieht, wenn man sich dem Wohlstand eines Freundes aussetzt. *Ambrose Bierce*

Elite:

das sind immer weniger Menschen, die mehr arbeiten müssen, damit immer mehr weniger arbeiten können. *Herbert Köhler*

Menschen wie du und ich, aber nicht wie er und sie. *Ron Kritzfeld*

moderne Eltern:

Eltern, die ihre Kinder nie schlagen – außer in Notwehr. *Jean-Luc Michel*

Emanzipation:

der Übergang eines Sklaven aus der Unterdrückung durch einen anderen zur Unterdrückung durch sich selbst. *Ambrose Bierce*

die Kunst, den Mann kleinzukriegen, aber nicht an der falschen Stelle. *Evelyn Blythe*

jener enorme Fortschritt, der Frauen erlaubt, nicht nur Kinder zu haben und den Haushalt zu versorgen, sondern auch noch das nötige Geld für die Familie zu verdienen. *Ron Kritzfeld*

der Fortschritt der Frau vom Vorrecht zur Gleichberechtigung. *Marcello Mastroianni*

das Bestreben von Frauen, auf das Niveau von Männern herabzusteigen. *Hanns Dietrich von Seydlitz*

die Kunst, auf eigenen Füßen zu stehen und trotzdem in fremden Armen zu liegen. *Alex Winter*

Energie und Tatkraft:

Eigenschaften eines Mannes, die man häufig erst bei dessen Pensionierung zu rühmen weiß. *Michael Schiff*

Energiewirtschaft:

Freibeuterei, die in Jahrmillionen angelegte Vorräte vergeudet. *Ron Kritzfeld*

Engagement:

vielfach nichts als Mangel an Talent oder an Anspannung, Nachlassen der Kraft. *Theodor W. Adorno*

Engel:

Fußgänger, der zu spät zur Seite sprang. *Anonym*

Engländer:

der einzige Mensch, der imstande ist, allein Schlange zu stehen. *George Mikes*

das diplomatischste Volk der Erde. Wer sonst würde einem mit so freundlichem Lächeln so einen Kaffee vorsetzen? *Bob Hope*

England:

das ist Regen, Cricket und eine korrekte Menschenschlange. *Pierre Daninos*

das einzige Land, in dem die Streiks von Arbeit unterbrochen werden. In den anderen Ländern ist es umgekehrt. *Pierre Daninos*

England und Amerika:

zwei Länder, die durch dieselbe Sprache getrennt sind. *George Bernard Shaw*

das Englische:

eine einfache, aber schwere Sprache. Es besteht aus lauter Fremdwörtern, die falsch ausgesprochen werden. *Kurt Tucholsky*

das englische Königshaus:

der erfolgreichste Anachronismus der Welt. *Rolf Seelmann-Eggebert*

Enkel:

Vorwand für Großväter, sich eine elektrische Eisenbahn zu kaufen. *Anonym*

entdecken:
sehen, was jeder sieht, und denken, was noch niemand gedacht hat.
Albert Szent-Györgyi

Entfernung:
die einzige Möglichkeit, einige Opernsängerinnen schön zu finden.
Anonym

Enthaltsamkeit:
das Vergnügen an Dingen, welche wir nicht kriegen. *Wilhelm Busch*

vielleicht die sonderbarste aller sexuellen Verirrungen. *Remy de Gourmont*

Entrüstung:
ein erregter Zustand der Seele, der meist dann eintritt, wenn man erwischt wird. *Wilhelm Busch*

der Ausdruck deines eigenen gerechten Zorns im Gegensatz zum schockierend schlechten Temperament der anderen. *Elbert Hubbard*

Bekenntnis der Hilflosigkeit. *Walter Rathenau*

moralische Entrüstung:
2 Prozent Moral, 48 Prozent Hemmungen und 50 Prozent Neid. *Anonym*

unterdrückter Neid. *Anonym*

der Heiligenschein der Scheinheiligen. *Helmut Qualtinger*

Eifersucht mit einem Heiligenschein. *Herbert George Wells*

entscheiden:
dem Übergewicht einer Richtung von Einflüssen über eine andere erliegen. *Ambrose Bierce*

Entschlossenheit:
Starrsinn, der unsere Billigung hat. *Ambrose Bierce*

Entschuldigung:
ein gutes Mittel, das letzte Wort zu haben. *Anonym*

Höflichkeit, die zu spät kommt. *Anonym*

Entspannungspolitik:
so tun, als ob man dem anderen über den Weg traut. *Peter Maiwald*

Enttäuschung:
Befreiung von Täuschung. *Ron Kritzfeld*

Entwicklungshilfe:
die armen Leute aus reichen Ländern müssen zahlen für die reichen Leute aus armen Ländern. *Denis Healey*

Epigramm:
eine Bemerkung, zu gut, um wahr zu sein. *Anonym*

Erbonkel:
Betagter, der zu den schönsten Hoffnungen berechtigt. *Ron Kritzfeld*

Erde:
der Wartesaal für die Reise ins Jenseits. *Aus den »Fliegenden Blättern«*

ein gebildeter Stern mit sehr viel Wasserspülung. *Erich Kästner*

Eremit:
ein Mensch, dessen Laster und Torheiten nicht geselliger Art sind. *Ambrose Bierce*

Erfahrung:
etwas, was man immer erst bekommt, kurz nachdem man es braucht. *Anonym*

das, was uns geblieben ist, wenn wir für Experimente zu alt geworden sind. *Anonym*

das, was man nicht hat, wenn man es am dringendsten braucht. *Anonym* das, was einem bleibt, wenn man den Namen des Mädchens längst vergessen hat. *Anonym*

die Fähigkeit, einen Fehler zu erkennen, wenn man ihn wieder macht. *Anonym*

die Fähigkeit, seiner Frau Dinge zu schenken, die sie nicht umtauscht. *Anonym*

das, was übrigbleibt, wenn alles andere verloren ist. *Anonym*

ein Rüstzeug, bestehend aus Waffen, die uns verletzt haben. *Aus den »Fliegenden Blättern«*

das, was uns enthüllt, daß wir die Irrtümer der Jugend gegen die des Alters aufgegeben haben. *Ambrose Bierce*

der beste Lehrmeister, aber das Schulgeld ist hoch. *Thomas Carlyle*

erfahren, was man nicht zu erfahren wünscht. *Kuno Fischer*

die einzige Schule, in der auch Dummköpfe etwas lernen können. *Benjamin Franklin*

nicht das, was wir erleben, sondern das, was wir aus dem Erlebten machen. *Aldous Huxley*

jener kostbare Besitz, der uns befähigt, einen Fehler sofort zu erkennen, wenn wir ihn immer wieder machen. *Danny Kaye*

der Name, den die Menschen ihren Torheiten und Sorgen geben. *Alfred de Musset*

die einzige Sache im Leben, die man am besten aus zweiter Hand erwirbt. *José Ortega y Gasset*

Fachausdruck für bewährte Fehler älterer Mitarbeiter. *Michael Schiff*

eine Sammlung von erfolgreichen Rezepten. *Paul Valéry*

die Summe der Dummheiten, die man machen durfte, ohne sich den Hals zu brechen. *Paul Wegener*

der Name, mit dem jeder seine Dummheiten bezeichnet. *Oscar Wilde*

reich werden durch Verlieren. *Ernst von Wildenbruch*

Erfahrungen:

das Resultat unserer Dummheit. *Sacha Guitry*

der einzige wahre Reichtum, weil man ihn nicht verlieren, nur verschenken kann – und weil man ihn auch dann behält, wenn man ihn verschenkt. *Hans Habe*

die beste Schutzimpfung gegen Vorurteile. *Heinz Hilpert*

die Jahresringe der Menschen. *Paul Hörbiger*

die Erinnerungen, die man teuer bezahlen mußte. *Werner Kraus*

die vernarbten Wunden unserer Dummheit. *John Osborne*

die positive Beschreibung erlebter Irrtümer. *Oscar Wilde*

Erfinder:

jemand, der Räder, Hebel und Federn sinnreich zusammenbaut und das für Kultur hält. *Ambrose Bierce*

Erfindung:

Neuheit, der man so lange mißtraut, bis sie aus den USA wieder zu uns zurückkommt. *Michael Schiff*

Erfindungsgabe:

der einzige Beweis von Genie. *Marquis de Vauvenargues*

Erfolg:

im Grund nichts anderes als die Überwindung der Angst vor dem Versagen. *Anonym*

oft das Resultat eines Fehltritts in der richtigen Richtung. *Anonym* die einzige unverzeihliche Sünde gegen unsere Mitmenschen. *Ambrose Bierce*

exakter und pünktlicher Gehorsam gegen das Gebot der Stunde. *Léon Blum*

so ziemlich das letzte, was einem vergeben wird. *Truman Capote*

der Ruhm der kleinen Leute. *Marie von Ebner-Eschenbach*

das gefährlichste aller Rauschgifte. *Bill Graham*

nur ein aufgeschobener Mißerfolg. *Graham Greene*

die Kunst, Fehler zu machen, die kein anderer bemerkt. *Martin Jente*

die nicht immer logische, aber überzeugende Bestätigung einer Theorie. *Ron Kritzfeld*

eine Strafe: man muß sich mit Leuten abgeben, die man vorher meiden konnte. *Norman Mailer*

in Deutschland das Abonnement für schlechte Kritiken. *Johannes Mario Simmel*

eine unberechenbare Mischung aus Talent, Glück und Arbeit – und oft auch ein Mißverständnis. *Carl Zuckmayer*

der große Erfolg:
oft nur ein glückliches Mißverständnis. *Darius Milhaud*

Erfolg haben:
geben, immer wieder geben; man kann nicht verhindern, daß es wieder zurückkommt. *Gottlieb Duttweiler*

die richtigen Leute auf der richtigen Party zur richtigen Zeit treffen. *Cyril Northcote Parkinson*

erfolgreich sein:
genau die Fähigkeiten haben, die im Moment gefragt sind. *Henry Ford*

Erfolgserlebnisse:

Stufen, denen man nicht ansieht, ob sie zu einer Leiter oder zu einer Tretmühle gehören. *Helmar Nahr*

Erinnerung:

das einzige Paradies, aus dem wir nicht vertrieben werden können. *Jean Paul*

ein goldener Rahmen, der jedes Bild freundlicher macht. *Carl Zuckmayer*

Erinnerungen:

Wärmflaschen fürs Herz. *Rudolf Fernau*

Wirklichkeiten im Sonntagsanzug. *Oliver Hassencamp*

erkennen:

ein Nachdenken der Gedanken Gottes. *Karl Jaspers*

Ernsthaftigkeit:

die Zuflucht derer, die nichts zu sagen haben. *Oscar Wilde*

Erotik:

Sexualersatz. *Walter Serner*

erröten:

Frauen verstehen darunter die Kunst, subkutan Rouge aufzulegen, wenn die Situation es erfordert. *Peter Ustinov*

erwachsen:

wer auf sich selber nicht mehr hereinfällt. *Heimito von Doderer*

Erwachsene:

Mädchen und Jungen, die Pfützen ausweichen. *Anonym*

erwägen:

eine Begründung für eine bereits getroffene Entscheidung suchen. *Ambrose Bierce*

erzählen:

der Wirklichkeit zur Wirksamkeit verhelfen. *Jean-Paul Sartre*

erziehen:

ein Kind so weit bringen, daß es uns nicht mehr braucht. *Anonym*

den Kampf gegen sich selbst in seinen Kindern weiterkämpfen.
Aus den »Fliegenden Blättern«

immun machen gegen das Fernsehen. *Marshall McLuhan*

Erziehung:

die Fähigkeit herauszufinden, was die Kinder wollen, und es ihnen dann zu befehlen. *Anonym*

das Verfahren, mit dem man jüngeren Leuten die eigenen Fehler beibringt. *Anonym*

der Versuch, Kinder davon abzuhalten, die Erwachsenen nachzuahmen. *Anonym*

Beispiel und Liebe – sonst nichts. *Friedrich W. A. Fröbel*

die Entwicklung des Gedächtnisses auf Kosten der Phantasie. *Owen Johnson*

bisher eine Kunst; läuft jetzt Gefahr, eine Wissenschaft zu werden.
Alfred Lichtwark

Zivilschutz gegen den radioaktiven Niederschlag der Medien.

Marshall McLuhan

wesentlich das Mittel, die Ausnahme zu ruinieren zugunsten der Regel.

Friedrich Nietzsche

falsche Perlen vor echte Säue werfen. *Dorothy Parker*

ein Verfahren, das einer riesigen Menschenschar das Lesen beibrachte, aber nicht imstande war, unterscheiden zu lehren, was lesenswert ist.

George M. Trevelyan

organisierte Verteidigung der Erwachsenen gegen die Jugend. *Mark Twain*

eine wunderbare Sache, doch es ist gut, von Zeit zu Zeit daran zu denken, daß nichts Wissenswertes gelehrt werden kann. *Oscar Wilde*

die beste Erziehung:

die Erziehung zum Widerspruch. *Alain Resnais*

gute Erziehung:

verbergen können, wieviel wir von uns selbst halten und wie wenig von den anderen. *Mark Twain*

Essayist:

ein glücklicher Mensch, der eine Möglichkeit herausgefunden hat, wie man beim Gespräch nicht unterbrochen werden kann. *Charles Poore*

eßbar:

wohlschmeckend und bekömmlich – wie der Wurm für die Kröte, die Kröte für die Schlange, die Schlange für das Schwein, das Schwein für den Menschen und der Mensch für den Wurm. *Ambrose Bierce*

essen:

eine höchst ungerechte Sache: Jeder Bissen bleibt höchstens zwei Minuten im Mund, zwei Stunden im Magen, aber drei Monate auf den Hüften.

Christian Dior

Establishment:
die Gemeinschaft der Hände, die einander andauernd waschen, ohne dadurch sauberer zu werden. *Colin Wilson*

Etatberatungen:
die Kunst, Enttäuschungen gleichmäßig zu verteilen. *Maurice Stan*

Ethik:
ins Grenzenlose erweiterte Verantwortung gegen alles, was lebt.
Albert Schweitzer

Etikette:
Gähnen mit geschlossenem Mund. *Anonym*

das Geräusch, das du nicht machst – während du Suppe ißt. *Anonym*

Etymologe:
ein Mensch, der den Unterschied zwischen einem Etymologen und einem Entomologen kennt. *Anonym*

Evolution:
der Weg der Vernunft zu einem besseren Ziel. *Willy Brandt*

Evangelist:
der Überbringer einer freudigen Botschaft, insbesondere (im religiösen Sinne) einer, die uns selber das Seelenheil und unserem Nächsten Verdammnis verheißt. *Ambrose Bierce*

Ewigkeit:
ein anderes Wort für Wechsel. *Gerald Louis Gould*

Exhibitionist:
ein Mann mit Blößenwahn.
Anonym

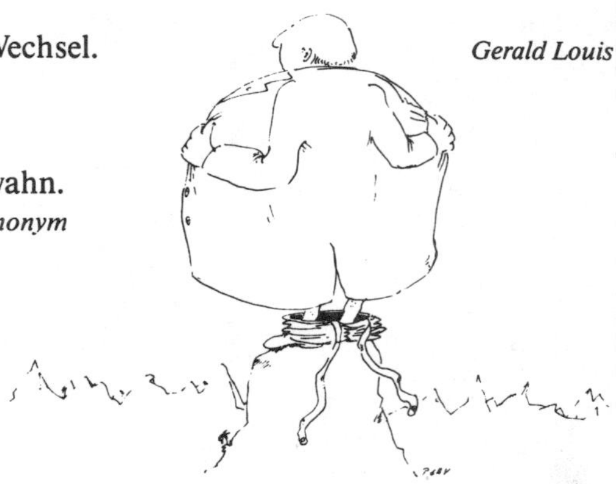

Exklusivität:

das Merkmal des neuen Reichtums, der High Society und der Stinktiere. *Austin O'Malley*

künstlerisches Experiment:

Jargonvokabel für den Ausdruck bedeutender Unfähigkeit. *Helmut Arntzen*

Experte:

ein Mann, der morgen weiß, daß das, was er gestern prophezeit hat, heute nicht eingetroffen ist. *Anonym*

ein Mensch, der die kleinen Irrtümer vermeidet, während er dem großen Trugschluß entgegentreibt. *Benjamin Stolberg*

der Mann, der ganz genau erklären kann, warum alles ganz anders gekommen ist, als er vorausgesagt hatte. *Wolfram Weidner*

Experten:

Leute, die genau begründen können, warum ihre Prognose nicht stimmte. *Jo Herbst*

Leute, die andere daran hindern, den gesunden Menschenverstand zu gebrauchen. *Hannes Messemer*

Leute, die, damit sie Experten bleiben, sich weigern, etwas hinzuzulernen. *Harry S. Truman*

Leute mit Supermikroskopen für Spezialgebiete und Scheuklappen für alles andere. *Jörg Weber*

F

Fabel:

verpackte Moral. *Anonym*

Facharzt:

ein Arzt, der seinen Patienten beigebracht hat, nur während seiner Sprechzeiten krank zu werden. *Anonym*

ein Arzt, der mehr dafür verlangt, daß er weniger weiß. *Dr. Farquarson*

Fachmann:

ein Mann, der einige der größten Fehler kennt, die man in dem betreffenden Fach machen kann, und sie deshalb zu vermeiden versteht.

Werner Heisenberg

Fahnen:

Gesinnungstextilien. *Rudolf Rolfs*

Fahrlehrer:

Männer, die morgens brünett wegfahren und abends weißhaarig heimkommen. *Peter Frankenfeld*

Fairneß:

die Kunst, sich in den Haaren zu liegen, ohne die Frisur zu zerstören.

Gerhard Bronner

Fair play:

das Foul so versteckt machen, daß der Schiedsrichter es nicht sieht.

Dieter Hildebrandt

Familie:

der Betrieb, der das wichtigste Produkt herstellt. *Anonym*

Zwangsbekanntschaft. *Rudolf Rolfs*

ein Überbleibsel der unspezialisierten Vergangenheit, als ein Mann noch seine eigenen Schuhe machte und sein eigenes Brot backte. *Bertrand Russell*

ein steuerlich begünstigter Kleinbetrieb zur Herstellung von Steuerzahlern. *Wolfram Weidner*

Fanatiker:

ein Mensch, der bei der Lektüre eines Buches nicht das liest, was drin steht, sondern das, was er im Kopf hat. *Anonym* ein Mensch, der etwas so tut, wie es nach seiner Meinung der Herrgott tun müßte, wenn der nur besser Bescheid wüßte. *Anonym*

jemand, der seine Ansicht nicht ändern kann und das Thema nicht ändern will. *Winston Churchill*

Leute, die mit einem nicht vorhandenen Kopf durch eine vorhandene Wand rennen wollen. *Martin Held*

einer, der auf seine Kanonen vertraut, gleichgültig, ob sie geladen sind oder nicht. *Franklin P. Jones*

Fanatismus:

die falsche Flamme eines überhitzten Gemüts. *Anonym*

eine hochexplosive Mischung von Engstirnigkeit und Energie. *Herbert von Karajan*

die einzige Willensstärke, zu der auch die Schwachen und Unsicheren gebracht werden können. *Friedrich Nietzsche*

Verdoppeln der Anstrengungen, wenn man das Ziel vergessen hat. *George Santayana*

Farm:

ein Stück Land, das einem zu Reichtum verhelfen kann, wenn man darauf auf eine Ölquelle stößt. *Anonym*

Fata Morgana:

eine optische Täuschung. Man erliegt ihr in der Wüste und jedesmal, wenn man sich verliebt. *Anonym*

Faulenzer:

die Wohltäter der Menschheit. Man bedenke, wieviel Unheil allein durch Nichtstun verhindert worden ist. *George Mikes*

Faulheit:

ins Kraut geschossene Muse. *Anonym*

sträfliche Gelassenheit bei einem Menschen niederen Standes.

Ambrose Bierce

die Furcht vor bevorstehender Arbeit. *Marcus Tullius Cicero*

die Mutter aller Erfindungen. *Curt Goetz*

der Hang zur Ruhe ohne vorhergehende Arbeit. *Immanuel Kant*

wenn jemand mit dem Cocktail-Shaker in der Hand auf das nächste Erdbeben wartet. *Danny Kaye*

die Kunst, so lange nichts zu tun, bis die Gefahr vorüber ist, daß man etwas tun müßte. *Gunther Philipp*

die Angewohnheit, sich auszuruhen, bevor man müde wird. *Jules Renard*

der Humus des Geistes. *Thaddäus Troll*

Faulpelz:

ein Mensch, der sich keine Arbeit macht, sein Nichtstun zu begründen.

Gabriel Laub

ein Mensch, der nichts so gerne tut wie nichts. *Georg Thomalla*

Faultier:

ein Kollege, der noch weniger leistet als man selbst. *Michael Schiff*

Februar:

der Monat, in dem wir merken, daß das Monatsgehalt in 28 Tagen genausowenig reicht wie in 31. *Anonym*

Fehler:

etwas, was Frauen – im Gegensatz zu Männern – sofort zugeben würden, wenn sie welche hätten. *Anonym*

eigenes Vergehen, im Unterschied zu den Vergehen anderer, den sogenannten Verbrechen. *Ambrose Bierce*

Fehlplanung:

was allzu viele Menschen mit Schicksal verwechseln. *Anonym*

Fehlschläge:

die Würze, die dem Erfolg sein Aroma gibt. *Truman Capote*

Feierlichkeit:

jener Nebel, welchen die Dummheit erzeugt, wenn sie in die Enge getrieben wird. *Heimito von Doderer*

Feigenblatt:

alttestamentarische Modetorheit. *Anonym*

Feigheit:

der wirksamste Schutz gegen die Versuchung. *Mark Twain*

Feigling:

ein Mensch mit normal entwickeltem Selbsterhaltungstrieb. *Anonym*

jemand, der in Gefahr mit den Beinen denkt. *Ambrose Bierce*

Feinde:

nicht so sehr diejenigen, die uns hassen, als vielmehr die, die wir hassen. *Anonym*

Ferien:

eine anstrengende Beschäftigung, die man erst zu genießen beginnt, wenn sie vorbei sind. *Anonym*

das ideale Ferienhaus:
eines, das Raum für zwölf Gäste, aber nur zwei Schlafgelegenheiten hat.
Anonym

fern:
der Tag, an dem Verdienste gefragter sein werden als Geld. *Ambrose Bierce*

Fernsehansagerinnen:
das einzige Wohnzimmerpersonal, das sich jede Familie leisten kann.
Petra Schürmann

deutsche Fernsehanstalt:
Behörde mit eigenem Sender. *Hardy Krüger*

Fernsehen:
eine Erfindung, die es uns ermöglicht, Störungen, die wir früher im Radio hörten, nun auch zu sehen. *Anonym*

unbewältigter Journalismus. *Guido Baumann*

die Phantasie der Armen. *Wieslaw Brudzínski*

kein Medium, sondern eine Belästigung. *Walter Koppel*

Mahlzeit, die von Gebildeten sorgfältig nach der Speisekarte ausgesucht, von Ungebildeten wahllos verschlungen und von Eingebildeten grundsätzlich abgelehnt wird. *Ron Kritzfeld*

der legitime Nachfolger der Gartenlaube. *Robert Lembke*

eine Art Unterhaltung, bei der Millionen Menschen zur gleichen Zeit über denselben Witz lachen und doch allein bleiben. *Inge Meysel*

Rundfunk für Phantasielose. *Rudolf Rolfs*

das einzige Schlafmittel, das mit den Augen eingenommen wird. *Vittorio de Sica*

das Vergnügen, zu bewegten Bildern Nüsse zu knabbern und nicht darauf zu achten, wie viele es sind. *Ugo Tognazzi*

die Rache des Theaters an der Filmindustrie. *Peter Ustinov*

die aktive Form des Faulenzens. *Henning Venske*

eine Krankheit, die von der Krankenkasse finanziert werden müßte. *Otto Waalkes*

Kaugummi für die Augen. *Orson Welles*

Fernsehgerät:
ein neuer Apparat, mit dem man alte Sendungen empfangen kann. *Dick Fenton*

Fernsehkritiker:
ein Mensch, der für das Unglück, fernsehen zu müssen, Geld bekommt. *Robert Lembke*

Fernsehpassivität:
eine weitverbreitete Leidensform. *Hans-Horst Skupy*

Fernsehserie:
eine Dauerwurst, die immer frisch aussehen soll. *Fritz Wepper*

Fernsehshow:
der Triumph des Hintern über den Geist. *Henning Venske*

Fernsehunterhaltung:
die Kunst, die Spreu vom Weizen zu trennen und dann zu senden.
Robert Lembke

Fersengeld:
die Landeswährung in einer Republik der Junggesellen. *Marisa Mell*

festhalten:
eine bestimmte Reaktion der menschlichen Hand bei Berührung mit Geld. *Ambrose Bierce*

Festredner:
Leute, die im Schlaf anderer Menschen sprechen. *Jerry Lewis*

Festschriften:
ein Massengrab, bei dessen Verfertigung die Gratulanten stöhnen und fluchen. *Robert Minder*

Festspielgäste:
hochgeschätzte Statisten, die ihren Auftritt auch noch selbst bezahlen.
Gerd Bacher

Feuerstühle:
Potenz, die man hören kann. *Reinhard Weber*

Feuerwehr:

eine Organisation, die mit Wasser ruiniert, was die Flammen verschont haben. *Anonym*

Feuilleton:

das, worin man in sechs Zeitungsspalten sagt, was man mit einem einzigen Satz für sich behalten sollte. *Wilhelm Lichtenberg*

die Unsterblichkeit eines Tages. *Ludwig Speidel*

Feuilletonist:

ein Mann, der auf einer Glatze Locken zu drehen versteht. *Karl Kraus*

Feuilletons:

Filigranitkunstwerke. *Franz Blei*

Figur:

etwas, das jeder hat, das aber bei jungen Mädchen besser aussieht. *Anonym*

Film:

vielleicht die einzige Branche, in der sich mancher als Meister fühlt, bevor seine Lehrzeit überhaupt begonnen hat. *Alfred Hitchcock*

die Kunst, mit hübschen Frauen hübsche Sachen anzustellen. *François Truffaut*

Filmregisseur:

eine Mischung von General, Sergeant, Beichtvater, Psychotherapeut, Lokführer, Puffer, Public-Relations-Experte, Wirtschaftsberater – kurz, der einfachste Job der Welt. *Warren Beatty*

der am meisten überschätzte Beruf und die einzige Form der Kunst, in der man 50 Jahre lang ohne Talent Erfolg haben kann. *Orson Welles*

Filmstar:

ein Mann, der die beste Rolle, den ganzen Gewinn und die Frau des Produzenten verlangt – und das alles auch bekommt. *Billy Wilder*

Finanzamt:

eine Institution, die bewirkt hat, daß Reisende nicht mehr ihre Sekretärin als Ehefrau, sondern ihre Ehefrau als Sekretärin ausgeben. *Anonym*

eine Einrichtung, die schneller als man selbst zu der Erkenntnis kommt, daß es einem zu gut geht. *Anonym*

Finanzbeamte:

Leute, die genau das Doppelte von dem glauben, was man ihnen sagt. *Ugo Tognazzi*

Finanzgenie:

ein Mann, der sein Geld schneller verdient, als seine Familie es ausgeben kann. *Anonym*

Finanzminister:

eine seltsame Personalunion von Milchkuh, Hamster und Kettenhund der Regierung. *Carlo Franchi*

Finanzplaner:

ein Mann, der morgen genau sagen kann, warum der gestern vorausgesagte Finanzbedarf heute nicht ausreicht. *Anonym*

Finanzpolitik:

die Kunst, Geld von Hand zu Hand zu geben, bis nichts mehr übrig ist. *Robert W. Sarnoff*

Fisch:

Lebewesen, das immer dann auf Urlaub geht, wenn auch die Angler gerade auf Urlaub gehen. *Anonym*

Fleiß:

eine bestimmte nervöse Störung, die junge und unerfahrene Menschen befällt. *Ambrose Bierce*

die beste Form der Leidenschaft. *Thomas Mann*

fliegen:

immer weniger von immer mehr sehen. *Anonym*

Fliegengitter:

eine Vorrichtung an Fenstern, die Fliegen daran hindert, das Zimmer zu verlassen. *Anonym*

Flirt:

die Fähigkeit, jemandem nahezukommen, ohne ihm zu nahezutreten. *Anonym*

die Kunst, von einem Paket nur die Verschnürung zu lösen, ohne hineinzusehen. *Anonym*

Training für den Ernstfall. *Anonym*

die Kunst, einer Frau in die Arme zu sinken, ohne ihr in die Hände zu fallen. *Anonym*

Training mit dem Unrichtigen für den Richtigen. *Senta Berger*

ein Versuch, gleichzeitig Feuer zu fangen und zu löschen. *Senta Berger*

die Sünde der Tugendhaften und die Tugend der Sünderinnen. *Paul Bourget*

Männer laufen einer Frau nach, die längst hinter ihnen her ist. *Colette*

Trockenkurs der Liebe. *Karl Farkas*

ein Rennen mit Vorgabe, bei dem sich die Frau immer nur so weit entfernt, daß sie bestimmt eingeholt wird. *Danny Kaye*

ein Überbrückungskredit bis zur nächsten Liebe. *Jeanne Moreau*

attention without intention. *Max O'Rell*

die zarte Kunst, einen Mann mit sich selbst zufrieden zu machen. *Henry Augustus Rowland*

ein Spiel, bei dem man nicht weiß, ob man noch in der Qualifikation ist oder schon im Finale. *Ernst Stankovski*

etwas, wozu Frauen immer bereit sind, solange andere Frauen zuschauen. *Oscar Wilde*

flirten:

das Kunststück, mit einem blauen Auge davonzukommen, nachdem man in zwei blaue Augen geblickt hat. *Roy Black*

die Kunst, so weit davonzulaufen, daß man bestimmt eingeholt wird. *Zsa Zsa Gabor*

ein Versuch, mit dem Feuer zu spielen, ohne welches zu fangen. *Maria Perschy*

die Kunst, einen Mann, der einem nahesteht, auf Distanz zu halten. *Sabina Sesselmann*

auf Distanz intim werden. *Hellmut Walters*

Flirts:

Spinnweben zwischen einem Maskulinum und einem Femininum, auf denen ein Sonnenstrahl tanzt. *Thaddäus Troll*

Flittchen:

junge Dame, die, nachdem sie sich mit uns getroffen hat, einen andern vorzieht. *Alfredo La Mont*

Flitterwochen:

das, was man heutzutage schon hinter sich hat, wenn man heiratet.

Mary McCarthy

der verzweifelte Versuch, die Liebe in die Ehe hinüberzuretten. *Helmar Nahr*

eine Probezeit, in der keine Reklamationen mehr angenommen werden.

Peter Sellers

Flügel:

das Instrument, in dem sich die Harfe zum Schlafen niedergelegt hat.

Ramón Gómez de la Serna

Flugzeug:

ein sicheres Verkehrsmittel – wenn man die Autofahrt zum Flugplatz abschafft. *Anonym*

Folksänger:

ein Künstler, der durch die Verherrlichung der Armut reich wird. *Anonym*

ein Künstler, der mit einer Verstärkeranlage für 10 000 Mark die Vorzüge des einfachen Lebens preist. *Anonym*

Folterbank:

ein Lehrmittel, das früher häufig verwendet wurde, um die Anhänger eines falschen Glaubens zur lebendigen Wahrheit zu bekehren.

Ambrose Bierce

Format:

vielen einzig als DIN-Größe bekannt. *Franz Xaver Neuwirth*

forschen:

sehen, was jeder sieht, und denken, was keiner denkt. *Anonym*

Forscher:

ein Mann, der sich den Kopf zerbricht über neue Methoden, sich nicht mehr den Kopf zerbrechen zu müssen. *Anonym*

ein Portier im Labyrinth; hinter jeder mühsam geöffneten Tür entdeckt er mindestens zwei noch verschlossene. *Ron Kritzfeld*

Fortschritt:

das unablässige Bemühen, die Dinge, die wir essen, trinken und anhaben, so gut zu machen, wie sie früher einmal waren. *Anonym*

Bewegung in der Richtung des geringsten Widerstandes. *Anonym*

in der Politik manchmal nur das Gefühl, das man in einem stehenden Eisenbahnzug hat, wenn nebenan ein anderer fährt. *George Brown*

der Vorgang, bei dem es durch angestrengte Arbeit schließlich gelingt, so wenig tun zu müssen, wie die Naturvölker schon immer getan haben.

David Frost

die bekannten alten Sorgen gegen unbekannte neue, noch kompliziertere Sorgen eintauschen. *José Ortega y Gasset*

der Übergang von Situationen, deren Nachteile man kennt, zu Situationen, deren Nachteile man noch nicht kennt. *Arnold Gehlen*

die Fähigkeit des Menschen, einfache Dinge komplizieren. *Thor Heyerdahl*

immer mehr wissen und immer weniger davon haben. *Josef Meinrad* ein Apfel, von dem schon Dostojewski und Nietzsche gewußt haben, daß er wurmstichig ist. *Czeslaw Milosz*

die Verwirklichung von Utopien. *Oscar Wilde*

Fortuna:

eine Dame, die nur jenen wenigen zulächelt, die wissen, wie man sie zum Lächeln bringt. *Hans Selye*

Fragezeichen:

das Zeichen der Intelligenz. *Anonym*

die Franken:

die Sanguiniker unter den Deutschen. *Theodor Heuss*

Frau:

ein Geschöpf, das ständig in den Spiegel schaut und es vergißt, wenn es aus einer Parklücke herausfährt. *Anonym*

die Rätselecke in Gottes großer Weltzeitung. *Marcel Achard*

eine raffinierte Mischung von Brandstifter und Feuerwehr. *Marcel Aymé*

das einzige Geschenk, das sich selbst verpackt. *Jean-Paul Belmondo*

die einzige Maus, die Fallen fängt. *Ralph Boller*

das einzige Wesen, das Falle, Köder und Fallensteller zugleich ist. *Gilbert Keith Chesterton*

eine Festung, die sich mit der weißen Flagge wehrt. *Charles Boyer*

ein Übel, wenn auch ein notwendiges. *Aulus Gellius*

ein Löschblatt. Sie nimmt alles auf und gibt es verkehrt wieder. *Curt Goetz*

ein Kamel, das uns hilft, die Wüste des Lebens zu durchqueren. *Ben Gurion*

der schlimmste Feind der Frau. *Henry de Montherlant*

so etwas wie ein Koffer ohne Handgriff. Man weiß nicht recht, wie man sie halten soll; außerdem muß man befürchten, daß sie einem entgleitet.
Paul Morand

eine Falle der Natur. *Friedrich Nietzsche*

die Beute, die dem Raubtier auflauert. *José Ortega y Gasset*

die einzige Mausefalle, die der Maus nachläuft. *George Bernard Shaw*

ein menschliches Wesen, das sich anzieht, schwatzt und sich auszieht.
Voltaire

Frau am Steuer:
ein Wesen, das auch nicht anders fährt als ein Mann – nur nimmt man's ihr übel. *Anonym*

ein Mensch, der alle Verkehrsvorschriften genau befolgt und dafür beschimpft wird, daß er einen Mann behindert, der sie nicht befolgt.
Anonym

eine anständige Frau:
eine Dame, die weiß, was sie nicht wissen darf, obwohl sie es weiß.
Jean-Paul Belmondo

eine emanzipierte Frau:
eine, die Sex vor der Ehe und danach einen Beruf hat. *Gloria Steinem*

eine geschiedene Frau:
eine Frau, die geheiratet hat, um nicht mehr arbeiten zu müssen, und jetzt arbeitet, um nicht mehr heiraten zu müssen. *Anna Magnani*

die ideale Frau:
für mich die, mit der ich weinen kann. *Anonym*

eine intelligente Frau:
eine Frau, bei der man so dumm sein kann, wie man will. *Paul Valéry*

eine liebende Frau:
eine Sklavin, die ihrem Herrn die Ketten anlegt. *George Bernard Shaw*

eine schlechte Frau:

die Art Frauen, deren man nie müde wird. *Oscar Wilde*

Frauen:

das Paradies der Augen, das Fegefeuer des Beutels und die Hölle der Seele. *Aus Spanien*

der i-Punkt auf Gottes Schöpfung, deshalb sind viele so klein und so rund. *Ali Ferhat*

das Beste in dieser Art. *Curt Goetz*

Fallen, die den Menschen von allen Seiten belauern, um ihn in das Nur-Endliche zu reißen. *Franz Kafka*

eine Mehrheit, die wie eine Minderheit behandelt wird. *Lisa Kraemer*

Spielleiter, die manchmal die gelbe Karte zeigen, aber niemals die rote. *Marcello Mastroianni*

ein Kreuzworträtsel – erst waagerecht und senkrecht zusammen ergeben die Lösung. *Marcello Mastroianni*

ein liebliches Geheimnis: nur verhüllt, nicht verschlossen. *Novalis*

das beste Trainingslager. *Otto Rehagel*

die sonderbarsten Geschöpfe: während ihr Widerspruch zunimmt, läßt ihr Widerstand nach. *Karl Schönböck*

Wesen, die uns mit dem Wunsch erfüllen, Meisterwerke zu schaffen, uns aber dann daran hindern, sie auszuführen. *Oscar Wilde*

Sphinxe ohne Geheimnisse. *Oscar Wilde*

anständige Frauen:

diejenigen, die noch keiner gefragt hat. *Ovid*

Frauenärzte:
die einzigen Menschen, die jemanden kennenlernen, bevor er geboren ist.
Chris Howland

Frauenarzt:
der einzige Mann, der wirklich nicht ohne Frauen leben kann.
Arthur Schopenhauer

Frauenkenner:
ein Mann, der nur Frauen kennt, die er besser nicht kennen würde, und von ihnen auf Frauen schließt, die er nie kennen wird. *Anonym*

Frauenkleidung:
ein Kompromiß zwischen dem eingestandenen Wunsch, sich anzuziehen, und dem uneingestandenen Wunsch, sich auszuziehen. *Lin Yutang*

Frauenseele:
für mich ein offenes Buch – geschrieben in einer unverständlichen Sprache. *Ephraim Kishon*

Frauenträne:
die stärkste Wasserkraft der Welt. *Wilson Mizner*

Frauenzimmer:
Zimmer, die sich auf Herzklopfen öffnen. *Robert Lembke*

frei:
wer sich in seinem Joch behaglich fühlt. *Robert Frost*

Freie Demokraten:
Anhalter, die oft recht mitgenommen wirken. *Wolfram Weidner*

Freigebigkeit:
oft nur die Eitelkeit des Schenkens. *François de La Rochefoucauld*

Freiheit:
das Recht, Menschen zu wählen, die die Aufgabe haben, deine Freiheit einzuschränken. *Anonym*

eines der kostbarsten Güter der Einbildung. *Ambrose Bierce*

ein politischer Zustand, dessen sich jede Nation allein zu erfreuen glaubt. *Ambrose Bierce*

der Sauerstoff der Seele. *Moshe Dayan*

kein Privileg, das verliehen wird, sondern eine Gewohnheit, die erworben werden muß. *Henry George*

ein Gut, dessen Dasein weniger Vergnügen bringt als seine Abwesenheit Schmerzen. *Jean Paul*

ein stürmisches Meer, nur ängstliche Naturen bevorzugen die Stille des Despotismus. *Thomas Jefferson*

die Wahl zwischen Arbeiten und Verhungern. *Samuel Johnson*

ein Segel – prall im Sturm der Sehnsucht, schlaff in der Windstille der Gewohnheit. *Hans Kasper*

immer nur Freiheit des anders Denkenden. *Rosa Luxemburg*

der Zwang, sich zu entscheiden. *José Ortega y Gasset*

das Recht, anderen Leuten das zu sagen, was sie nicht hören wollen.
George Orwell

die Freiheit zu sagen, daß zwei und zwei vier ergibt. Wenn das garantiert ist, folgt alles andere von selbst. *George Orwell*

eine sehr schöne Sache, aber nicht dann, wenn sie mit Einsamkeit erkauft wird. *Bertrand Russell*

das einzige Ding, das man nicht haben kann, wenn man nicht gewillt ist, es anderen zu geben. *William Allen White*

Freizeit:
die Zeit, die man zwischen Wohnung und Arbeitsstätte verbringt. *Anonym*

die Zeit, die man mit Arbeiten zubringt, für die man nicht bezahlt wird.
Anonym

die Zeit, die eine Mutter hat, um den Haushalt in Ordnung zu halten, wenn die Kinder versorgt sind. *Anonym*

Fremde:
Freunde, die man nur noch nicht kennengelernt hat. *Anonym*

die Fremde:
die Heimat des Abenteurers. *Hans Kasper*

Fremdwörter:
die Gastarbeiter der Sprache. *Wolfram Weidner*

Freude:
das aufrichtigste aller Komplimente. *Coco Chanel*

Freund:
jemand, der an meine Tür klopft, wenn mich alle Welt verlassen hat.
Anonym

ein Mensch, der dieselben Leute nicht mag wie du. *Anonym*

einer, der dich durchschaut und trotzdem nicht enttäuscht ist. *Anonym*

wer dir häßliche Dinge ins Gesicht sagt, statt hinter deinem Rücken. *Anonym*

jemand, mit dem man nicht reden muß. *Anonym*

ein Mensch, vor dem man laut denken kann. *Ralph Waldo Emerson*

ein Mensch, der immer da ist, wenn man ihn braucht; und der vor allem nicht da ist, wenn man ihn nicht braucht. *Jean Gabin*

einer, der alles von dir weiß und der dich trotzdem liebt. *Elbert Hubbard*

Mensch, der uns annimmt, ohne uns auszunehmen. *Ron Kritzfeld*

etwas, was dem Geld sehr ähnlich ist, weil leichter zu gewinnen als zu halten. *Alfredo La Mont*

ein Geschenk, das man sich selbst macht. *Robert Louis Stevenson*

Freunde:

jene seltenen Menschen, die einen fragen, wie es einem geht, und dann auch die Antwort abwarten. *Anonym*

Leute, die meine Bücher entleihen und nasse Gläser darauf stellen. *Edwin Arlington Robinson*

die besten Freunde:

diejenigen Menschen, mit denen man über dieselben Dinge schweigen kann. *Anonym*

Freundlichkeit:

die größte aller ungenutzten Kapitalreserven. *Anonym*

eine Sprache, die Taube hören und Blinde lesen können. *Mark Twain*

Freundschaft:

dem andern so aufmerksam zuhören, wie man es sich von ihm wünscht. *Anonym*

eine Seele in zwei Körpern. *Aristoteles*

ein Zustand, der besteht, wenn jeder Freund glaubt, dem anderen gegenüber eine leichte Überlegenheit zu besitzen. *Honoré de Balzac*

ein Schiff, groß genug, um bei gutem Wetter zwei zu tragen, aber nur einen bei schlechtem. *Ambrose Bierce*

Liebe ohne ihre Flügel. *Lord Byron*

die stillschweigende Übereinkunft zweier Feinde, die für eine gemeinsame Beute arbeiten wollen. *Elbert Hubbard*

ein Vertrag, durch den wir uns verpflichten, kleine Dienste zu erweisen, damit wir in den Genuß größerer kommen. *Charles de Montesquieu*

das Verbundensein eines Teils des einen Menschen mit einem Teil eines anderen. Freund ist man stückweise. *George Santayana*

so etwas wie Liebe mit Verstand. *Sabine Sauer*

Liebe ohne Begierde. *Georg-Stefan Troller*

ein Regenschirm, der den Fehler hat, daß er bei schlechtem Wetter zurückgegeben werden muß. *Pierre Véron*

platonische Freundschaft:

eine Freundschaft, von der die halbe Stadt behauptet, sie sei keine. *Anonym*

Friede:

in der internationalen Politik: eine Periode der Betrügereien zwischen zwei Perioden des Kampfes. *Ambrose Bierce*

ein aussterbender Zustand, der den Überfluß von Zivilisten durch Krieg zu kurieren sucht. *Cyril Vernon Conolly*

die Rücksicht auf das Recht des anderen. *Benito Juarez*

die Fortsetzung des Krieges mit anderen Mitteln. *Oswald Spengler*

meist nur ein Waffenstillstand, in dem der Schwächere so lange auf seine Ansprüche verzichtet, bis er eine Gelegenheit findet, sie mit Waffengewalt erneut geltend zu machen. *Luc de Clapiers de Vauvenargues*

Friedhof:

Versammlungsort für Leute, die glaubten, daß das Leben ohne sie nicht weitergeht. *Anonym*

ein Friedlicher:

einer, der sich totschießen läßt, um zu beweisen, daß der andere der Aggressor gewesen ist. *Ludwig Marcuse*

Friseur:

ein Mann, der etwas gelernt haben muß, damit wir ihm unseren Kopf anvertrauen. *Gabriel Laub*

Frömmigkeit:

die Verehrung eines höchsten Wesens, beruhend auf der Vermutung, es gleiche dem Menschen. *Ambrose Bierce*

Frömmler:

jemand, der hartnäckig und fanatisch eine Meinung vertritt, die man selber nicht akzeptiert. *Ambrose Bierce*

Frosch:

ein Lurch mit eßbaren Schenkeln. *Ambrose Bierce*

Frühling:

die Jahreszeit, da die Phantasie junger Männer sich mit Dingen zu beschäftigen beginnt, an die junge Mädchen den ganzen Winter über schon dachten. *Anonym*

Jahreszeit, in der die Autofahrer das Gefrierschutzmittel zwei Wochen zu früh aus dem Kühler lassen. *Anonym*

die schöne Jahreszeit, in der der Winterschlaf aufhört und die Frühjahrsmüdigkeit anfängt. *Anonym*

jene herrliche Zeit, in der wir alle ins Freie eilen, um endlich etwas frischen Benzindunst zu atmen. *Carlo Manzoni*

Frustration:

Luschtverluscht. *Aus dem Schwäbischen*

Führer:
einer, der die anderen unendlich nötig hat. *Antoine de Saint-Exupéry*

der geborene Führer:
jemand, der Angst davor hat, irgendwohin allein zu gehen. *Clifford Hanley*

Führungstalent:
die Gabe, den Menschen zu zeigen, daß ihr Bestes etwas ganz anderes ist, als sie geglaubt haben. *Anonym*

Funkhaus:
Dantes Inferno in der Inszenierung von Willy Millowitsch. *Herbert John*

Funktionäre:
Leute, die immerhin dreimal überlegen, bevor sie nichts tun.
Cyril Northcote Parkinson

Furcht:
die Dunkelkammer, in der Negatives entwickelt wird. *Anonym*

Furz:
Hosenjuchzer. *Abraham a Santa Clara*

Fußball:
das erfolgreichste Theater der Neuzeit. *Helmut Karasek*

Fußballfan:
jemand, der von jedem deutschen Bundesligaspieler genau die Nationalität kennt. *Anonym*

Fußballstadion:
der einzige Ort, an dem man brüllen kann, ohne daß man gleich für einen Sänger gehalten wird. *Raf Vallone*

Fußgänger:
ein Mann, der Frau und Tochter, aber nur zwei Autos hat. *Anonym*

ein Ehemann, der nicht glauben will, daß seine Frau einen eigenen Wagen braucht. *Anonym* jemand, der nicht mehr weiß, wo er seinen Wagen geparkt hat. *Anonym*

ein verheirateter Mann, der ein Auto besitzt. *Anonym*

ein glücklicher Autofahrer, der einen Parkplatz gefunden hat.
Joachim Fuchsberger

ein Verkehrsteilnehmer, bei dem sozusagen Fahrer und Fahrzeug eins sind. *James Pencer*

Staubsauger ohne Motor. *Robert Rocca*

Fußnoten:
die Hühneraugen der Literatur. *Wolfram Weidner*

Futurologe:
einer, der sich vorstellen kann, wie die Zukunft einmal sein wird, sich aber nicht vorstellen kann, daß diese ohne ihn auskommen könnte.
Stanislaw Jerzy Lec

G

gackern:
die Geburt eines Eies feiern. *Ambrose Bierce*

gähnen:

schlechte Manieren, aber eine ehrliche Meinungsäußerung. *Anonym*

ein stiller Aufschrei. *Gilbert Keith Chesterton*

Wiegenlied ohne Worte. *Wolfram Weidner*

Gärtner:

einer, der meint, wenn man etwas hineinsteckt, müsse auch wieder etwas herauskommen. *Anonym*

Garten:

etwas, das verwelkt, wenn man es nicht gießt, und verfault, wenn man es gießt. *Anonym*

Gastfreundschaft:

die Kunst, Besuchern das Gefühl zu vermitteln, sie seien zu Hause, während man wünscht, sie wären es. *Anonym*

die Kunst, Besucher zum Bleiben zu veranlassen, ohne sie am Aufbrechen zu hindern. *Anonym*

die Tugend, welche uns veranlaßt, gewissen Menschen Nahrung und Obdach zu geben, die beides nicht nötig haben. *Ambrose Bierce*

Gastronom:

ein Mensch, der die Welt so sieht, wie sie ißt. *Ludwig Schmidseder*

Gatte:

jemand, dem nach dem Essen das Spülen des Geschirrs obliegt. *Ambrose Bierce*

das, was übrigbleibt, wenn man dem Liebhaber den Nerv gezogen hat. *Helen Rowland*

Gattin:

eine Person, die auch inmitten der herrlichsten Landschaft der Welt den Blick starr auf den Tachometer heftet. *Anonym*

Geburt:

die Aushändigung einer Rückfahrkarte. *Hans Kudszus*

Gedächtnis:

eine Schublade, die häufig klemmt. *Anonym*

das Ding, mit dem ich vergesse. *Definition eines Kindes*

die Sparbüchse des Geistes. *Aus den »Fliegenden Blättern«*

ein sonderbares Sieb: es behält alles Gute von uns und alles Üble von den anderen. *Wieslaw Brudzínski*

die Fähigkeit, sich das zu merken, was man vergessen möchte. *Daniel Gélin*

die Versammlung des Denkens. *Martin Heidegger*

ein Netz – zieht man es aus dem Bach, so ist es voller Fische, aber Tausende Liter Wasser sind durchgelaufen, ohne hängenzubleiben. *Oliver Wendell Holmes*

die Kombination von Protokoll und Märchenbuch. *Hans Weigel*

das Tagebuch, das wir immer mit uns herumtragen. *Oscar Wilde*

gutes Gedächtnis:

ein Fluch, der einem Segen ähnlich sieht. *Harold Pinter*

Gedächtniskünstler:

ein Mensch, der die dritte Strophe des Deutschlandliedes auswendig kann. *Anonym*

Gedächtniskünstlerin:

Frau, die das wahre Alter einer Rivalin erfahren hat. *Anonym*

Gedächtnisschwund:

eine Krankheit, die Psychiater veranlaßt, Vorauszahlungen von ihren Patienten zu verlangen. *Anonym*

neuer Gedanke:

meist eine uralte Banalität in dem Augenblick, da wir ihre Wahrheit an uns selbst erfahren. *Arthur Schnitzler*

Gedanken:

die Proben zu Handlungen. *Sigmund Freud*

klare Gedanken:

die Gedanken, die den gleichen Grad von Konfusion haben wie unsere eigenen. *Marcel Proust*

Gedicht:

die Spitze des Ungesagten, die gerade noch ins Sagbare ragt. *Hilde Domin*

Fassung, die der Autor gewinnt. *Reiner Kunze*

Gedichte veröffentlichen:

ein Rosenblatt in den Grand Canyon werfen und auf das Echo warten. *Don Marquis*

Geduld:

eine Eigenschaft, die wir am dringendsten brauchen, wenn sie uns auszugehen droht. *Anonym*

die Kunst, die Ungeduld zu verbergen. *Anonym*

die Kunst, nur langsam wütend zu werden. *Anonym*

gezähmte Leidenschaft. *Lyman Abbott*

eine niedere Form von Verzweiflung, als Tugend verkleidet. *Ambrose Bierce*

eine Grundtugend der Politik – solange man sie nicht mit der Ausdauer verwechselt, Fehlschläge in unbegrenzter Zahl hinzunehmen. *Hans Kasper*

das einzige Ding, das man verlieren kann, ohne es zu besitzen. *Wilhelm Lichtenberg*

Fähigkeit, die dann, wenn man sie am meisten braucht, erschöpft ist. *Carey MacWilliams*

die Kunst zu hoffen. *Friedrich Schleiermacher*

Geduld haben:
so tun, als hätte man sie. *Wolfram Weidner*

Gefolgsmann:
Anhänger ohne Verstand. *Ambrose Bierce*

Gegenwart:
jener Teil der Ewigkeit, der den Bereich der Enttäuschung von jenem der Hoffnung scheidet. *Ambrose Bierce*

das sinnlich gewordene Stück der Ewigkeit. *Hans Lohberger*

Gegner:
Lehrer, die uns nichts kosten. *Ferdinand Vicomte de Lesseps*

Geheimhaltung:
Methode zur schnellsten Verbreitung betriebsinterner Neuigkeiten. *Michael Schiff*

Geheimnis:
das, was man einem anderen unter dem Siegel der Verschwiegenheit weitererzählt, weil man es nicht für sich behalten kann. *Anonym*

etwas, was man im Flüsterton unter vier Augen weitererzählt. *Marcel Pagnol*

Gehirn:

eine fabelhafte Sache – es fängt zu arbeiten an, sobald man aufsteht, und hört erst auf, wenn man im Büro ist. *Anonym*

ein Körperorgan, das im Augenblick der Geburt zu arbeiten beginnt und damit erst aufhört, wenn man aufsteht, um eine Rede zu halten. *Anonym*

ein Organ, mit dem wir denken, daß wir denken. *Ambrose Bierce*

das Instrument, mit dem unser Geist Musik macht. *Karl Popper*

Geist:

das Instrument, mit dessen Hilfe der Mensch fortschreitet. *Henry George*

Geist haben:

wissen, worin sich unterschiedliche Dinge gleichen und gleiche Dinge unterscheiden. *Madame de Stael*

Geisterfahrer:

ein entgegenkommender Mensch. *Anonym*

Geistesgegenwart:

die Fähigkeit, die es einem Autofahrer ermöglicht, gegen etwas Billiges zu fahren, wenn er merkt, daß seine Bremsen versagen. *Anonym*

geistreich sein:

sich leicht verständlich machen, ohne deutlich zu werden. *Jean Anouilh*

Geiz:

in den Augen der Erben kein Laster, sondern eine Tugend. *Carl Fürstenberg*

subjektive Armut. *Peter Hille*

eine Falle, die dem Besitzenden gestellt wird. *Annette Kolb*

für den Geizigen keine Plage, sondern ein Genuß. Das können nur die Geizigen ganz verstehen. *Molière*

Geizhälse:

die Plage ihrer Zeitgenossen, aber das Entzücken ihrer Erben.
Theodor Fontane

unangenehme Zeitgenossen, aber angenehme Vorfahren. *Viktor de Kowa*

Geizhals:

ein Mensch, der sein Vermögen an seine Erben verschwendet. *Anonym*

ein Mensch, der wie ein Bettler lebt – aus Angst, einer zu werden. *Anonym*

ein Mann, der seine Finger nachzählt, nachdem er einem anderen die Hand gegeben hat. *Anonym*

Gelassenheit:

eine anmutige Form des Selbstbewußtseins. *Marie von Ebner-Eschenbach*

Geld:

ein guter Diener und ein böser Herr. *Anonym*

eine neue Form der Sklaverei. *Anonym*

etwas, das nur kurz in Deiner Tasche haltmacht – auf dem Weg zum Finanzamt. *Anonym*

ein sicheres Mittel, um auch verhältnismäßig anständigen Leuten zum Sündenfall zu verhelfen. *Anonym*

eine Wohltat, die wir genießen, indem wir uns von ihr trennen.
Ambrose Bierce

tragbares Eigentum. *Ambrose Bierce*

geprägte Freiheit. *Fedor M. Dostojewski*

der größte Feigling. Beim geringsten Anzeichen von Gefahr flieht es. *Harold Kingsley*

der sechste Sinn. Ohne ihn kann man mit den anderen fünf nicht viel anfangen. *William Somerset Maugham*

die Kreditkarte des kleinen Mannes. *Marshall McLuhan*

das Brecheisen der Macht. *Friedrich Nietzsche*

dasjenige, das man besitzt, ist das Mittel zur Freiheit, dasjenige, dem man nachjagt, das Mittel zur Knechtschaft. *Jean Jacques Rousseau*

der Punkt, den Archimedes suchte, um die Welt aus den Angeln zu heben. *Bloor Schleppey*

das einzige, was eine Frau manchmal für sich behalten kann. *Jacques Tati*

jener sechste Sinn, der die Würdigung der anderen fünf erst ermöglicht. *Orson Welles*

Gelegenheitskauf:

Geldausgabe für etwas, dessen Verwendungszweck sich schon noch herausstellen wird. *Anonym*

etwas, das nicht mehr kostet, als es wert ist. *Anonym*

was, was Sie nicht brauchen können, zu einem Preis, dem Sie nicht widerstehen können. *Anonym*

Gelehrsamkeit:

das Unwissen, das den Fleißigen auszeichnet. *Ambrose Bierce*

Staub, der aus einem Buch in einen leeren Schädel geschüttet wurde. *Ambrose Bierce*

der aus Büchern erworbene Reichtum fremder Erfahrung. Eigene Erfahrung ist Weisheit. *Gotthold Ephraim Lessing*

Gelehrte:

Menschen, die sich von normalen Sterblichen durch die anerworbene Fähigkeit unterscheiden, sich an weitschweifigen und komplizierten Irrtümern zu ergötzen. *Anatole France*

Geliebte:

eine Frau, bei der man alles vergißt, was man sonst auswendig weiß, das heißt alle Fehler ihres Geschlechts. *Chamfort*

Geliebter:

ein Mann, den man nicht heiratet, weil man ihn gern hat. *Vanessa Redgrave*

Gemüt:

die Kraft, aus Bier, Speck und Würsten und dem heimeligen Ort ihres Verzehrs die Aura von Heimat zu destillieren. *Schweppenhäuser*

Genauigkeit:

das Laster, recht zu haben. *Anonym*

läppische Eigenschaft, auf die die Menschen bei ihren Worten konsequent verzichten. *Ambrose Bierce*

für eine Zeitung dasselbe, was für eine Dame die Tugend ist. *Adlai Stevenson*

Generäle:

die bestorganisierte Gewerkschaft der Welt. *Ernest Bevin*

Generalist:

ein Mensch, dem auch zum speziellsten Thema noch ein Gemeinplatz einfällt. *Lore Lorentz*

Genie:

ein Talent mit einem guten Manager. *Anonym*

ein Mensch, der alles kann – außer Geld verdienen. *Anonym*

ein Mann, der auf etwas schießt, was niemand sehen kann, und der es trifft. *Anonym* ein Mensch, dem etwas Selbstverständliches zum erstenmal einfällt.

Hermann Bahr

geistige Überlegenheit, die es ihrem Besitzer gestattet, von seinen Bewunderern angenehm zu leben und unausgesetzt betrunken zu sein, ohne dafür geschmäht zu werden. *Ambrose Bierce*

lange Ungeduld. *Paul Claudel*

eine Art Verrückter, der genug Tricks hat, seine Verrücktheit zu verstecken und zu gebrauchen. *Albert Cohen*

ein Blitz, dessen Donner Jahrhunderte währt. *Knut Hamsun*

die Fähigkeit, Richtiges zum ersten Male zu tun. *Elbert Hubbard*

ein Vorgebirge, das in die Zukunft ragt. *Victor Hugo*

das Talent der Erfindung dessen, was nicht gelehrt oder gelernt werden kann. *Immanuel Kant*

99 Prozent Transpiration und 1 Prozent Inspiration. *Adolph von Menzel*

eine genügende Menge an gesundem Menschenverstand.
George Bernard Shaw

die Fähigkeit, mit geringer Mühe das zu vollbringen, was der gewöhnliche Mensch selbst unter Aufwand großer Mühe nicht vollbringen kann.
Herbert Spencer

der auf neue Ideen angewandte gesunde Menschenverstand.
Madame de Stael

ein Mann, der seiner Frau einreden kann, daß ein Nerzmantel sie dick macht, daß ein Brillantring sie alt macht und daß ein Urlaub in Acapulco ihrem Teint schaden würde. *Georg Thomalla*

Genitalien:

der Resonanzboden des Gehirns. *Arthur Schopenhauer*

Gentleman:

jemand, der noch nie eine Geschichte schon einmal gehört hat. *Anonym*

ein Mann, der die Frauen vor allen anderen Männern beschützt. *Anonym*

ein Mensch, der den andern fühlen läßt, daß er auch ein Gentleman ist.
Anonym

ein Herr, der eine Frau so lange beschützt, bis er mit ihr allein ist. *Anonym*

wer Akkordeon spielen kann, es aber unterläßt. *Anonym*

ein Mensch, der sogar dann höflich ist, wenn er nicht um etwas bittet.
Anonym

ein Mann, der die Figur einer Dame beschreiben kann, ohne die Hände zu benutzen. *Anonym*

ein Mann, der gut verbergen kann, daß er kein Gentleman ist. *Anonym*

ein Herr, der sich sogar dann der Zuckerzange bedient, wenn er allein ist.
Alphonse Allais

ein Mann, der die Gedanken einer Frau errät und sie trotzdem nicht heimbegleitet. *John Barrymore*

ein Mann, der eine Frau nur dort anfaßt, wo sie keinen Sonnenbrand hat. *John Cartwright*

ein Mann, der sich nur ein Geschenk im Laufe der Zeit zurückholt – den Lippenstift. *Mylène Demongeot*

ein Mann, der einer Frau gegenüber nicht aus dem Rahmen fällt, auch wenn er über sie im Bilde ist. *Werner Finck*

ein Mann, der in einem überfüllten Bus niemals sitzen bleibt, ohne eine Frau auf den Schoß zu nehmen. *David Frost*

ein Mann, der einer Frau auch dann beim Aufstehen behilflich ist, wenn er sie selbst zu Fall gebracht hat. *Sir Alec Guinness*

ein Mann, der sich nach einem Zusammensein mit einer Frau als freiwilliger Geheimnisträger betrachtet. *Sir Alec Guinness*

ein Mann, der wenigstens von Zeit zu Zeit so ist, wie er immer sein sollte. *Leigh*

ein Mann, der sich wenigstens vorstellt, bevor er einem nachstellt. *Marisa Mell*

ein Mann, in dessen Gesellschaft die Frauen zu blühen beginnen. *Jeanne Moreau*

ein Mann, der wenigstens nicht mit den Damen flirtet, wenn er sie im Bus stehen läßt. *Fritz Muliar*

einer, der selbst jenen Menschen Respekt entgegenbringt, die für ihn von keinerlei Nutzen sein können. *William Phelps*

ein Mann, der eine verheiratete Frau nur dann nach Hause begleitet, wenn er ganz bestimmt weiß, daß der Gatte nicht daheim ist. *Peter Thompson* ein Mann, der seiner Frau die Hoteltür öffnet, damit sie das Gepäck in die Halle tragen kann. *Peter Ustinov*

ein Mann, der niemals hinter dem Rücken einer Dame über ihren Busen spricht. *Peter Ustinov*

Gentleman Agreement:

ein schriftlich nicht fixiertes wechselseitig gegebenes Versprechen, das man bricht in der Hoffnung, daß der andere es halten werde. *Harold Pinter*

der britische Gentleman:

im Typ ein Pferdeliebhaber, der sich für Rugby interessiert, einen gebrochenen Knochen im Leibe hat und wahrscheinlich einen Brief an die »Times« in der Tasche. *René Gimpel*

genug:

besser als zuviel. *Sprichwort*

das, was uns zufriedenstellen würde, wenn nicht die Nachbarn mehr hätten. *Anonym*

Gerechtigkeit:

das Recht des Schwächeren. *Joseph Joubert*

keine billige Sache auf dem Gericht. *Rudolf Rolfs*

Gereiztheit:

der Zorn der Zahmen. *Richard von Schaukal*

Gerichtshof:

eine Körperschaft mit dem Zweck, herauszubekommen, welche Partei den geschickteren Anwalt hat. *Anonym*

Germanisten:

Schar von an Universitäten eifrig tätigen Professoren und Dozenten, welche Studenten ausbilden, die auch nichts von Literatur verstehen. *Hans Weigel*

germanistische Seminare:

die Katakomben der deutschen Literatur. *Theodor Fontane*

Gerücht:

Aussage, auf deren Wahrheitsgehalt man sich verlassen kann, sobald sie offiziell dementiert wird. *Anonym*

Lieblingswaffe des Rufmörders. *Ambrose Bierce*

Gerüchte:

die Rauchfahnen der Wahrheit. *Anonym*

Geschäft:

die Kunst, von einem anderen Geld herauszuschlagen, ohne zu Gewaltmitteln Zuflucht zu nehmen. *Max Amsterdam*

Geschäftigkeit:

eine versteckte Form der Langeweile. *Kurt Tackmann*

übertriebene Geschäftigkeit:

Mangel an Vitalität. *Robert Louis Stevenson*

Geschäftsmann:

ein Mann, der vormittags im Geschäft vom Golf und nachmittags beim Golf vom Geschäft spricht. *Anonym*

Geschichte:

die Umwandlung mächtiger Eroberer in kleine Fußnoten. *Anonym*

die Addition von Ereignissen, die besser nicht stattgefunden hätten. *Anonym*

häufig das, was ein Historiker einem anderen Historiker erzählt. *Hellmut Andics*

die meist falsche Darstellung meistens unwichtiger Ereignisse, die von meistens schurkischen Herrschern und meistens dummen Soldaten herbeigeführt wurden. *Ambrose Bierce*

der beste Lehrmeister mit den unaufmerksamsten Schülern. *Indira Gandhi*

eine Tapete, die der Mensch auf die Vergangenheit klebt. *Pierre Gaxotte* nicht viel mehr als eine Aufzählung der Verbrechen, Narrheiten und Unglücksfälle der Menschheit. *Edward Gibbon*

die Addition von Zufällen. *Werner Höfer*

ein Theaterstück mit nur einer Uraufführung, aber zahlreichen Textbüchern, die erst nach der Darbietung geschrieben werden. *Ron Kritzfeld*

eine Gruft, in der man auch dann verschwinden kann, wenn man noch lebt. *Michael Laplante*

Sammlung von Tatsachen, die vermeidbar gewesen wären.
Stanislaw Jerzy Lec

das Muster, das man hinterher in das Chaos webt. *Carlo Levi*

ein Drehbuch von miserabler Qualität. *Norman Mailer*

die Lüge, auf die man sich geeinigt hat. *Napoleon*

die uns überlieferte Information über frühere Versuche, die Zukunft zu gestalten. *Karl Steinbuch*

die Wissenschaft von dem, was nicht zweimal vorkommt. *Paul Valéry*

Geschichte schreiben:
eine Art, sich das Vergangene vom Halse zu schaffen.
Johann Wolfgang von Goethe

Geschichtsschreibung:
Bericht über die Ereignisse, die nie stattgefunden haben, von Leuten abgegeben, die nicht dabei waren. *Anonym*

die Unfallchronik der Menschheit. *Charles Maurice Talleyrand*

Geschick:
eines Dummkopfs Ersatz für Verstand. *Ambrose Bierce*

Geschlechtsteile:
die einzigen Organe, deren Besitz man mit anderen teilen kann.
Max Rychner

Geschmack:
das, was die anderen nicht haben. *»Twen«*

guter Geschmack:
die Fähigkeit, fortwährend der Übertreibung entgegenzuwirken.
Hugo von Hofmannsthal

Geschwätzigkeit:
eine krankhafte Störung, die den von ihr Befallenen außerstande setzt, den Mund zu halten, wenn man selber reden will. *Ambrose Bierce*

Geschwindigkeitsbegrenzungen:
für viele männliche Autofahrer so etwas wie eine amtlich verfügte Potenzminderung. *Silvia Mingotti*

Geselligkeit:
der Versuch, den Umgang mit sich selbst zu verlernen. *Oscar Blumenthal*

Gesellschaft:
eine verfeinerte Horde, die sich aus zwei mächtigen Stämmen zusammensetzt: den Langweiligen und den Gelangweilten. *Lord Byron*

ein Maskenball, auf dem jeder seinen wahren Charakter verbirgt und ihn durch das Verbergen verrät. *Ralph Waldo Emerson*

gute Gesellschaft:
meist nur ein Mosaik geschliffener Karikaturen. *Friedrich von Schlegel*

Gesellschaftslöwe:
ein Mann mit der Fähigkeit, sich grenzenlos langweilen zu lassen. *Anonym*

Gesetz:
eine Reuse für die kleinen Fische. *Anonym*

ein Spinnengewebe – es stört die Ratte nicht, der Fliege aber wird es zum Verhängnis. *Anonym*

Gesicht:

ein Körperteil, für den man von einem gewissen Alter an verantwortlich ist. *Anonym*

die unterhaltendste Fläche auf der Erde. *Georg Christoph Lichtenberg*

das Schaufenster des Gehirns. Allerdings bestehen die meisten Auslagen nur aus Imitationen. *Gerhard Uhlenbruck*

Gesichter:

die Lesebücher des Lebens. *Federico Fellini*

Gespräch:

eine Messe, auf der jeder Aussteller sich so auf die Präsentation der eigenen Waren konzentriert, daß er die des anderen nicht wahrnimmt. *Ambrose Bierce*

der schnellste Weg, sich über eine Sache klarzuwerden. *Friedrich Dürrenmatt*

ein Spiel, das mit Gartenscheren gespielt wird und bei dem jeder Spieler seinem Nebenmann die Stimme abschneidet, sobald sie zu sprießen beginnt. *Jules Renard*

Gesundheit:

etwas, das Leute verlieren, während sie darauf trinken. *Anonym*

die Summe aller Krankheiten, die man nicht hat. *Gerhard Uhlenbruck*

ein Gesunder:

ein Mensch, der nicht oder noch nicht gründlich genug untersucht wurde. *»Spiegel«*

Gesundheitsamt:

staatliche Einrichtung, die sich ausschließlich mit Krankheiten abgibt. *Anonym*

Gewalt:

das Problem, als dessen Lösung sie sich ausgibt. *Friedrich Hacker*

Gewissen:

die leise Stimme im Innern – dort, wo die Akustik so schlecht ist. *Anonym* ein Wachhund, der die Sünden verbellt. *Anonym*

die leise, aber eindringlichere innere Stimme, die dir sagt, daß das Finanzamt einmal deine Steuererklärung überprüfen könnte. *Anonym*

die leise innere Stimme, die dir zuflüstert, was die anderen tun sollten. *Anonym*

die Stimme des Staatsanwalts in uns. *Anonym*

der Teil des Menschen, der in Alkohol löslich ist. *Anonym*

die Furcht vor dem Ungewissen. *Aus den »Fliegenden Blättern«*

jene innere Stimme, die uns zwar nicht abhält, etwas zu tun, aber das Vergnügen erheblich stört. *Marcel Archard*

jene innere Stimme, die uns rät, keine Fingerabdrücke zu hinterlassen. *Malcolm Brigg*

jene innere Stimme, die uns daran erinnert, daß die nächste Amnestie erst in fünf Jahren kommt. *George Cummings*

eine Wunde, die nie heilt und an der keiner stirbt. *Friedrich Hebbel*

eine Uhr, die immer richtig geht. Nur wir gehen manchmal falsch. *Erich Kästner*

Schwiegermutter auf Dauerbesuch. *Henry Louis Mencken*

die innere Stimme, die uns warnt, weil jemand zuschauen könnte. *Henry Louis Mencken*

der elastische Stoff; heut' kann man's kaum über Maulwurfshügel spannen, morgen deckt man ganze Berge damit zu. *Johann Nepomuk Nestroy*

ein Sprachrohr der anderen in dir. *Luigi Pirandello*

das Wissen des Unterbewußtseins. *Hans-Horst Skupy*

Gottes Gegenwart im Menschen. *Emanuel Swedenborg*

bei den meisten Menschen die Erwartung der Meinung anderer.
Henry Tailor

gutes Gewissen:
oft nur die Kehrseite eines schlechten Gedächtnisses. *Anton Kuh*

schlechtes Gewissen:
ein Gewissen, das seine Pflicht tut. *Anonym*

Gewissenlosigkeit:
nicht Mangel des Gewissens, sondern der Hang, sich an dessen Urteil nicht zu kehren. *Immanuel Kant*

Gewissensbisse:
die lästigsten Altersbeschwerden. *Anonym*

die schmerzhaftesten Wunden. *Anonym*

Erinnerungen an das, was man eigentlich vergessen wollte. *Bernhard Wicki*

Gewissenserforschung:
Spionage bei sich selbst. *Jerome K. Jerome*

Gewohnheit:
beliebte Ersatzkonstruktion für Charakter. *Anonym*

eine zweite Schwerkraft. *Friedrich Georg Jünger*

einen bestimmten Platz für jede Sache haben und sie niemals dort aufbewahren. *Mark Twain*

Gewohnheiten:
anfangs Spinnweben, später Drahtseile. *Spanisches Sprichwort*

die Fesseln des freien Menschen. *Ambrose Bierce*

die Eisenbahnschienen der Menschen. *Gustav Knuth*

Vorgesetzte, die man nicht bemerkt. *Hannes Messemer*

der Sieg der Zeit über den Willen. *Michel de Montaigne*

die Fingerabdrücke des Charakters. *Alfred Polgar*

Ghostwriter:
Prostituierte des Geistes. *Hans-Horst Skupy*

Gicht:
ärztliche Bezeichnung für den Rheumatismus eines reichen Patienten. *Ambrose Bierce*

Gift:
eine von Frauen bevorzugte Mordwaffe; es weckt die Kinder nicht auf. *Anonym*

Giraffe:
ein Periskop, mit dem man die Horizonte der Wüste wahrnimmt. *Ramón Gómez de la Serna*

Gläubiger:
der Angehörige eines Stammes von Wilden, die jenseits der Finanz-Meerenge leben und wegen ihrer verheerenden Überfälle gefürchtet werden. *Ambrose Bierce*

Naive, die unerschütterlich daran glauben, ausgeliehenes Geld zurückzuerhalten. *Ron Kritzfeld*

Glatze:
Nacktkultur auf höchster Ebene. *Anonym*

der beste Schutz gegen Haarausfall. *Telly Savalas*

Glaube:
so etwas wie Liebe – er beruht nicht auf Gründen, sondern auf Tatsachen. *Anonym*

das, was einen schon beim Holzhacken die wohlige Wärme des Herdfeuers spüren läßt. *Anonym*

Gewißheit ohne Beweise. *Henri-Frédéric Amiel*

nichts anderes als für wahr halten, was man nicht sieht. *Augustinus*

eine Art von sechstem Sinn, der wirksam wird, wenn die Vernunft versagt. *Mahatma Gandhi*

die Angewöhnung geistiger Grundsätze ohne Gründe. *Friedrich Nietzsche*

glauben:

(X) wissen, daß es ein Meer geben muß, wenn man einen Bach sieht. *Anonym*

Dinge für wahr halten, für die es keine Parallele und keinen Beweis gibt und die jemand verkündet, der über kein Wissen verfügt. *Ambrose Bierce*

auf etwas vertrauen, von dem du weißt, daß es nicht existiert. *Mark Twain*

Gleichberechtigung:

manche Männer verstehen darunter, daß sie auch eine Freundin haben möchten, weil ihre Frau eine Freundin hat. *Lisa Goccioni*

gleichgültig:

stark genug, das anderen Menschen aufgebürdete Los ertragen zu können. *Ambrose Bierce*

Gleichgültigkeit:

die Hornhaut der Seele. *Aus den »Fliegenden Blättern«*

etwas, das man von anderen mit Zinsen zurückbekommt. *Jürgen von Hollander*

Gleichheit:

das durch die Verfassung garantierte Recht der Reichen und Armen, in Champagner zu baden und den Winter an der Riviera verbringen zu dürfen. *Leo C. Rosten*

ein Vorurteil des Proletariats. *Maurice Sachs*

Gleichmütigkeit:

das Selbstgefühl einer gesunden Seele. *Immanuel Kant*

Glocken:

die Artillerie der Geistlichkeit. *Aus den »Fliegenden Blättern«*

Glück:

das einzige, was sich verdoppelt, wenn man es teilt. *Anonym*

das Pech, das wir nicht haben. *Anonym*

etwas, das man zum erstenmal wahrnimmt, wenn es sich mit großem Getöse verabschiedet. *Marcel Achard*

immer das, was man dafür hält. *Ingrid Bergman*

seine Freude in der Freude des anderen finden. *Georges Bernanos*

ein Wohlgefühl, das sich einstellt, wenn man das Elend eines anderen betrachtet. *Ambrose Bierce*

das mögen, was man muß, und das dürfen, was man mag. *Hans Clarin*

ein Abfallprodukt des Strebens nach Vollendung.
Richard Graf von Coudenhove-Kalergi

das Pseudonym Gottes in Fällen, in denen er nicht unterzeichnen wollte.
Anatole France

selten etwas, das man erlebt, sondern etwas, an das man sich erinnert.
James Garner

Scharfblick für Gelegenheiten und die Fähigkeit, sie zu nutzen.
Samuel Goldwyn

das einzige, das wir schenken können, ohne es zu besitzen. *Halen*

das ist einfach gute Gesundheit und ein schlechtes Gedächtnis.
Ernest Hemingway

meistens nur ein Sammelname für Tüchtigkeit, Klugheit, Fleiß und Beharrlichkeit. *Charles F. Kettering*

Gesundheit der Seele. *Hans Lohberger*

sich kratzen können, wenn es einen juckt. *Odgen Nash*

eine leichtfertige Person, die sich stark schminkt und von fern schön ist. *Johann Nepomuk Nestroy*

Talent für das Schicksal. *Novalis*

wenn man im neugekauften Auto mit 150 km durch die innere Leere fährt. *Sigismund von Radecki*

ein hübsches Bankkonto, eine gute Köchin und eine tadellose Verdauung. *Jean-Jacques Rousseau*

meistens etwas, das man schon hinter sich gelassen hat; man erkennt es erst im Rückspiegel. *Hannelore Schroth*

meistens ein beseligendes Mißverständnis. *Hannelore Schroth*

der Stuhl, der plötzlich dasteht, wenn man sich zwischen zwei andere setzen wollte. *George Bernard Shaw*

ein Mosaikbild, das aus lauter unscheinbaren kleinen Freuden zusammengesetzt ist. *Daniel Spitzer*

ein Wunderding. Je mehr man gibt, desto mehr hat man. *Madame de Stael*

die Erklärung für den Erfolg des anderen. *Thompson*

der Zustand, den man nicht spürt. *Kurt Tucholsky*

Glück haben:

zur rechten Zeit am rechten Ort sein und eine Gelegenheit wahrnehmen. *Anonym*

die Eigenschaften haben, die von der Zeit verlangt werden. *Henry Ford*

Glück zweier Menschen:

zwei kleine, nebeneinander geritzte Striche in die Unendlichkeit. *Robert Musil*

größtes Glück auf Erden:

eine Nacht zwischen einer schönen Frau und einem schönen Himmel teilen. *Napoleon*

glücklich:

wer vergißt, was nicht mehr zu ändern ist. *Anonym*

glücklich sein:

ohne Schrecken seiner selbst innewerden können. *Walter Benjamin*

eines der besten Mittel, ein guter Mensch zu werden. *Eugene O'Neill*

Glückseligkeit:

was man empfindet, nachdem man eine gute Idee hatte und bevor man die Schattenseiten der Sache kennt. *Anonym*

Glückwunsch:

Artigkeit der Mißgunst. *Ambrose Bierce*

Gnu:

ein Tier, das vorwiegend in Kreuzworträtseln vorkommt. *Anonym*

Golf:

eine teure Variante des Murmelspiels. *Gilbert Keith Chesterton*

ein schöner Spaziergang, der einem verdorben wird. *Mark Twain*

Gott:

ein Zeuge, den man nicht vereidigen kann. *Samuel Beckett*

die Überwältigung unseres Inneren durch die Unendlichkeit. Die Kapitulation des menschlichen Begriffsvermögens vor der Welt.
Christian Morgenstern

Gott finden:

aufhören, ihn zu suchen. *Elazar Benyoetz*

Grabreden:

Leichenschmus. *Georg Kreisler*

Gräten:
die Rache des Fisches. *Anonym*

Grammatik:
die Kunst des vollkommensten Ausdrucks bei geringster Auffälligkeit.
Heimito von Doderer

Grammophon:
ein ärgerliches Spielzeug, das tote Geräusche zum Leben erweckt.
Ambrose Bierce

Gras:
das grüne Zeug, das im Rasenbeet verkümmert und im Gemüsebeet gedeiht. *Anonym*

Gratulation:
die Höflichkeit des Neides. *Ambrose Bierce*

Greisenalter:
eine zweite Kindheit minus Lebertran. *Mark Twain*

Gremium:
Gruppe von Fachleuten zum Zerkleinern großer Ideen. *Ron Kritzfeld*

Grenze:
in der politischen Geographie: eine imaginäre Linie zwischen zwei Staaten, die die imaginären Rechte des einen von den imaginären Rechten des anderen trennt. *Ambrose Bierce*

Grobheit:
die Kraftmeierei der Schwachen. *Anonym*

geistige Unbeholfenheit. *Marie von Ebner-Eschenbach*

Groschen:
ein Markstück nach Abzug aller Steuern. *Anonym*

großartig:
was an Größe und Glanz das dem Betrachter gewohnte Maß übertrifft.
Ambrose Bierce

Große Koalition:
die formierte Gesellschaft des Parlaments zur Abwehr mißlicher Wählereinflüsse. *Helmar Nahr*

Großeltern:
die Sorte Menschen, die keinen Bissen mehr runterbringen, wenn nur noch ein Stück Torte auf der Kuchenplatte liegt. *Definition eines Zwölfjährigen*

Großstadt:
ein Warenlager von Geräuschen. *Max Picard*

Großstädter:
Leute, die vom Land in die Stadt gezogen sind, um hier so hart zu arbeiten, daß sie es sich leisten können, aus der Stadt aufs Land zu ziehen. *George Mikes*

Großwildjagd:
eine Gelegenheit für große Tiere, große Böcke zu schießen. *Anonym*

Grotte:
das Gähnen des Gebirges. *Ramón Gómez de la Serna*

Grünanlagen:
Streicheleinheiten der öffentlichen Hand. *Oliver Hassencamp*

Grünes Licht:
ein Mittel, mit dem Fußgänger sicher bis zur Mitte der Fahrbahn gelangen. *Anonym*

Grüne Witwen:
Hinterbliebene von Männern, die noch leben. *Senta Berger*

Grundlage:
das Fundament der Basis. *Le Corbusier*

Grundsätze:
ein Korsett, das mit der Zeit immer enger wird. *Viktor de Kowa*

Grundsatz:
oft nur die bibliophile Ausgabe eines Vorurteils. *Boy Gobert*

Gruppensex:

Kreisverkehr ohne Fahrzeuge. *Oliver Hassencamp*

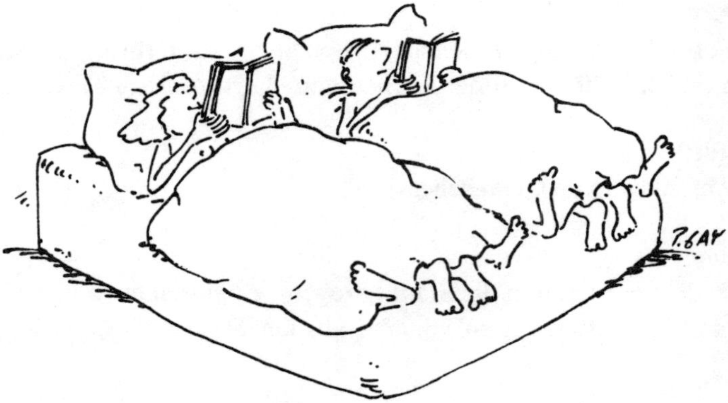

angewandter Sozialismus: Er demonstriert in sinngefälligster Weise die Vergesellschaftung von Produktionsmitteln. *Klaus Peter Schreiner*

Gruppensex in Schottland:

ein Ehepaar vorm Spiegel. *Anonym*

Gürtellinie:

eine fließende Grenze, die von Generation zu Generation neu definiert werden muß. *Jürgen von der Lippe*

Guillotine:

der von der französischen Revolution erfundene Rasierapparat.
Ramón Gómez de la Serna

das bisher erfolgreichste Mittel, den Scheintod zu vermeiden.
Robert Michaud

das Gute:

das Böse, was man läßt. *Wilhelm Busch*

H

Häftling:
einer, der sitzt, weil er gestanden hat. *Anonym*

die Hälfte:
manchmal mehr als das Ganze. *Hesiod*

Hafen:
ein Ort, wo Schiffe, die Zuflucht vor den Stürmen suchen, dem Wüten des Zolls ausgesetzt sind. *Ambrose Bierce*

Halbbildung:
über alles ein bißchen Bescheid wissen und sich den überzeugenden Anschein geben, man wisse es nicht nur halb. *Peter Kilian*

Halbgebildete:
Leute, die glauben, Shaw habe sein Stück »Pygmalion« nach Motiven aus »My Fair Lady« geschrieben. *Paul Hubschmid*

Halbtagsarbeit:
Beschäftigung, bei der das Anfangen nicht lohnt. *Michael Schiff*

Hammer:
Werkzeug zum Zerquetschen von Daumen. *Ambrose Bierce*

Hand:
ein eigentümliches Instrument, das am Ende des menschlichen Arms getragen wird und normalerweise in der Tasche eines anderen steckt. *Ambrose Bierce*

Handel:
eine Art Geschäftsvorgang, bei dem A von B das Eigentum von C raubt und B sich revanchiert, indem er aus der Tasche von D das Geld zieht, das E gehört. *Ambrose Bierce*

Methode, von der Handelsspanne besser zu leben als von der Herstellung. *Michael Schiff*

Handlung:

so ungefähr das einzige, was die Filme heutzutage der Phantasie des Zuschauers überlassen. *Anonym*

Handschellen:

Abführmittel aus Eisen. *Anonym*

Happy-End:

es besteht bei manchen Filmen einfach darin, daß sie zu Ende sind. *Anonym*

Haschee:

für dieses Wort gibt es keine Definition – niemand weiß, woraus Haschee ist. *Ambrose Bierce*

Haß:

ein angemessenes Gefühl angesichts der Überlegenheit eines anderen. *Ambrose Bierce*

Liebe, die gescheitert ist. *Sören Kierkegaard*

die Rache des Feiglings dafür, daß er eingeschüchtert wurde. *George Bernard Shaw*

Hauptstadt:

Sitz der schlechten Verwaltung. *Ambrose Bierce*

Hausarbeit:

etwas, was man tut, ohne daß es einer merkt, bis man es nicht mehr tut. *Anonym*

Beschäftigung, der du dich hingibst, ohne daß es einer merkt. *Anonym*

Hausarzt:

der einzige im Bekanntenkreis, der kein todsicheres Mittel gegen den Schnupfen weiß. *Anonym*

moderne Hausfrau:

eine Dame, die ein Tiefkühlgericht auftaut, weil sie die Mühe scheut, ein paar Dosen aufzumachen. *Hal Brennan*

Haushaltsabrechnung:
ein methodischer Weg zur Feststellung der traurigen Tatsache, daß mit dem Einkommen kein Auskommen ist. *Anonym*

Haushaltsplanung:
die gleichmäßige Verteilung der Unzufriedenheit. *Anonym*

Haushund:
ein scheußliches Untier, das gehalten wird, um Vorübergehende zu beleidigen und den verwegenen Besucher zu erschrecken. *Ambrose Bierce*

Hauskonzert:
eine Veranstaltung, bei der die Unterhaltung immer wieder durch Musik gestört wird. *Anonym*

H-Bombe:
eine Erfindung, die alle anderen Erfindungen überflüssig macht. *Anonym*

Hehler:
Handlanger von Langfingern. *Ron Kritzfeld*

Heide:
ein umnachtetes Wesen, das törichterweise das anbetet, was es sehen und berühren kann. *Ambrose Bierce*

Heiliger:
ein toter Sünder mit redigiertem Lebenslauf. *Anonym*

postumer Karrieremacher. *Anonym*

ein toter Sünder, überarbeitet und neu herausgegeben. *Ambrose Bierce*

Heimat:
wo wir unseren Lebensfaden festgemacht haben. *Anonym*

da, wo man sich nicht erklären muß. *Johann Gottfried Herder*

Heimweh:
die Erkenntnis, daß es gar nicht so schlimm war, wie man damals gedacht hatte. *Anonym*

heimwehkrank:

im Ausland pleite. *Ambrose Bierce*

Heirat:

ein Schritt des Mannes, durch den er es, um eine einzelne Frau zu gewinnen, mit allen anderen Frauen verdirbt. *Anonym*

Geiselnahme unter Mitwirkung des Staates. *Helen Bells*

die einzige lebenslängliche Verurteilung, bei der man aufgrund schlechter Führung begnadigt werden kann. *Alfred Hitchcock*

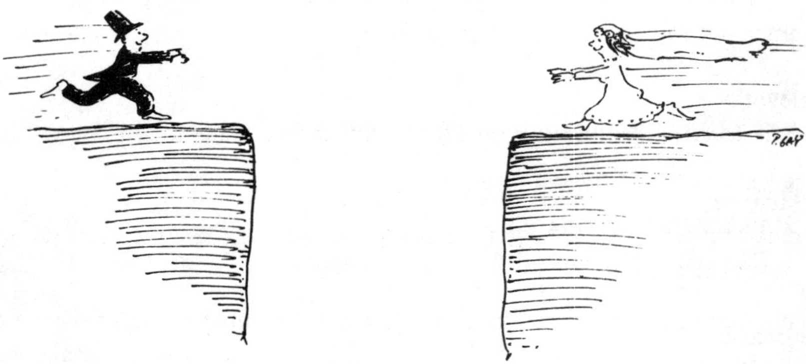

für den Mann der Einkauf von teuren Pantoffeln. *Leona Siebenschön*

der Höchstpreis, den man für eine Frau bezahlen muß. *Esther Vilar*

heiraten:

ein schwerer Entschluß, weil man mit nur einem Einkommen sowohl seine Familie als auch den Staat erhalten soll. *Anonym*

Nachtigallen zu Hausvögeln machen. *Christian Dietrich Grabbe*

eine wunderbare Sache, solange es nicht zur Gewohnheit wird. *William Somerset Maugham*

seine Rechte halbieren und seine Pflichten verdoppeln. *Arthur Schopenhauer*

Heiratsurkunde:

ein Führerschein, den man vor der Fahrprüfung erhält. *Wolfram Weidner*

Heiterkeit:

das Anzeichen der Freiheit. *Anonym*

Held:

einer, der fünf Minuten länger tapfer ist als der gewöhnliche Mann. *Ralph Waldo Emerson*

ein Mensch, der sein Leben dafür opfert, daß der Lehrer an seinem Beispiel die Kinder zur Folgsamkeit erzieht. *Gabriel Laub*

einer, der tut, was er kann. Die anderen tun das nicht. *Romain Rolland*

Helden:

jene Toren, die für andere die Kastanien aus dem Feuer holen. *Anonym*

Heldentat:

eine Kurzschlußhandlung, die in der Regel auf einen Mangel an Alternativen zurückzuführen ist. *Anonym*

Hellseher:

eine Person – meist weiblichen Geschlechts –, die zu sehen vermag, was ihrem Kunden verborgen bleibt: daß er ein Schwachkopf ist. *Ambrose Bierce*

Hellseherei:

eine Art von Schwarzseherei. *Stanislaw Jerzy Lec*

Heranwachsende:

Leute unter zwanzig, die sich wie kleine Kinder benehmen, wenn man sie nicht wie Erwachsene behandelt. *Anonym*

ein vollendet schöner Herbsttag:

ein Tag, an dem der Rasen nicht mehr gemäht zu werden braucht und die Blätter noch nicht von den Bäumen fallen. *Anonym*

Herr:

wer noch nicht weiß, wessen Knecht er ist. *Hellmut Walters*

ein feiner Herr:

einer, der eine Zuckerzange benutzt, wenn er zu Hause allein Kaffee trinkt. *Anonym*

Herrenabend:

Beisammensein, bei dem man sich nicht wie ein Herr benehmen muß. *Anonym*

Herz:

eine Pumpe, die man sich neuerdings pumpen kann. *Anonym*

die schwache Seite des Kopfes. *Aus den »Fliegenden Blättern«*

Herzensbrecher:

ein Mann, der hauptsächlich Herzen bricht, die schon einen Sprung haben. *Anonym*

Herzenswärme:

noch immer die zuverlässigste Energiequelle. *Anonym*

Heuchelei:

eine Huldigung des Lasters an die Tugend. *François de La Rochefoucauld*

das schwierigste und anstrengendste aller Laster. Man kann ihm, wie dem Ehebruch oder der Freßsucht, nicht nur gelegentlich frönen, es ist eine Aufgabe rund um die Uhr. *William Somerset Maugham*

dem Charakter ein sauberes Hemd überziehen. *Ambrose Bierce*

Heuchler:

ein Mann, der ein atheistisches Buch schreibt und dann betet, daß es sich gut verkaufen möge. *Anonym*

jemand, der Tugenden zur Schau trägt, die er nicht respektiert, und der sich so den Vorteil verschafft, das zu sein, was er verabscheut. *Ambrose Bierce*

Hexenschuß:

eine der besten arbeitssparenden Einrichtungen für Männer. *Anonym*

Highlife:

Vortäuschung von Lebenskunst mittels Geld. *Oliver Hassencamp*

Himmel:

ein Ort, wo einen die Bösen nicht mehr mit ihren eigenen Angelegenheiten belästigen und die Guten einem zuhören, wenn man die eigenen darlegt. *Ambrose Bierce*

Hinterbänkler:

Infanteristen der Politik. *Denis Healey*

hinterfotzig:

der bayerische Ausdruck für ungemein gemein. *Josef Ertl*

Historiker:

ein Mann, der heute die Dinge von gestern kommen sieht, von denen er vorgestern noch keine Ahnung hatte. *Anonym*

ein rückwärts gekehrter Journalist. *Karl Kraus*

Anwälte, die erst plädieren, wenn ihr Klient schon gestorben ist. *Harold Macmillan* ein rückwärts gewandter Prophet. *Friedrich Schlegel*

ein Reporter, der überall dort nicht dabei war, wo etwas passiert ist. *George Bernard Shaw*

Köche, die uns die von den Politikern eingebrockte Suppe schmackhaft zu machen versuchen. *Wolfram Weidner*

Hobby:

die Arbeit, die man Ausbeutung nennen würde, wäre man nicht sein eigener Arbeitgeber. *Anonym*

harte Arbeit, die niemand täte, wenn sie sein Beruf wäre. *Günther Schramm*

Hobbyraum:

vielleicht die letzte Bastion auf dem Rückzug der Männer. *Gilbert von Monbart*

Hobbies:

Steckenpferde, die den Reitern die Sporen geben. *Heinz Rühmann*

Hochsaison an der See:

die Zeit, in der die Flut von der Landseite her naht. *Ron Kritzfeld*

Hochstapler:

Rivale bei der Bewerbung um öffentliche Ehren. *Ambrose Bierce*

Hochstimmung:

das Gefühl, nach den Sternen greifen zu können, ohne sich auf die Zehenspitzen zu stellen. *Anonym*

Hochverrat:

eine Frage des Datums. *Charles Maurice Talleyrand*

Hochzeit:

der Austausch von Ringen an den Fingern in Erwartung von Ringen unter den Augen. *Ralph Boller*

eine Landung, die wie ein Start aussieht. *Paul Hubschmid*

der Hauptgrund für Ehescheidungen. *Jerry Lewis*

goldene Hochzeit:
das eindrucksvollste Beispiel von Toleranz. *Anonym*

Hochzeitsreise:
der erste Versuch, der Ehe-Realität zu entgehen. *August Strindberg*

Hochzeitstag:
der Tag zwischen »dürfen« und »müssen«. *Anonym*

Höflichkeit:
die schwierige Kunst, andere ausreden zu lassen. *Anonym*

Unwahrheit, die zur Hälfte aus Lüge besteht. *Anonym*

Umgangsform, deren sich kultivierte Menschen befleißigen, wenn sie Zeit haben. *Anonym*

der dritte Arm, der uns erlaubt, Zudringliche auf Distanz zu halten. *Anonym*

die Kunst, natürliche Impulse zu verbergen. *Anonym*

ein Kapital, das hohe Zinsen trägt. *Anonym*

ein Kapital, das nicht den reicher macht, der es empfängt, sondern den, der es ausgibt. *Iranisches Sprichwort*

die annehmbarste Form der Heuchelei. *Ambrose Bierce*

die sicherste Form der Verachtung. *Heinrich Böll*

der Versuch, Menschenkenntnis durch gute Manieren zu mildern. *Jean Gabin*

der Versuch, die anderen so zu sehen, wie sie nicht sind. *Victor de Kowa*

ein Minimum von Unaufrichtigkeit, das von jedem verlangt werden kann. *Hans Krailsheimer* der Wunsch, höflich behandelt und für fein und gesittet gehalten zu werden. *François de La Rochefoucauld*

das Bestreben, anderen gefallen zu wollen. *Charles de Montesquieu*

eine Art des Benehmens, die man oft irrtümlich für gute Umgangsformen hält. *Harry Ruby*

ein Luftkissen; es mag wohl nichts drin sein, aber es mildert die Stöße des Lebens. *Arthur Schopenhauer*

die Kunst, unter seinen wahren Gedanken zu wählen. *Madame de Stael*

eine lobenswerte Eigenschaft, die nichts kostet – höchstens einmal den Sitzplatz in einer überfüllten Straßenbahn. *Carl Zuckmayer*

Höhensonne:
Gerät, vor dem selbst Hemmungslose rot werden. *Anonym*

Hölle:
Warten ohne Hoffnung. *Anonym*

der Ort, an dem die Deutschen Polizeigewalt haben, die Schweden die Schauspieler sind, die Italiener für die Verteidigung verantwortlich zeichnen, die Franzosen die Straßen bauen, die Belgier sich als Pop-Sänger betätigen, die Türken in der Küche werken, Iren als Ober fungieren, Griechen regieren und Holländisch gesprochen werden muß. *Anonym*

ein Ort, wo die Franzosen die Mechaniker, die Engländer die Köche, die Deutschen Polizisten, die Russen die Historiker und die Amerikaner die Liebhaber sind. *»Herald Tribune International«*

eine Welt, in der nie verziehen wird. *Milan Kundera*

ein Ort, an dem die Engländer kochen, die Italiener Lastwagen bewachen und die Deutschen Fernsehunterhaltung machen. *Robert Lembke*

ein schwedischer Steuereinnehmer, ein arabischer Automechaniker, ein englischer Koch, ein deutscher Vergnügungschef, ein kanadischer Polizist, ein Sahara-Gärtner und eine puritanische Nutte. *Billy Richards*

ein Ort, wo Frauen ohne Spiegel, Männer ohne Selbstachtung und Uhren ohne Zeiger auskommen. *Jean-Paul Sartre*

das sind die andern. *Jean-Paul Sartre*

hoffen:

vom Leben falsche Vorstellungen haben. *Gottfried Benn*

Hoffnung:

ein gutes Frühstück, aber ein schlechtes Abendessen. *Francis Bacon*

ein Mittelding zwischen Flügel und Fallschirm. *Tilla Durieux*

vertagte Verzweiflung. *Henning Harmssen*

eine Anleihe auf das Glück. *Joseph Joubert*

der Regenbogen über den herabstürzenden Bach des Lebens. *Friedrich Nietzsche*

Holdinggesellschaft:

ein Unternehmen, bei dem man dem Partner die Beute zur Aufbewahrung übergibt, während man selbst von der Polizei durchsucht wird. *Will Rogers*

Holland:

ein Land, in dem auch die Katholiken Protestanten sind. *Hendrik Thijs*

Hollywood:

der einzige Ort, an dem man einen Ehemann schon nach fünf Minuten um die Hand seiner Frau bitten darf, ohne daß man deshalb für ungeduldig gehalten wird. *Steve McQueen*

Hollywood-Diva:

eine Dame, die Trauringe mit Mengenrabatt kauft. *Steve Webster*

Hollywood-Schauspielerin:

eine Dame, die nicht gern zweimal mit dem gleichen Ehemann gesehen werden will. *Anonym*

Holz:

ein erstaunliches Material, das im Wald sofort, im Ofen dagegen nur schwer in Brand gerät. *Anonym*

Horoskop:

Religionsersatz, denn wer Religion hat, dem sind die Sterne schnuppe. *Sigismund von Radecki*

Hose:

mittlerweile ein so weibliches Kleidungsstück, daß sich die Männer nach einem anderen Geschlechtssymbol umsehen sollten. *Peter Ustinov*

Humanist:

wer die Menschen sogar dann liebt, wenn er im überfüllten Autobus fährt. *Tino Saurier*

Humanität:

den Angler verachten und sich von den Fischen nähren, die er fängt. *Hans Kudszus*

Hummer:
der Hering der Diplomaten. *Roger Peyrefitte*

Humor:
eine nette Form der Weitergabe von Einsichten. *Anonym*

keine Gabe des Geistes – eine Gabe des Herzens. *Ludwig Börne*

die Lust zu lachen, wenn einem zum Heulen ist. *Werner Finck*

die Fähigkeit, über Dinge zu lachen, die man haben sollte, aber nicht hat. *Langston Hughes*

überwundenes Leiden an der Welt. *Jean Paul*

der Versuch, sich selbst nicht ununterbrochen wichtig zu nehmen. *Ernst Kreuder*

das Einzige, was man in Deutschland nicht ernst nimmt. *Lilli Palmer*

die Fähigkeit, heiter zu bleiben, wenn es ernst wird. *Ernst Penzoldt*

was man nicht hat, sobald man es definiert. *Rudolf Presber*

der Schwimmgürtel auf dem Strom des Lebens. *Wilhelm Raabe*

der Knopf, der verhindert, daß uns der Kragen platzt. *Joachim Ringelnatz*

eines der besten Kleidungsstücke, die man in der Gesellschaft tragen kann. *William Makepeace Thackeray*

ein Element, das dem deutschen Menschen abhanden gekommen ist. *Kurt Tucholsky*

durch die Dinge durchsehen, wie wenn sie aus Glas wären. *Kurt Tucholsky*

schwarzer Humor:
Lachen mit einem Trauerrand. *Ralph Boller*

die Kunst, Skelette zum Lachen zu bringen. *Danny Kaye*

Humorist:

ein Mann mit gutem Gedächtnis, der darauf vertraut, daß die andern gar keins haben. *Anonym*

wer den Humor ernster nimmt als das Leben. *Curt Goetz*

einer, dem weniger lustig zumute ist als den anderen. *Hans Weigel*

Hund:

ein von Flöhen bewohnter Organismus, der bellt.
Gottfried Wilhelm Freiherr von Leibniz

Hunger:

nicht nur der beste Koch, sondern auch der beste Arzt. *Peter Altenberg*

Hupe:

Erfindung, um Fußgängern wenigstens eine kleine Chance zu geben. *Anonym*

Husten:

etwas, wofür du nichts kannst, was jeder andere aber nur tut, um dich zu ärgern. *Anonym*

Hypochonder:

ein Mensch, der sich nicht wohlfühlt, wenn er sich wohlfühlt. *Anonym*

Hypothesen:

Wiegenlieder, womit der Lehrer seine Schüler einlullt.
Johann Wolfgang von Goethe

Gerüste, die man vor dem Gebäude aufführt und die man abträgt, wenn das Gebäude fertig ist. Sie sind dem Arbeiter unentbehrlich; nur muß er das Gerüst nicht für das Gebäude ansehen. *Johann Wolfgang von Goethe*

Hysterie:

die Strafe für das, was man nicht tat. *Sigmund Freud*

I

i:

der kleine Finger des Alphabets. *Ramón Gómez de la Serna*

ich:

das erste Personalpronomen, das erste Wort der Sprache, der erste Gedanke des Geistes, der erste Gegenstand der Zuneigung. *Ambrose Bierce*

die Spitze eines Kegels, dessen Boden das All ist. *Christian Morgenstern*

Ideal:

die Wahrheit von weitem. *Alphonse de Lamartine*

Ideale:

himmlische Meßlatten für irdische Zustände. *Ron Kritzfeld*

Idealismus:

die Fähigkeit, die Menschen so zu sehen, wie sie sein könnten, wenn sie nicht so wären, wie sie sind. *Curt Goetz*

ein prächtige Toga, die die Politiker um ihren Willen zur Macht drapieren. *Aldous Huxley*

ein Vogel, dessen Flügel täglich gestutzt werden, aber immer wieder nachwachsen. *Carlo Volpi*

Idealist:

ein Mann, der aus der Tatsache, daß die Rose besser riecht als der Kohl, darauf schließt, eine Suppe aus Rosen müsse auch besser schmecken. *Ernest Hemingway*

ein Mann, dessen Liebe zum Geld unerwidert bleibt. *Thaddäus Troll*

Idealisten:

Menschen, die so tun, als könnte man Ideale verwirklichen. *William Faulkner*

Idee:

fremder Einfall, den man für seinen eigenen ausgibt. *Michael Schiff*

klare Ideen:

Ideen, die dasselbe Maß an Verwirrung haben wie unser eigener Geist. *Marcel Proust*

neue Ideen:

meistens die Kinder alter Gedanken. *Henri Bergson*

Ideologe:

ein Mann, der anderen beim Nachdenken vordenkt. *Peter Wehle*

Ideologen:

scharfe Denker, die sich durch Tatsachen nicht beirren lassen. *Carlo Franchi*

Leute, die glauben, daß die Menschheit besser ist als der Mensch. *Italo Suevo*

Ideologie:

Ordnung auf Kosten des Weiterdenkens. *Friedrich Dürrenmatt*

Impfstoff, der gegen das Denken immunisiert. *Ron Kritzfeld*

der Versuch, die Straßenbeschaffenheit zu ändern, indem man neue Wegweiser aufstellt. *Carlo Manzoni*

Philosophie aus Fertigbauteilen. *Horst Dieter Schlosser*

bewaffnete Ideen. *Martin Greifenhagen*

abgestorbene Ideale – ein Urnenhain ehemaliger Triebkräfte. *Indro Montanelli*

Idiot:

der Fahrer des Autos vor dir. *Anonym*

ein Mann, dessen Ansichten nicht mit unseren übereinstimmen. *Anonym*

Mitglied eines großen und mächtigen Stammes, dessen Einfluß in allen menschlichen Dingen immer beherrschend war. *Ambrose Bierce*

Idioten:

eine weise Einrichtung der Natur, die es den Dummköpfen erlaubt, sich für klug zu halten. *Orson Welles*

Igel:

der Kaktus des Tierreichs. *Ambrose Bierce*

Ignorant:

jemand, der sich anmerken läßt, daß er etwas nicht weiß. *Anonym*

jemand, der manches nicht weiß, was dir vertraut ist, und anderes weiß, wovon du keine Ahnung hast. *Ambrose Bierce*

Illusionen:

eine Sache, die ein Mann gleichzeitig mit seinen Haaren und Zähnen verliert. *Anonym*

die Schmetterlinge des Lebensfrühlings. *Peter Sirius*

vielversprechende Kinder, die es zu nichts bringen. *Wolfram Weidner*

Image:

ein Spiegelbild, das meist schöner ist als das Original. *Anonym* das, woran man schließlich selber glaubt. *Anonym*

die Kunst, jemandem ein Gesicht zu geben, der höchstens eine Visage hat. *Ralph Boller*

der Etikettenschwindel der Menschen. *Wolfgang Gruner*

ein Bild, dem man immer ähnlicher werden muß. *Peter Sellers*

ein Maßanzug, den man sich nach den Maßen der öffentlich-rechtlichen Meinung anfertigen läßt. *Peter Sellers*

ein geborgtes Gesicht. *Thornton Wilder*

eine leichtverderbliche Ware. Zum alsbaldigen Verbrauch bestimmt. *Charles Wilp*

Imitation:
die offenherzigste Form des Konkurrenzkampfes. *Anonym*

Improvisation:
die Kunst, etwas Unbeabsichtigtes gut vorzubereiten. *Willy Millowitsch*

die Kunst, ohne Anlauf durch den Stegreif zu springen. *Georg Thomalla*

Index:
Bezugsquellen-Nachweis für Liebhaber verbotener Schriften. *Anonym*

vatikanischer Literaturpreis; macht selbst Schundwerke zu Bestsellern. *Ron Kritzfeld*

Indiskretion:
etwas, auf das man sich nur bei den wenigsten Frauen nicht verlassen kann. *Oscar Wilde*

Indiskretionen:
die verbreitetste Form von Geheimnissen. *Wolfram Weidner*

Individualist:

ein Mensch, der es wagt, sein Leben nach seinen Vorstellungen zu gestalten. *Anonym*

Industriemakler:

Leute, denen es nicht um die Vergesellschaftung von Produktionsmitteln, sondern um die Vermittlung von Produktionsgesellschaften geht. *Ron Kritzfeld*

Inflation:

Wohlstand mit hohem Blutdruck. *Anonym*

die Methode, einen Geldschein zu halbieren, ohne das Papier zu verletzen. *Anonym*

Armut mit viel Geld in der Tasche. *Anonym*

eine Antriebskraft, welche die Wirtschaft derart in Fahrt bringt, daß sie nicht mehr zu bremsen ist. *Georges Elgozy*

periodisch wiederkehrender Beweis für die Tatsache, daß bedrucktes Papier bedrucktes Papier ist. *Helmar Nahr*

in den meisten Fällen eine subtile Form der entschädigungslosen Enteignung derjenigen, die Geldvermögen besitzen. *Dr. Helmut Schlesinger*

die beste Informationsquelle:

Leute, die versprochen haben, nichts weiterzuerzählen. *Marcel Mart*

Inkonsequenz:

Flexibilität bei anderen. *Anonym*

Innenpolitik:

die Kunst, verschiedene Meinungen unter einen Hut zu bringen, der kein Helm ist. *Hans Henny Jahnn*

in sich gehen:

die unbequemste Art der Fortbewegung. *Robert Lembke*

Instinkt:

die Nase des Verstandes. *Anonym*

die Fähigkeit, auf kopflose Weise intelligent zu handeln. *Anonym*

jener untrügliche innere Kompaß, der einer Frau auch in einer fremden Wohnung sofort verrät, wo das Schlafzimmer liegt. *Marcel Aymé*

das, was man braucht, wenn der Verstand aussetzt. *Dieter Hallervorden*

Institutionen:

Aufbewahrungsorte für Werte. *Carlyle Marney*

intellektuell:

eine schätzenswerte Eigenschaft, die ihre Besitzer einander vorwerfen. *Hans Weigel*

Intellektuelle:

Leute, die mit ihren Eierköpfen gegen alle Mauern rennen. *Gabriel Laub*

Leute, die über Bücher reden, die andere Leute geschrieben haben. (Leute, die Bücher schreiben, sind selten intellektuell.) *Françoise Sagan*

Leute, die nicht genug Körper haben, um ihren Geist zu bedecken. *Sydney Smith*

Intellektueller:

wer bei Puschkin nicht zuerst daran denkt, was harte Männer trinken. *Anonym*

ein Mensch, der so klug ist, daß er das Offenkundige nicht begreifen kann. *Anonym*

ein Mann, der einem hübschen Mädchen über die Schulter blickt, um zu sehen, was es liest. *Anonym*

ein Mensch, der gewußt hat, wer Toulouse-Lautrec war, bevor der Film »Moulin Rouge« anlief. *Anonym* ein Mensch, der Rhododendron richtig buchstabiert. *Anonym*

einer, der mehr Wörter benutzt, als er eigentlich braucht, um mehr zu sagen, als er weiß. *Inschrift an einer Wand in der Universität Cambridge*

ein Mensch, dessen Geist sich selbst beobachtet. *Albert Camus*

ein Mann, den eine Idee mehr fasziniert als eine Frau. *Friedrich Dürrenmatt*

der Mensch, der sich an nichts gewöhnen kann; auch nicht an sich selbst. *Hans Kudszus*

Intelligenz:

verläßliche Eigenschaft, die jeder besitzt, der dir aufmerksam zuhört und bekräftigend nickt zu dem, was du zu sagen hast. *Anonym*

die Fähigkeit, seine Umwelt zu akzeptieren. *William Faulkner*

die Eigenschaft, die ein Mann bei einem Mädchen sucht – nachdem er alles andere schon gefunden hat. *Robert Lembke*

die Fähigkeit, die bewirkt, daß man Abstand nimmt. *Henry de Montherlant*

jene Eigenschaft des Geistes, dank derer wir schließlich begreifen, daß alles unbegreiflich ist. *Emile Picard*

Intelligenztest:

Einrichtung, die einem beweist, daß man besser darauf verzichtet hätte, sie auszuprobieren. *Anonym*

Interessenverbände:

Zusammenschlüsse, die bezwecken, daß das Geld unter Kollegen bleibt. *Thaddäus Troll*

Interessenvertreter:

Leute, die in unserem Namen ihre Interessen vertreten. *Helmar Nahr*

interpretieren:

Altes so darstellen, als sei es ein Neues; Bekanntes, als sei es ein Fremdes; Fremdes, als sei es ein Bekanntes. *Hans-Klaus Jungheinrich*

Interview:

ein Gespräch, bei dem einer die Fragen stellt, die schon viele vor ihm gestellt haben, und ein anderer Antworten gibt, die er schon zahllosen Leuten gegeben hat. *Dean Acheson*

im Zeitungswesen eine Beichte, bei der abgefeimte Unverschämtheit törichter Eitelkeit und Ruhmsucht das Ohr leiht. *Ambrose Bierce*

Interviewpartner:

ein Fremdenführer durch uns selbst. *Alfred Polgar*

Intrigant:

ein Mensch, der keineswegs alle Gerüchte glaubt, aber alle Gerüchte weitererzählt. *Jacques Baumel*

Intrige:

eine tödliche Bosheit, die sich nicht nachweisen läßt. *Peter Shaffer*

Intuition:

Vernunft, die es eilig hat. *Anonym*

das Gefühl, das einer Frau sagt, sie sei im Recht, auch wenn sie es nicht ist. *Anonym*

die Fähigkeit, aus nicht vorhandenen Fakten falsche Schlüsse zu ziehen. *Anonym*

das, was es den Frauen ermöglicht, ganz sicher zu sein, ohne es genau zu wissen. *Anonym*

die Fähigkeit, zwei und zwei mit beliebigem Ergebnis zu addieren. *Anonym*

das, was dir rät, den richtigen Kurs einzuschlagen – nachdem du den falschen erwogen und festgestellt hast, daß er zu risikoreich ist. *Anonym*

Intelligenz mit überhöhter Geschwindigkeit. *»Tempo«, Italien*

die Fähigkeit mancher Leute, eine Lage in Sekundenschnelle falsch zu beurteilen. *Heinz Hilpert* der eigenartige Instinkt, der einer Frau sagt, daß sie recht hat, gleichgültig, ob das stimmt oder nicht. *Oscar Wilde*

irgendwann einmal:
keinmal. *Anonym*

Irland:
eine alte Sau, die ihre Ferkel frißt. *James Joyce*

Ironie:
die Grobheit der Gebildeten. *Anonym*

die letzte Phase der Enttäuschung. *Anatole France*

aus einer Not eine Überlegenheit machen. *Thomas Mann*

Irrtümer:
die Stationen auf dem Wege zur Wahrheit. *Fjodor Michailowitsch Dostojewski*

Irrtum:
die tiefste Form der Erfahrung. *Martin Kessel*

Irrweg:
jede Abweichung anderer von den eigenen Denkgewohnheiten. *Ambrose Bierce*

Israel:
eine westliche Demokratie für eine zum großen Teil agnostische Bevölkerung unter einer teilweise theokratischen Gesetzgebung. *Schalom Ben-Chorin*

Italien:
ein Land, in dem es im Schatten mehr Sonnenschein gibt als in England unter wolkenlosem Himmel. *Italienisches Reisebüro in England*

ein Staat, der nur noch so tut, als sei er ein Staat. *George Campbell*

ein Streikparadies, gestört durch Arbeit. *Carlo Franchi*

fünfzig Millionen Schauspieler. Die schlechtesten von ihnen stehen auf der Bühne. *Orson Welles*

Italiener:

ein Gran Turismo des Flirts, aber kein Serienwagen der Leidenschaft.

Maud Baynham

Italienisch:

eine Gebärdensprache, deren Verständnis durch Worte erschwert wird.

Anthony Quinn

J

Jäten:

Zensur an der Natur. *Oskar Kokoschka*

Jagdtrophäen:

Ersatzorden, die man sich selber gibt. *Erwin Ringel*

jagen:

die Kunst, Wild zu hegen, bis es alt genug ist, damit es unter hohen Strapazen, hohen Kosten und viel Zeitaufwand wieder aufgespürt und erlegt werden kann. *Alfred Stampfel*

Jahr:

eine Periode von dreihundertfünfundsechzig Enttäuschungen.

Ambrose Bierce

mittlere Jahre:

die Zeit, wo die Kleider nicht mehr passen, man die Änderungen aber an sich selber vornehmen muß. *Anonym*

Jeans:

Kleidungsstück, das nicht noch strammer sitzen könnte, es sei denn, man ersetzte es durch Lack aus der Sprühdose. *Anonym*

Jeep:

ein Cocktailshaker mit fünf Gängen. *Anonym*

Japaner:
Mensch, der alle Schönheiten dieser Welt durch den Sucher seiner Kamera betrachtet. *Ron Kritzfeld*

Jet-Set
die Leute, die ständig Urlaub vom Urlaub machen. *Salvador Dali*

die Leute, die immer vor dem Problem stehen: Party oder Ferien. *Jimmy Durante*

den Mittelpunkt, der man nicht ist, mimen in einer Welt, die es nicht gibt. *Oliver Hassencamp*

die Leute, die keine Freude kennen und deshalb höchstens bis zum Amüsement gelangen. *Tennessee Williams*

Joch:
präzise und unwiderlegbare Definition der Ehe. *Ambrose Bierce*

Jockeis:
Reiter, die manchmal früher über ein Hindernis kommen als das Pferd. *Danny Kaye*

Journalismus:
Schreiben für den Tag. *Anonym*

der Rahm von heute – der Käse von morgen. *Anonym*

Literatur in Eile. *Matthew Arnold*

eine ungeheure Schleudermaschine, die von kleinen Gehässigkeiten in Bewegung gesetzt wird. *Honoré de Balzac*

alles, was morgen weniger interessant ist als heute. *André Gide*

Geschichte, die dahinstürmt. *Thomas Griffith*

anderen erklären, was man selber nicht versteht. *Lord Northcliffe*

der Sinn für Neuigkeiten – in Wirklichkeit ein Sinn dafür, was wichtig ist, was lebenswichtig ist, was Farbe hat und Leben: was die Menschen interessiert. *Rascoe*

Journalist:

ein kurzsichtiger Historiker. *Anonym*

der Bürger, der von seiner Meinungsfreiheit sozusagen berufsmäßig Gebrauch macht. *Anonym*

X ein Mensch, der immer etwas Wichtigeres zu tun hat und daher nie zum Wichtigen kommt. *Anonym*

einer, der nachher alles vorher gewußt hat. *Karl Kraus*

ein Mann, der die eine Hälfte seines Lebens damit verbringt, über Dinge zu schreiben, von denen er nichts weiß, und die andere Hälfte, nicht über Dinge zu schreiben, die er genau weiß. *Robert Lembke*

jemand, der anderen einleuchtend Dinge erklärt, die er selber nicht versteht. *Leo Longanesi*

wer keinen Gedanken hat und ihn dennoch niederschreibt. *Dr. Alois Rummel*

lästiger Fragesteller, dem man mit belegten Brötchen den Mund stopft. *Michael Schiff*

Journalisten:

Menschen, die zum Frühstück dicke Schlagzeilen schlürfen. *Anonym*

Schriftsteller, die auf Schnee schreiben. *Anonym*

die Geburtshelfer und Totengräber der Zeit. *Karl Ferdinand Gutzkow*

Schriftsteller, die keine Geduld haben. *Ephraim Kishon*

Menschen, die in einem anderen Beruf mit weniger Arbeit mehr Geld verdient hätten. *Robert Lembke*

Jubiläum:

ein Datum, an dem eine Null für eine Null von mehreren Nullen geehrt wird. *Peter Ustinov*

Feier zur Ehre einiger Nullen. *Ernst Waldbrunn*

Jugend:

ein wunderbarer Paß, der alle Türen öffnet; leider ist er nicht lange gültig. *Anonym*

eine Torheit, deren Heilung das Alter ist. *Arabisch*

der ideale Lebensabschnitt, wenn er etwas später käme. *Lord Asquith*

das Übergewicht der Hormone über die Argumente. *David Frost*

eine wunderbare Sache. Wie schade, daß sie an die Kinder verschwendet wird. *George Bernard Shaw*

wahre Jugend:

eine Eigenschaft, die sich nur mit den Jahren erwerben läßt. *Jean Cocteau*

Jugendliebe:

sorgsam gepflegter Traum, dessen Verwirklichung ein gütiges Geschick verhinderte. *Ron Kritzfeld*

junge Leute:

Menschen, die alt genug sind, daß sie sich bis in die späte Nacht das Fernsehprogramm ansehen dürfen, und jung genug, Gefallen daran zu finden.
Anonym

Jungfräulichkeit:

etwas sehr Kostbares, das alle Mädchen verlieren möchten.
William Somerset Maugham

Jungfrau:

eine Ungetraute, die sich nie getraut hat. *Anonym*

etwas sehr Schönes – vorausgesetzt, sie bleibt es nicht. *Joachim Ringelnatz*

Junggeselle:

Absprung-Artist. *Anonym*

ein Mann, der eine Frau lieber im Kopf als am Hals hat. *Anonym*

ein Mann, der sich den Frauen zuneigt, aber immer aufpaßt, daß er nicht das Übergewicht kriegt. *Anonym*

ein Mann, der jeden Morgen aus einer anderen Richtung ins Büro kommt. *Anonym*

ein Mann, der keine Kinder hat, über die er sich unterhalten könnte.
Anonym

ein Mann, der eine Frau dadurch glücklich macht, daß er sie nicht heiratet. *Anonym*

ein Mann mit nur einer einzigen Idee: nämlich es zu bleiben. *Anonym*

ein Mann, der seine Frau nie belügt. *Anonym*

der einzige Mann, der vor seiner Frau keine Geheimnisse hat. *Anonym*

ein Mann, der noch über Schwiegermutterwitze lachen kann. *Anonym*

ein Mann, der sich lieber besteuern als steuern läßt. *Mario Adorf* ein Mann, der lieber Socken stopft als Mäuler. *Mario Adorf*

ein Mann, der für Liebe mit Fersengeld zahlt. *Senta Berger*

ein Mann, den die Frauen noch ausprobieren. *Ambrose Bierce*

ein Mann, der scharf nachdenkt, bevor er nein sagt. *Peter Boenisch*

ein Mann, der nicht gleich eine Farm kauft, wenn er ein Hühnerei braucht. *Peter Frankenfeld*

ein Mann, der einen Haupttreffer machen will, indem er kein Los erwirbt. *Iska Geri*

ein Mann, der lieber mehreren Frauen untreu als einer einzigen treu ist. *Edith Hancke*

ein Mann, der seine Ringe unter den Augen trägt. *Willy Reichert*

ein Mann, dem zum Glück die Frau fehlt. *Felix Scholz*

ein Mann, der nicht gleich ein Bergwerk kauft, wenn er einen Eimer Kohle haben möchte. *Peter Sellers*

ein Mann, der sein Ziel erreicht, ohne dort zu verweilen. *Alberto Sordi*

einer, der es vermeidet, den gleichen Fehler ein erstes Mal zu machen. *Ed Wynn*

Junggesellen:

Männer, die aus der Hand fressen – aber nur aus der eigenen. *Mario Adorf*

Männer, die keinen Acker kaufen, wenn sie ein Pfund Kartoffeln haben möchten. *Mario Adorf*

Männer, die nicht davon überzeugt sind, daß eine Mark doppelt soviel wert ist, wenn sie durch zwei geteilt wird. *Mario Adorf*

für Frauen insgeheim so etwas wie Feldherren, die noch keine Schlacht verloren haben. *Maurice Chevalier*

Männer, die lieber Parkgebühren zahlen als eine Garage bauen. *Gina Crespi*

Männer, die Austern lieben, aber noch nie eine Perle fanden. *Ava Gardner*

Reservisten, die schwer aus ihrer Reserve herauszulocken sind. *Ellen Keßler*

Männer, die kneifen, sobald sie gekniffen haben. *Lotte Ledl*

Männer mit einer Allergie am Ringfinger. *Lutz Löhndorf*

Männer, die nur halb aufs Ganze gehen. *Tatjana Sais*

Männer, die wissen, wie klein die Chance ist, daß man in einer Auster eine Perle findet. *Bill Slater*

Männer, die lieber suchen als finden. *Caterina Valente*

Männer, die gern verheiratet wären, aber nicht ständig. *Helen Vita*

Junggesellin:
eine Frau, die einmal zu oft nein gesagt hat. *Inge Meysel*

Jurisprudenz:
die Fähigkeit, recht zu behalten, obwohl man es nicht hat. *Georges Marcelin*

Jurist:
ein Rechtskundiger, der auch links herum denken kann. *Helmuth M. Backhaus*

Juristen:
Leute, die die Gerechtigkeit mit dem Recht betrügen. *Harold Pinter*

K

Kabarett:
die Kunst, in einer aalglatten Gesellschaft anzuecken. *Anonym*

eine Wortspielbank mit Croupiers, die mehr austeilen als einstecken. *Werner Finck*

Kabarettisten:
geistreiche Leute mit Niedertrachten-Look. *Victor de Kowa*

Kabeljau:
ein aus Scheiben gemachter Fisch. *Ramón Gómez de la Serna*

Känguruh:
ein Versuch der Natur, einen verkehrssicheren Fußgänger zu entwickeln. *Anonym*

Wappentier der Finanzminister; macht auch mit leerem Beutel große Sprünge. *Anonym*

Kaffeehausliterat:
ein Mensch, der Zeit hat, darüber nachzudenken, was die anderen draußen nicht erleben. *Anton Kuh*

Kalifornien:
der einzige amerikanische Bundesstaat, in dem man unter einem blühenden Rosenstrauch einschlafen und sich dabei zu Tode frieren kann. *W. C. Fields*

Kaltes Büffet:
Essen mit mehr Gästen als Stühlen. *Anonym*

Kamel:
ein Pferd mit einem zu engen Hüftgürtel. *Anonym*

ein Pferd, zu dem ein persönlicher Referent einen Entwurf gemacht hat. *Horst Ehmke*

Kannibale:
ein gastfreundlicher Mensch, der gerne Leute zum Essen hat. *Anonym*

wer ißt, was er ist. *Anonym*

Kannibalen:
Leute, die andere Leute zum Fressen gern haben. *Georg Thomalla*

Kanone:

Instrument zur Berichtigung von Staatsgrenzen. *Ambrose Bierce*

Kanzel:

hochgelegene Kiste, in die der Pfarrer klettert, da er fürchtet, daß die Leute andernfalls seine gehobene Position nicht zur Kenntnis nehmen. *Ambrose Bierce*

Kapitalismus:

Doktrin, deren Hauptziel die Machterhaltung ist, selbst wenn dazu die Grundsätze des Sozialismus angewandt werden müßten. *Georges Elgozy*

Weltanschauung durch Geldanschauung. *Walter Kröpelin*

Kapitalist:

ein Mann, der hauptsächlich in seiner Freizeit Geld verdient. *Aneurin Bevan*

Karat:

weibliche Meßeinheit zur Beurteilung der Zuneigung eines Mannes. *Anonym*

Karikatur:

eine Pointe unter Weglassung der Geschichte. *Erich Kästner*

eine Art Kommentar, um Nicht-Leser für einen Augenblick an Politik zu interessieren. *Ernst-Maria Lang*

eine grobe Wahrheit. *George Meredith*

Karikaturen:

Zeichnungen mit einem Widerhaken, der Denkprozesse auslöst.

Hans-Georg Rauch

Karikaturen zeichnen:

feindliche Koexistenz mit allem, worüber man sich ärgert. *Ronald Searle*

Karikaturisten:

geistreiche Leute mit Niedertrachten-Look. *Victor de Kowa*

Karneval:

der stets mißglückende Versuch des Spießers, das Unerlaubte in seine Moral einzubeziehen. *Sigmund Graff*

periodisch im Winter auftretende Epidemie, die Betroffene am Morgen müde, am Abend tatendurstig und nach dem Aschermittwoch arbeitsunfähig macht. *Ron Kritzfeld*

Karriere:

ein Pferd, das auch gute Reiter zuweilen abwirft. *Anonym*

Karrieristen:

Leute, die im Berufsverkehr nicht die Überholspur verlassen. *Anonym*

Leute, die andere Leute vor ihren Karren spannen. *Gerhard Uhlenbruck*

Kassandra:

eine Dame, die etwas Unangenehmes so lange voraussagt, bis es eintrifft.

Alberto Sordi

Kassenmagnet:

ein Star, der für einen Film den ganzen Profit, drei Cadillacs und die Frau des Produzenten verlangt – und der all das auch bekommt. *Billy Wilder*

Kassenpatient:

Person, die auch mit billigen Medikamenten wieder gesund wird.

Michael Schiff

Katastrophe:

überdeutliche und unmißverständliche Erinnerung daran, daß die Gegebenheiten dieses Lebens sich unserem Eingreifen entziehen. *Ambrose Bierce*

Katze:

Miniaturlöwe, der Mäuse mag, Hunde nicht leiden kann und den Menschen toleriert. *Anonym*

weicher, unzerstörbarer Automat, von der Natur erschaffen, damit wir danach treten können, wenn in der Familie etwas schiefgeht. *Ambrose Bierce*

das einzige vierbeinige Tier, das dem Menschen eingeredet hat, er müsse es erhalten, es brauche aber dafür nichts zu tun. *Kurt Tucholsky*

Kaufleute:

Menschen, die ihre Empfindungen in barem Geld ausdrücken müssen, um zu wissen, daß sie auch welche haben. *Anonym*

Kaugummi:

die einzige Entschuldigung der Amerikaner für ihr schlechtes Englisch. *Ralph Boller*

komischer Kauz:

ein Mensch, der sein Leben anders gestaltet als man selbst. *Anonym*

Kavalier:

einer, der eine Frau vor allen Männern beschützen will – sich selbst ausgenommen. *Anonym*

ein Mann, der sich den Geburtstag seiner Frau gemerkt und ihr Alter vergessen hat. *Anonym*

ein Mann, der seiner Frau die Tür aufhält, wenn sie die Einkaufstüten ins Haus trägt. *Bud Brennan*

ein Mann, der wenigstens nicht mit den Frauen flirtet, die er im Omnibus stehen läßt. *Monika Peitsch*

ein Mannsbild, das nicht aus dem Rahmen fällt. *Elfie Pertramer*

kegeln:
die Kunst, einen Umsturz zu machen, indem man eine ruhige Kugel schiebt. *Jürgen von Manger*

Kenner:
ein Spezialist, der alles über etwas weiß und nichts von allem andern. *Ambrose Bierce*

Ketzer:
das ist bloß ein anderer Ausdruck für die Minderheit. *Edward Gibbon*

Leute, die so lange verfolgt werden, bis man ihnen folgt. *Henry de Montherlant*

Ketzerei:
der Glaube der Minderheiten. *Anonym*

Keuschheit:
ebensowenig eine Tugend wie Unterernährung. *Alexander Comfort*

Kind:
ein Lebewesen, dem – kaum daß es gelernt hat zu sprechen – sofort der Mund verboten wird. *Anonym*

eine sichtbar gewordene Liebe. *Novalis*

kein Gefäß, das gefüllt, sondern ein Feuer, das entzündet werden will. *François Rabelais*

Kinder:
ein teurer Spaß, den sich vorwiegend die Armen leisten. *Anonym*

das einzige, was in einem modernen Haushalt noch mit der Hand gewaschen werden muß. *Anonym*

kleine Wesen, die sich nicht so benehmen dürfen wie ihre Eltern im gleichen Alter. *Anonym*

ein Trost im Alter und ein Mittel, es rascher zu erreichen. *Anonym*

die einzige Zukunft der Menschheit. *William Saroyan*

der Höhepunkt menschlicher Unvollkommenheit: Sie weinen. Sie stellen ärgerliche Fragen. Sie erwarten, daß man sie ernährt, wäscht, erzieht und ihnen die Nase putzt. Und im gegebenen Augenblick brechen sie uns das Herz. *Robert Louis Stevenson*

Kinder großziehen:
die letzte Domäne der reinen Amateure. *Anonym*

Kinderkrankheit:
eine Erkrankung, die sich bei Eltern in Form von Schlaflosigkeit zeigt. *Anonym*

Kinderwagen:
der Spaß vom letzten Jahr auf Rädern. *Robert Lembke*

Kindesalter:
der Lebensabschnitt, in dem Wordsworth zufolge »der Himmel um uns ist«. Ziemlich bald darauf ist dann die Welt um uns. *Ambrose Bierce*

Kindheit:

ein Abschnitt des menschlichen Lebens zwischen dem Schwachsinn des Säuglings und der Torheit der Jugend – zwei Schritte entfernt von der Sünde des Erwachsenenlebens und drei von der Reumütigkeit des Alters.

Ambrose Bierce

jene herrliche Zeit, in der man dem Bruder zum Geburtstag die Masern geschenkt hat. *Peter Ustinov*

eine glückliche Kindheit:

eines der schönsten Geschenke, die Eltern zu vergeben haben. *Anonym*

Kino:

der Ort, an dem man viel über die Leidenschaft der Menschen erfährt, vorausgesetzt, daß man sich durch die Ereignisse auf der Leinwand nicht ablenken läßt. *Danny Kaye*

Kirche:

Gebäude, wo der Pfarrer Gott verehrt und die Frauen den Pfarrer.

Ambrose Bierce

der einzige Ort, wo jemand zu mir spricht, ohne daß ich ihm zu antworten brauche. *Charles de Gaulle*

Kirchensteuer:

irdische Zwangsabgabe für einen Platz im Jenseits. *Ron Kritzfeld*

Kirchtürme:

umgekehrte Trichter, das Gebet in den Himmel zu leiten.

Georg Christoph Lichtenberg

Kitsch:

das Echo der Kunst. *Kurt Tucholsky*

Kläger:

ehemaliger Freund; meist jemand, dem man einen Gefallen erwiesen hat.

Ambrose Bierce

Klarheit:

die Höflichkeit des Schriftstellers. *Jules Renard*

Klarinette:

ein Folterinstrument, das von einer Person mit Watte in den Ohren bedient wird. Es gibt zwei Instrumente, die schlimmer sind als eine Klarinette – zwei Klarinetten. *Ambrose Bierce*

Klassiker:

ein Schriftsteller, den jeder gelesen haben möchte, aber keiner liest. *Anonym*

Dichter, die man loben kann, ohne sie gelesen zu haben. *Gilbert Keith Chesterton*

ein Buch, das die Leute loben, aber nie lesen. *Ernest Hemingway*

einer, der uns nicht mehr davon in Kenntnis setzen kann, daß er die Ansichten, auf die wir uns berufen, längst geändert hat. *Gabriel Laub*

Verleger verstehen darunter einen Schriftsteller, der tantiemenfrei geworden ist. *Robert Lembke*

ein Autor, der noch zitiert, aber nicht mehr gelesen wird. *Sir Laurence Olivier*

Autor, dessen Bücher als Kassette zu haben sind. *Hans Weigel*

Klassikerausgaben:

mehr Möbel als Literatur. *Jacques Tati*

Klatsch:

was man gern über Leute hört, die man nicht mag. *Anonym*

Genuß eines Lasters aus zweiter Hand – süße, heimliche Befriedigung ohne Risiko. *Anonym*

das einzige Geräusch, das schneller ist als der Schall. *Anonym*

die kleine Schwester der Wahrheit. *Spanisches Sprichwort*

die Umsatzsteuer der Popularität. *Maurice Couve de Murville* eine gesprochene Zeitung für Analphabeten der Fairneß. *Sir Laurence Olivier*

eine feste Verbindung zwischen zwei losen Zungen. *Willy Reichert*

die Fähigkeit, auf eine Art nichts zu sagen, die nichts ungesagt läßt. *Walter Winchell*

klatschen:
anderer Leute Sünden beichten. *Wilhelm Busch*

rhythmisches Klatschen:
ein Ersatz für den Gleichschritt. *Johannes Gross*

Klavier:
ein Musikinstrument, an dem sich Sänger festhalten und auf dem man sein Bier abstellen kann. *Anonym*

ein Salongerät, mit dem der unbußfertige Gast mürbe gemacht wird. Die Bedienung erfolgt durch Niederdrücken der Tasten und der Stimmung der Zuhörer. *Ambrose Bierce*

Schreibmaschine, die bei entsprechendem Anschlag ohne Papier gefühlvolle Botschaften direkt ins Herz des Adressaten sendet. *Ron Kritzfeld*

Kleider:
Waffen, mit denen die Schönen streiten und die sie – gleich den Soldaten – nur dann von sich werfen, wenn sie überwunden sind. *Jean Paul*

Kleidermode:
der teuerste Uniformzwang der Welt. *Maurice Chevalier*

Kleiderschrank:
ein Möbelstück, in dem Frauen, die nichts anzuziehen haben, ihre Kleider aufbewahren. *Anonym*

Kleinaktionäre:
das Kanonenfutter des Wertpapierhandels. *Helmar Nahr*

Kleinauto:

ein Fahrzeug, bei dem der Fußgänger erstmals eine Chance zum Zurückschlagen hat. *Anonym*

Kleinlichkeit:

die Summe jener lächerlicher Bedenken, die reiche Leute daran hindert, uns ihr Geld anzuvertrauen. *Anonym*

Kleinstadt:

ein Ort, wo nachts nur die Lichter ausgehen. *Anonym*

ein Ort, wo die Leute das Neueste schon wissen, ehe die Zeitung herauskommt – die sie dann aber doch lesen, um zu sehen, ob der Redakteur die Geschichte so gebracht hat, wie sie sie gehört haben. *Anonym*

Ort, an dem einem die Neuigkeiten schneller ins Haus gebracht werden als die Zeitung. *Anonym*

eine Stadt, deren Bewohner das Lokalblatt nur kaufen, um nachzusehen, was nicht drin steht. *Anonym*

ein Vergrößerungsglas für Vorurteile, die es in der Großstadt nicht gibt. *Bob Lawrence*

Kleinwagen:

ein Korsett auf vier Rädern. *Danny Kaye*

Kleptomane:
ein reicher Dieb. *Ambrose Bierce*

Klimaanlage:
Einrichtung, die es dir erlaubt, dich nicht nur im Winter zu erkälten. *Anonym*

häufig die einzige Einrichtung zur Verbesserung des Betriebsklimas in Großbetrieben. *Anonym*

klug:
wer nur die Hälfte von dem glaubt, was er hört. Noch klüger, wer erkennt, welche Hälfte die richtige ist. *Anonym*

Klugheit:
das Talent, Alternativen zu entdecken. *Anonym*

Eigenschaft von Leuten, deren Meinung man sich ungeniert anschließen kann. *Anonym*

eine für Mädchen ungefährliche Eigenschaft, wenn sie hinter einem tiefen Ausschnitt versteckt wird. *Anonym*

die Kunst zu erkennen, was man übersehen muß. *William James*

frühreifer Knabe:
Bezeichnung für einen Vierjährigen, der sich mit der Puppe seiner Schwester davonmacht. *Ambrose Bierce*

Kneipe:
eine Möglichkeit, nicht zu Hause und doch nicht an frischer Luft zu sein. *Anonym*

Knopfloch:
nach der Erfindung des Reißverschlusses nur noch eine Öffnung im Wartestand – für Ordensbänder. *Ron Kritzfeld*

Koalition:
ein Schaukelstuhl mit eingebauter Sprengladung. *Anonym*

die Kunst, den Partner mit einem Kaktus zu streicheln. *Carlo Franchi*

eine Vernunftheirat mit Flitterwochen in getrennten Schlafzimmern. *Jean Marivaux*

das Kunststück, den rechten Schuh auf dem linken Fuß zu tragen, ohne Hühneraugen zu bekommen. *Guy Mollet*

eine Partei wäscht die andere, und dabei werden beide immer dreckiger. *Bloor Schleppey*

ein Tennisdoppel, bei dem der Partner mit einem halben Bein auf der Gegenseite steht. *Hector Velez*

die intimste Form der politischen Gegnerschaft. *Richard Wiggins*

politische Additionen, die sich leicht in Bruchrechnungen verwandeln. *Wolfram Weidner*

Koalitionsverhandlungen:
der sicherste Weg, bestehende Meinungsverschiedenheiten zu vertiefen. *Helga Metzkow*

Kochkunst:
eine ebenso angenehme wie heimtückische Methode, Muskelfleisch in Bauchspeck zu verwandeln. *Helmar Nahr*

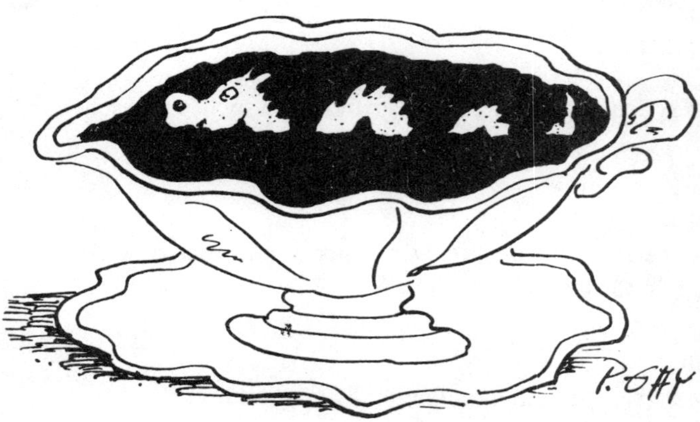

Köder:

der eßbare Teil eines Angelhakens. *Anonym*

Lockmittel, das den Haken schmackhafter macht; am wirksamsten ist Schönheit. *Ambrose Bierce*

König:

hochbezahltes Modell für Briefmarken. *Anonym*

Körper:

das Gepäck, das du durchs Leben tragen mußt. Je höher das Übergewicht, desto kürzer die Reise. *Anonym*

der Übersetzer der Seele ins Sichtbare. *Christian Morgenstern*

Körperschaft:

eine sinnreiche Einrichtung, um ohne persönliche Verantwortung persönlichen Vorteil zu erlangen. *Ambrose Bierce*

Köter:

unterster Rang der Hundehierarchie. *Ambrose Bierce*

Koexistenz:

das, was der Bauer mit der Gans bis zur Kirchweih tut. *Anonym*

friedlich nebeneinander aufrüsten. *Wolfram Weidner*

Kohl:
ein bekanntes Küchengemüse, etwa so groß und so klug wie ein menschlicher Kopf. *Ambrose Bierce*

Koketterie:
Lider ohne Worte. *Anonym*

Kollege:
einer, der ohne jede Eignung unerklärlicherweise dasselbe macht wie man selbst. *Anonym*

Kollegen:
Leute, die jahrelang zusammenarbeiten und leben, aber über die anderen meist nur gerüchteweise Bescheid wissen. *Gerhard Polt*

Komet:
Flüchtling des Sonnensystems. *Anonym*

ein Stern, dem der Haarknoten aufgegangen ist. *Ramón Gómez de la Serna*

Komik:
Tragik in Spiegelschrift. *James Thurber*

Komiker:
ein Mensch, der nichts, aber auch gar nichts ernst nimmt – außer sich selbst. *Danny Kaye*

komisch:
eine Sache, die lästig wäre, wenn sie uns selber zustieße. *André Maurois*

Komitee:
eine Allee, in die man Ideen lockt und lautlos abwürgt. *Anonym*

eine Gruppe von Menschen, die – einzeln – nichts tun können, aber zusammenkommen und entscheiden, daß nichts getan werden kann. *Anonym*

Kommentare:
Äußerungen eines Journalisten, aus denen man entnehmen kann, was er denkt, daß die Leute denken. *Anonym*

Kommentatoren:
Leute, die andere kratzen, wenn es sie selber juckt. *Robert McNamara*

Kommission:
der Ausweg der Unfähigen, durch Widerstrebende das Unnötige untersuchen zu lassen. *Anonym*

eine Henne, die über einem Porzellanei brütet. *Michael Foot*

eine Gruppe von Unwilligen, ausgewählt aus einer Schar von Unfähigen zwecks Erledigung von etwas Unnötigem. *Richard Harkness*

die beste Kommission:
zwei Personen, von denen eine nicht anwesend ist. *Edward Verrall Lucas*

Kommissionen:
Vereinigungen, in denen mehrere Personen die Arbeit nicht leisten, die ein einzelner viel besser machen würde. *Prosper Mérimée*

die Brutapparate der Bürokratie. *Cyril Northcote Parkinson*

Kommunikarden:
Fachleute für wortreiche Deklarationen. *Willy Brandt*

ein gutes Kommuniqué:
die halbnackte Wahrheit – in einem hübschen Bikini. *Bill Woodrich*

Kommunismus:
die Ausbeutung der Starken durch die Schwachen. *Pierre Joseph Proudhon*

Komödie:
Anekdote, die von einer Dampfwalze überfahren wurde. *Anonym*

Kompliment:
ein geglückter Seiltanz zwischen Wahrheit und Übertreibung. *Hermann Bahr*

der Sieg der Höflichkeit über die Ehrlichkeit. *Ralph Boller* die charmante Vergrößerung einer kleiner Wahrheit. *Johannes Heesters*

ein Kuß durch einen Schleier. *Victor M. Hugo*

eine freundliche Wahrheit mit etwas Make-up. *Hannelore Schroth*

Kompromiß:

eine Abmachung, bei der man großzügig auf die Rechte des anderen verzichtet. *Anonym*

ein Arrangement, durch das einer, der nicht bekommen kann, was er will, dafür sorgt, daß es dem anderen ebenso geht. *Anonym*

ein Zusammenprall unter Anwendung von Stoßdämpfern. *Anonym*

die Beilegung eines Interessengegensatzes, bei dem jeder der Gegner die Genugtuung hat zu meinen, er erhalte, was ihm nicht zusteht, und verliere nur, was ihm rechtens gehört. *Ambrose Bierce*

ein guter Regenschirm, aber ein schlechtes Dach. *J. R. Lowel*

ein Übereinkommen, bei dem man vorgibt, daß man nachgibt. *Willy Reichert*

die Kunst, einen Braten so aufzuteilen, daß jeder glaubt, er habe das beste und größte Stück bekommen. *Paul-Henri Spaak*

Kompromiß schließen:

die Frage auf die Antwort zuschneiden. *Anonym*

Konferenz:

eine Veranstaltung, bei der eine Menge Leute über Dinge reden, die sie tun sollten. *Anonym*

eine Sitzung, bei der Viele hineingehen, aber bei der nur wenig herauskommt. *Werner Finck*

ein Treffen, wo entschieden wird, wann das nächste Treffen stattfinden wird. *Henry Ginsberg*

der Klatsch der Männer. *Françoise Sagan*

diplomatische Konferenz:
eine Zusammenkunft von Vertretern verschiedener Länder, die gemeinsam versuchen, sich auf das Datum der nächsten diplomatischen Konferenz zu einigen. *Maurice Couve de Murville*

Konferenzdiplomatie:
Tourismus auf Staatskosten. *Henri Tisot*

Konferenzen:
ein ganz ausgezeichnetes Mittel, Probleme so lange zu diskutieren, bis sie unaktuell geworden sind. *Anonym*

Verschiebebahnhöfe für ungelöste Probleme. *Richard Burton*

die Bremsspuren der Geschichte. *Henri Troyat*

internationale Konferenzen:
Meisterleistungen moderner Kommunikationstechnik, die ein Maximum an Organisation mit einem Minimum an Information verbinden. *Helmar Nahr*

Konferenzsaal:
ein Ort, wo viele hineingehen und wenig herauskommt. *Karl Farkas*

Konformismus:
stillschweigendes Übereinkommen, schlafende Hunde nicht zu wecken, deren Bellen beiden Teilen unangenehm werden könnte. *Wannenmacher*

Konformist:
einer, der gegen dieselben Dinge wie du keine Einwendungen erhebt. *Russell Baker*

Konfrontation:
der dramatische Höhepunkt in einer Folge von Verhandlungen, wo beide Seiten sich weigern, jemals wieder zusammenzutreffen. *»The Times«, London*

Konkubinat:
eine feste Bindung, die man nur vor dem Standesbeamten geheimhält. *Ernst Waldbrunn*

Konkurrent:

ein schmutziger Mensch. *Anonym*

Barriere in der Karriere. *Ron Kritzfeld*

konsequent:

nur wer sich selber mit den Umständen wandelt. *Winston Churchill*

Konservatismus:

Kinder an den Fehlern ihrer Eltern teilhaftig werden lassen. *Rudolf Rolfs*

die Verehrung toter Revolutionäre. *Clinton Rossiter*

Konservative:

die Pausenzeichen der Geschichte. *Norman Mailer*

Konservativer:

ein Politiker, der von den bestehenden Mißständen gefesselt ist; er unterscheidet sich so vom Liberalen, der diese Mißstände durch andere zu ersetzen wünscht. *Ambrose Bierce*

ein Mensch, der zum Kämpfen zu feige und zum Laufen zu dick ist. *Elbert Hubbard*

ein Mensch mit zwei völlig gesunden Beinen, der nie gehen gelernt hat. *Franklin D. Roosevelt*

ein Mensch, der Radikalisten ein Jahrhundert nach ihrem Tode bewundert. *Leo C. Rosten*

ein Fahrlehrer, bei dem man vor allem das Parken lernt. *Edith Sitwell*

ein Mensch, der glaubt, daß nichts zum erstenmal getan werden sollte. *Alfred E. Wiggam*

Konsul:

in der amerikanische Politik ein Mann, der vom Volk kein Amt erhalten hat und dem daraufhin die Regierung eins gibt – unter der Bedingung, daß er das Land verläßt. *Ambrose Bierce*

konsultieren:

jemanden höflich bitten, der gleichen Meinung zu sein wie man selber.

Anonym

die Zustimmung eines anderen zu etwas einholen, was bereits entschieden ist. *Ambrose Bierce*

Konsumterror:

Schrecken, nach dem sich zwei Drittel der Erdbewohner sehnen.

Ron Kritzfeld

Kontakte:

Begegnungen von Beauftragten, die sich nicht treffen dürfen. *Dean Rusk*

Konversation:

eine Stimmenkonkurrenz, wo derjenige, der eben Luft holt, Zuhörer genannt wird. *Anonym*

eine Kunst, bei der jeder Mensch alle anderen als Konkurrenten hat.

Ralph Waldo Emerson

die Kunst zu reden, ohne zu denken. *Viktor de Kowa*

Sprache als Gesellschaftsspiel. *Helmar Nahr*

die Frau versteht darunter die Kunst, andere nicht zu Worte kommen zu lassen. *Alfred Polgar*

geistreiche Konversation:

die Kunst, sich möglichst viele Pointen zu merken und zu vergessen, von wem sie stammen. *Gerhard Bronner*

Konversation machen:

zwei oder mehrere Leute tun so, als hörten sie einander zu.

Wilhelm Lichtenberg

Koran:

ein Buch, von dem die Moslems törichterweise glauben, daß es auf göttliche Inspiration zurückgehe, von dem jedoch die Christen wissen, daß es sich um eine bösartige Hochstapelei handelt, die im Widerspruch zur Heiligen Schrift steht. *Ambrose Bierce*

korrekt:

wer seine Zeche im voraus bezahlt, wenn er trinkt, um zu vergessen.
Anonym

Korruption:

die laufende Bewässerung bereits vorhandener Sümpfe. *Wolfgang Gruner*

Kosmetik:

die Kunst, aus der Not eine Jugend zu machen. *Hanns-Hermann Kersten*

die Lehre vom Kosmos des Weibes. *Karl Kraus*

eine Maßnahme mit aufschiebender Wirkung. *Helmar Nahr*

die Kunst, den Geburtsschein zu dementieren. *Olga Tschechowa*

militärisches Kräftegleichgewicht:

nichts als eine diplomatische Formel, die von beiden Seiten als Deckname für Überlegenheit gebraucht wird. *Carl Friedrich von Weizsäcker*

Krähenfüße:

die Haltestellen der Gesichtszüge. *Anonym*

Krankenhaus:

ein Gebäude, wo Kranken im allgemeinen zwei Arten von Behandlung zuteil werden – medizinische vom Arzt und unmenschliche vom Personal. *Ambrose Bierce*

Krankenzimmer:

Raum, in dem sich Freunde des Patienten unterhalten können. *Anonym*

Krankheit:

die Vergeltung der empörten Natur. *Hosea Ballou*

der Arzt, den wir am meisten respektieren. Der Freundlichkeit, dem Wissen und anderen Dingen machen wir nur Versprechungen – dem Schmerz gehorchen wir. *Marcel Proust*

unheilbare Krankheit:
eine Krankheit, die der Arzt nicht zu heilen weiß. *Charles Kettering*

Krankheiten:
die Zinsen für genossenes Vergnügen. *Anonym*

Höflichkeitsbesuche des Todes. *Hans Kudszus*

ein Luxus, den sich bald nur noch Ärzte leisten können. *Wolfram Weidner*

diplomatische Krankheiten:
die einzigen, die man schon vor ihrem Ausbruch bekanntgibt.
Roger Peyrefitte

Krawatten:
eine Quelle der Behaglichkeit, wenn man sie ablegt. *Anonym*

kreativ sein:
aus dem Chaos Ordnung schaffen. *Georg-Stefan Troller*

Krebse:
Tiere, die den Eindruck erwecken, als wollten sie weggehen, wenn sie kommen. *Anonym*

Kredit:
ein Regenschirm, den man bei Sonnenschein leicht bekommt, aber beim ersten Regentropfen zurückgeben muß. *Lord Chesterfield*

eine merkwürdige Sache. Sofort bekommt man ihn nur dann, wenn man nachweisen kann, daß man ihn gar nicht braucht. *Curt Goetz*

etwas, wovon man viel haben muß, aber nur wenig benutzen darf.
Ron Kritzfeld

Kreis:
ein Nichteck. *Definition eines Kindes*

eine runde Linie, ohne Ecken und überall zu, damit man nicht sehen kann, wo sie anfängt. *Definition eines Kindes*

Krieg:

der schlagendste Beweis für die menschliche Unzulänglichkeit. *Anonym*

die Fortsetzung der Politik mit anderen Mitteln. *Carl Philipp Gottfried von Clausewitz*

eine Serie von Katastrophen, die mit einem Sieg enden. *Georges Clemenceau*

zuerst die Hoffnung, daß es einem besser gehen wird, hierauf die Erwartung, daß es dem anderen schlechter gehen wird, dann die Genugtuung, daß es dem andern auch nicht besser geht, und hernach die Überraschung, daß es beiden schlechter geht. *Karl Kraus*

eine Niederlage des menschlichen Geistes. *Henry Miller*

ein Winterschlaf der Kultur. *Friedrich Nietzsche*

ein Vorgang, bei dem sich Menschen umbringen, die einander nicht kennen, und zwar zum Ruhm und zum Vorteil von Leuten, die einander kennen, aber nicht umbringen. *Paul Valéry*

die Ferienzeit des Diplomaten. *Robert R. Young*

Krieg beginnen:

einen Knoten zerhauen, statt ihn aufzulösen. *Christian Morgenstern*

Trojanischer Krieg:

der letzte Krieg, bei dem man noch wußte, um was es ging. *Anonym*

Krimi:

das Kasperlespiel der Erwachsenen. *Urs Jenny*

Kriminalschriftsteller:

eine Spinne, die schon die Fliege hat, bevor sie das Netz um sie herum webt. *Conan Doyle*

Krimi-Regisseur:

ein Mann, der im Dunkeln Gänsehaut verkauft. *Alfred Hitchcock*

Krimskrams:

Sachen, die man zehn Jahre lang aufgehoben hat und dann endlich wegwirft, zwei Wochen bevor man sie braucht. *Anonym*

Krise:

ein produktiver Zustand. Man muß ihm nur den Beigeschmack der Katastrophe nehmen. *Max Frisch*

Krisenherd:

eine Feuerstelle, bei der die einen die Kohlen liefern, die anderen die Zugluft. *Carlo Franchi*

Kritik:

eine Bürste, die man bei leichten Stoffen nicht verwenden darf, weil sie da alles wegnähme. *Honoré de Balzac*

Salzsäure in einer geschliffenen Karaffe. *Michel Jobert*

der Versuch, Kurven mit einem Lineal zu messen. *Robert Lembke*

die Kunst, mit der sich der Kritiker einen Anteil am Ruhm des Künstlers zu sichern trachtet. *George Jean Nathan*

die subtile Rache der Journalisten an den Satirikern dafür, daß diese auch wegen der Journalisten Satiriker geworden sind. *Werner Schneyder*

Kritiker:

Eunuchen – sie wissen genau, wie es geht, aber sie können nicht. *Anonym*

ein Mensch, der den Weg weiß, aber nicht Auto fahren kann. *Anonym*

ein Mensch, der etwas sagen muß, auch wenn er nichts zu sagen hat. *Anonym*

ein Redaktionsangestellter, der Autoren ihre Werke erläutert. *Anonym*

einer, der auch im Besten noch ein wenig Schlechtes findet. *Anonym*

Leute mit Stockschnupfen, die über Parfüms dozieren. *Sir Thomas Beecham*

jemand, der sich damit brüstet, daß er schwer zufriedenzustellen sei, weil niemand versucht, ihn zufriedenzustellen. *Ambrose Bierce*

ein Wegelagerer auf dem Wege zum Ruhm. *Robert Burns*

ein Mann, der in der Literatur und in den Künsten bankrott gemacht hat. *Benjamin Disraeli*

Leute, die einem sagen, ob man ein Konzert genossen hat oder nicht. *Jimmy Durante*

Leute, die ihre Arbeit einen Tag zu spät machen. *Marty Feldman*

eine Henne, die gackert, wenn andere legen. *Giovanni Guareschi*

Leute, die mit einem Rasiermesser am Hals der Autoren geigen. *Per Halvarsson*

ein Mann, der Wunder erwartet. *James Gibbons Huneker*

ein Mensch, der dich verachtet, weil du nicht sein Talent hast. *Nunnally Johnson*

trostlosester aller Berufe, der, die Vollkommenheit vor Augen, stets die Unvollkommenheit erdulden muß. *Ron Kritzfeld*

Menschen, die nichts zu sagen haben, aber etwas sagen müssen.

Robert Lembke

ein Mensch, der entschlossen ist, wenigstens irgendwie von der Kunst zu leben. *William Somerset Maugham*

ein Eunuch im Harem der Kunst. *Zarko Petan*

Leute, die ursprünglich Henker werden wollten, diesen Beruf aber knapp verfehlt haben. *Harold Pinter*

ein Mann ohne Beine, der andere das Laufen lehren will. *Channing Pollock*

ein Mensch, dessen Urteil fünf Minuten vorgeht.

Charles Augustin Sainte-Beuve

ein Leser, der wiederkäut. *Friedrich Schlegel*

ein Mann, der sehr böse wird, wenn dem Publikum etwas gefällt, was er nicht mag. *Erich Segal*

blutrünstige Leute, die es nicht bis zum Henker gebracht haben.

George Bernard Shaw

Leute, die ihre Artikel nicht für das Publikum schreiben, sondern für andere Kritiker. *Raf Vallone*

ein notwendiges Übel, und Kritik ist eine üble Notwendigkeit. *Carolyn Wells*

ein Mensch, der ein Theaterstück so schlecht machen muß, wie es ohnehin ist. *Hans Weigel*

Leute, die zum Tode verurteilen, damit sie begnadigen können.

Oskar Werner

kritisieren:

einen Autor besser verstehen, als er sich selbst verstanden hat.

Friedrich Schlegel

Krönung:

die Zeremonie, bei der ein Souverän mit dem äußeren und sichtbaren Zeichen seines Rechts versehen wird, sich von einer Dynamitbombe in den Himmel befördern zu lassen. *Ambrose Bierce*

Krösus:

ein Mann, der schneller Geld verdient, als es seine Frau ausgeben kann. *Anonym*

Krone:

ein Hut, wo es hineinregnet. *Friedrich der Große*

Küche:

der Raum der Wohnung, in dem der Inhalt von Dosen auf Teller geleert wird. *Anonym*

Neue Küche:

ein Gaumentheater für entmannte Intellektuelle, eine Küche des Bluffs. *Robert J. Courtine*

Kühnheit:

eine der auffälligsten Eigenschaften eines Mannes, der sich in Sicherheit weiß. *Ambrose Bierce*

Leichtsinn im richtigen Moment. *Ron Kritzfeld*

Künstler:

einer, der aus der Lösung ein Rätsel machen kann. *Karl Kraus*

ein Mann, der das verkauft, was er malt. – Maler: ein Mann, der das malt, was er verkauft. *Pablo Picasso*

ein Mensch mit offenen Augen, dessen Geist die Essenz des Existierenden durchdringt. *Auguste Rodin*

Künstlerlaunen:

eine Krankheit, die auch Dilettanten befällt. *Gilbert Keith Chesterton*

Küsse:

das, was von der Sprache des Paradieses übriggeblieben ist. *Joseph Conrad*

küssen:

ihr/ihm was in den Mund flüstern. *Chico Marx*

Übermittlung einer Drucksache an den Empfänger ohne Mitwirkung der Post. *Georg Thomalla*

Kuh:

nichts als eine Maschine, die Gras für uns Menschen genießbar macht. *John McNulty*

Kultur:

das, was übrigbleibt, wenn man alles Gelernte vergessen hat. *Anonym*

nichts Sichtbares, sondern das unsichtbare Band, das die Dinge zusammenhält. *Fritz Kurt Albrecht*

ein sehr dünner Firnis, der sich leicht in Alkohol auflöst. *Aldous Huxley*

das, was der Metzger hätte, wenn er Chirurg wäre. *Mary Pettibone Poole*

ein Instrument, das Professoren zur Erzeugung von Professoren benötigen, die damit ihrerseits wieder Professoren hervorbringen. *Simone Weil*

Kummer:

eine Krankheit, die man sich zuzieht, indem man sich dem Wohlergehen eines Freundes aussetzt. *Ambrose Bierce*

Kunst:

die Suche nach dem Absoluten. *Giulio Andreotti*

der höchste Ausdruck der Wahrheit, dessen wir fähig sind. *Rudolf G. Binding*

ein Luxus, den der Mensch braucht. *Bert Brecht*

eine in Form gebrachte Forderung nach Unmöglichem. *Albert Camus*

eine Zusammenarbeit zwischen Gott und den Menschen. Je weniger der Mensch dabei tut, desto besser. *André Gide*

zwar nicht das Brot, aber der Wein des Lebens. *Jean Paul*

das, was übrigbleibt, nachdem alles an ihr bis ins letzte analysiert worden ist. *Martin Kessel*

was jenseits der Regeln liegt. *Ron Kritzfeld*

das unablässige, aber erfolglose Bemühen von Menschen, es der Schöpfung gleichzutun. *Ron Kritzfeld*

nicht ein Spiegel, den man der Wirklichkeit vorhält, sondern ein Hammer, mit dem man sie gestaltet. *Karl Marx*

eine Lüge, die uns die Wahrheit erkennen läßt. *Pablo Picasso*

die reinste Form der Liebe. *George Bernard Shaw*

die heutige Kunst:

zum großen Teil ein Abstellraum, ein Museum der Verzweiflung. *Eugène Ionesco*

Kunsthändler:

ein Kaufmann, der Bilder, von denen er nichts versteht, an Leute verkauft, die von ihnen nichts verstehen, zu Preisen, die niemand versteht. *Anonym*

Kunstwerk:

ein Stück Natur, gesehen durch ein Temperament. *Emile Zola*

Kurssturz:

Wertpapier auf dem Wege zu seinem Papierwert. *Ron Kritzfeld*

Kurszettel:

Fieberkurve, deren Fallen Krankheit signalisiert. *Ron Kritzfeld*

Kurzgeschichte:

eine Geschichte, an der man sehr lange arbeiten muß, um sie so kurz wie möglich zu machen. *Anonym*

Kurve:

die lieblichste Entfernung zwischen zwei Punkten. *Mae West*

Kuß:

ein Lippenbekenntnis zur Liebe. *Anonym*

der Ausdruck eines Eindrucks in Form eines Aufdrucks mit Nachdruck. *Anonym*

der Versuch, unter möglichst intensiver Benützung der Lippen gemeinsam zu schweigen. *Senta Berger*

ein Ausdruck der Freßlust, die darauf zielt, das Objekt zu verschlingen. *Giacomo Casanova*

nichts als eine Weiterentwicklung der Nahrungsübertragung von Schnabel zu Schnabel, wie sie bei Vögeln üblich ist. *Irenäus Eibl-Eibesfeld*

Mund-zu-Mund-Beatmung ohne medizinischen Anlaß. *Joachim Fuchsberger*

die anatomische Nebeneinanderstellung von zwei Ringmuskeln im Zustand der Kontraktion. *Edward Gibbons*

ein schlau erfundenes Verfahren, welches das Reden gegenseitig stoppt, wenn Worte überflüssig sind. *Oliver Herford*

eine Sache, für die man beide Hände braucht. *Mark Twain*

ein Stillhalteabkommen zwischen zwei Ungeduldigen. *Karl Schönböck*

zweifellos die angenehmste Art, eine Frau am Sprechen zu hindern. *Robert Taylor*

biologisch betrachtet ein lustvoller Austausch unterschiedlicher Bakterien. *Karl Venz*

L

Lachen:

ein geborstenes Lächeln. *John E. Donovan*

der Klang der Seele – es gibt Arten zu lachen, die klingen wie Falschgeld. *Edmond de Goncourt*

schadenfroh sein, aber mit gutem Gewissen. *Friedrich Nietzsche*

die zivilisierteste Form menschlichen Geräuschs. *Peter Ustinov*

nicht der schlechteste Anfang einer Freundschaft und bei weitem das beste Ende. *Oscar Wilde*

eine Macht, vor der die Größten dieser Welt sich beugen müssen. *Emile Zola*

Lady:

eine Dame, die aus Männer Gentlemen macht. *Sir Alec Guinness*

lächeln:

ein erschöpfende Aussage ohne Worte. *Hans Arndt*

die kürzeste Entfernung zwischen Menschen. *Victor Borge*

die eleganteste Art, dem Gegner die Zähne zu zeigen. *Werner Finck*

das Kleingeld des Glücks. *Heinz Rühmann*

Lärm:

ein Gestank im Ohr. *Ambrose Bierce*

ungezähmte Musik. *Ambrose Bierce*

Laie:

Lebewesen, das so tut, als wisse es alles. *Anonym*

Lampenfieber:

die Ungeduld eines Mädchens, bis ihr Freund das Licht ausknipst. *Anonym*

der Versuch, so zu tun, als hätte man keines. *Rudolf Platte*

Schmetterlinge im Magen. *Walter Slezak*

Landarzt:

Mediziner mit durchgehend geöffneter Praxis. *Anonym*

Landkarte:

ein Stück Papier, das dir hilft, dich besser zu verirren. *Anonym*

Landkarten:

die Kurzschrift der Geographie. *Gilbert Grosvenor*

Landstreicher:

ein Mensch, der unterwegs zu Hause ist. *Henry Miller*

Langeweile:

die Not derer, die keine Not kennen. *Sprichwort*

die Sünde, für die es keine Absolution gibt. *Oscar Wilde*

Langlebigkeit:

außergewöhnliche Verlängerung der Todesfurcht. *Ambrose Bierce*

Langmut:

die Veranlagung, Kränkungen mit sanfter Geduld zu ertragen, während man einen Racheplan brütet. *Ambrose Bierce*

Langweiler:

entweder solche, die immer von demselben reden, oder solche, die gar nichts reden. *Anonym*

ein Mensch, der redet, wenn du wünschst, daß er zuhört. *Ambrose Bierce*

wer ein paar alte Gedanken hat, die ihm alle Tage neu einfallen. *Marie von Ebner-Eschenbach*

ein Mensch, der uns am Alleinsein hindert, ohne uns Gesellschaft zu leisten. *Gian Vincenzo Gravina*

ein Mensch, der soviel über sich redet, daß wir nicht dazu kommen, über uns zu reden. *Melville D. Landon*

ein Mensch, der, wenn du dich nach seinem Befinden erkundigst, es dir erklärt. *Channing Pollock*

Laster:

eine zur Gewohnheit gewordene Sünde. *Anonym*

die Vergnügungen, zu denen es uns an dem nötigen Mut fehlt. *Graham Greene*

eine Neigung, die man nicht teilt. *Jean Lorrain*

die Vergnügungen, von denen wir uns nicht zu kosten trauen. *Henry Miller*

Latein:

die späte Rache der Römer an den Germanen. *Anonym*

Laudatio:

das Preisen eines Menschen, der den Vorzug des Reichtums oder der Macht besitzt oder die Freundlichkeit, tot zu sein. *Ambrose Bierce*

Nachruf bei Lebzeiten. *Carl Zuckmayer*

Lebemann:

ein Mensch, der leichter auf das Nötige verzichtet als auf den Luxus. *Anonym*

Leben:

ein Spiel, in dem Gott die Karten mischt, der Teufel abhebt und wir die Stiche machen müssen. *Aus Jugoslawien*

eine Komödie für den Reichen, ein Spiel für den Narren, ein Traum für den Weisen und ein Trauerspiel für den Armen. *Scholem Alejchem*

eine Folge von Paradiesen, die nacheinander vernichtet wurden. *Samuel Beckett*

ein Prozeß, den man verliert, was man auch tut und wer man auch ist. *Thomas Bernhard*

die Kunst, aus falschen Voraussetzungen richtige Schlüsse zu ziehen. *Samuel Butler* ein Violinkonzert geben, während man Geige spielen lernt. *Samuel Butler*

ein langwieriges Verfahren, müde zu werden. *Samuel Butler*

ein aufreibender Versuch, leere Stunden zu füllen. *Roy Campbell*

ein Spiel. Man macht keine größeren Gewinne, ohne Verluste zu riskieren. *Christina von Schweden*

eine langsame Erosion der Ideale und eine fortschreitende Überschwemmung mit Skepsis. *Giovanni Ferrari*

eine in siebenfaches Goldpapier eingewickelte Bittermandel. *Friedrich Hebbel*

eine fortwährende Ablenkung, die nicht einmal zur Besinnung darüber kommen läßt, wovon sie ablenkt. *Franz Kafka*

Zeichnen – ohne die Korrekturmöglichkeiten, die der Radiergummi gibt. *Oskar Kokoschka*

eine Anstrengung, die einer besseren Sache würdig wäre. *Karl Kraus*

der einzige erfolgreiche Erzieher. *Gabriel Laub*

das, was passiert, während du andere Dinge im Kopf hast. *John Lennon*

eine Reise, die heimwärts führt. *Hermann Melville*

ein Spieltisch. An ihm vergnügt man sich in dem Maße, als man ein gewagtes Spiel treibt. *Prosper Mérimée*

eine Nuß. Sie läßt sich zwischen zwei seidenweichen Kissen nicht knacken. *Arthur Miller*

das, was wir daraus machen. *Henry Miller*

was uns zustößt, während wir uns etwas ganz anderes vorgenommen haben. *Henry Miller* die Suche des Nichts nach dem Etwas. *Christian Morgenstern*

für den Optimisten kein Problem, sondern bereits die Lösung. *Marcel Pagnol*

die Entwicklung vom jugendlichen Helden zum komischen Alten.
Charlie Rivel

vom Standpunkt der Jugend aus gesehen eine unendlich lange Zukunft; vom Standpunkt des Alters aus eine sehr kurze Vergangenheit.
Arthur Schopenhauer

ein Pensum zum Abarbeiten. *Arthur Schopenhauer*

die Lust zu schaffen. *Carl Spitzweg*

nichts als die Summe der Gewohnheiten, die durch einige Gedanken gestört werden. *Paul Valéry*

Leben ohne Feste:
ein weiter Weg ohne Wirtshäuser. *Demokrit*

unser heutiges Leben:
ein Alptraum mit Klimaanlage. *Henry Miller*

Lebensart haben:
verbergen, wieviel man von sich hält und wie wenig von anderen.
Mark Twain

Lebensgefährtinnen:
Plural von Lebensgefahr. *Anonym*

Lebensklugheit:
die Kunst, alle Dinge möglichst wichtig, aber keines völlig ernst zu nehmen. *Arthur Schnitzler*

Lebenskünstler:
ein Glatzkopf, der sich über die gesparte Friseurrechnung freut. *Anonym*

ein Witwer, der die Schwester seiner verstorbenen Frau heiratet, um sich nicht an eine neue Schwiegermutter gewöhnen zu müssen. *Anonym* ein Mensch, der das Erreichte als Ziel ausgibt. *Anonym*

Menschen, welche nicht nur Zeit für das Notwendige, sondern auch für das scheinbar Überflüssige haben. *Friedl Beutelrock*

ein Mensch, der so über seine diversen Verhältnisse lebt, daß eines nichts vom anderen merkt. *Ralph Boller*

Menschen, die schon vollkommen glücklich sind, wenn sie nicht vollkommen unglücklich sind. *Danny Kaye*

Leute, die ihre Umgebung überzeugen können, daß sie etwas, was sie nicht bekommen können, nicht haben wollen. *Robert Lembke*

Menschen, die es verstehen, unaufschiebbare Dinge so lange aufzuschieben, bis sie sich von selbst erledigt haben. *Aribert Wäscher*

ein Mensch, der einen Wespenstich als Therapie gegen Rheuma betrachtet. *Siegfried Wischnewski*

Lebenskunst:

stets wissen, welchen Impulsen man sich fügen und welche man sich gefügig machen muß. *Anonym*

zu lieben, was man tut, nicht, zu tun, was man liebt. *Anonym*

die Kunst des richtigen Weglassens – das fängt beim Reden an und hört beim Dekolleté auf. *Coco Chanel*

zu neunzig Prozent die Fähigkeit, mit Menschen auszukommen, die man nicht mag. *Samuel Goldwyn*

so viel Abstand halten, daß man nicht isoliert wird. *Martin Held*

zu siebzig Prozent Verzicht auf Hast, zu zwanzig Prozent Verzicht auf »Dinge, die man unbedingt haben muß«, und zu zehn Prozent Genuß an offenkundig Überflüssigem. *Otto Kornexl*

nicht zuletzt die Fähigkeit, auf etwas Notwendiges zu verzichten, um sich etwas Überflüssiges zu leisten. *Vittorio de Sica*

Lebensstandard:

der Versuch, sich heute das zu leisten, wofür man auch in zehn Jahren noch kein Geld haben wird. *Danny Kaye*

jener sinnreiche Vorgang, bei dem man seine Gesundheit ruiniert, um das Geld zu verdienen, das man ausgibt, damit man wieder so gesund wird, wie man vorher war. *Georg Thomalla*

Lebensversicherung:

eine Gesellschaft, die nicht davon zu überzeugen ist, daß das Leben mit fünfzig beginnt. *Anonym*

Leber:

des Himmels wertvollste Gabe an die Gans; ohne sie wäre dieser Vogel nicht imstande, uns mit Straßburger Gänseleberpastete zu versorgen. *Ambrose Bierce*

Leerformeln:

Statements von Statesmen. *Ron Kritzfeld*

Legende:

eine Lüge, welche die Würde des Alters erreicht hat. *Anonym*

Legenden:

der Weihrauch der Geschichte. *Robert Rocca*

Legislaturperiode:

für unsere Politiker die Erholungsphase zwischen zwei Wahlkämpfen. *Anonym*

lehren:

die Kunst, entdecken zu helfen. *Anonym*

die Dinge zweimal lernen. *Joseph Joubert*

die Kunst des Lehrens:

die natürliche Neugier junger Menschen wecken, um sie dann stillen zu können. *Anatole France*

Lehrer:

ein Lebewesen, das einem Probleme erklärt, die man ohne ihn gar nicht gehabt hätte. *Anonym*

einer, der schwört, lieber hungern als unterrichten zu wollen, und der schließlich beides tut. *Anonym*

eine Art Amphibie. Er ist zwar ein Erwachsener, aber er lebt in der Welt des Kindes. *Martinus J. Langeveld*

einer, der in seiner Jugend Lehrer bewunderte. *Henry Louis Mencken*

der beste Lehrer:

jener, der sich nach und nach überflüssig macht. *George Orwell*

Leichtsinn:

Befriedigung heutiger Bedürfnisse aus den Einkünften von morgen. *Ambrose Bierce*

ein Schwimmgürtel für den Strom des Lebens. *Ludwig Börne*

die große Leidenschaft:

das Privileg derer, die sonst nichts zu tun haben. *Oscar Wilde*

Leistungsgesellschaft:

eine Gesellschaft, die sich mehr leistet, als sie sich leisten kann. *Anonym*

Leistungssport:

die attraktivste Form von Selbstverstümmelung.

Dieter Hildebrandt

Leitartikel:

Aufsatz, der darüber Aufschluß gibt, was der Verfasser denkt, daß die Leute denken. *Anonym*

Lektor:

ein Mann, der nur zwei Seiten eines Manuskriptes nicht gelesen haben muß, um den Rest des Nichtgelesenen zuverlässig zu beurteilen. *Gerhard Bronner*

Lenz:

die schöne Zukunft, in der der Winterschlaf aufhört und die Frühjahrsmüdigkeit anfängt. *Anonym*

Leopard:

das einzige Wesen auf Erden, das ein Leopardenfell wirklich braucht. *Heinrich Binder*

lesen:

so ziemlich das Wichtigste, was es außer »danach handeln« heutzutage geben kann. *Anonym*

für den Geist das, was Gymnastik für den Körper ist. *Joseph Addison*

ein geniales Mittel, das Denken zu vermeiden. *Sir Arthur Helps*

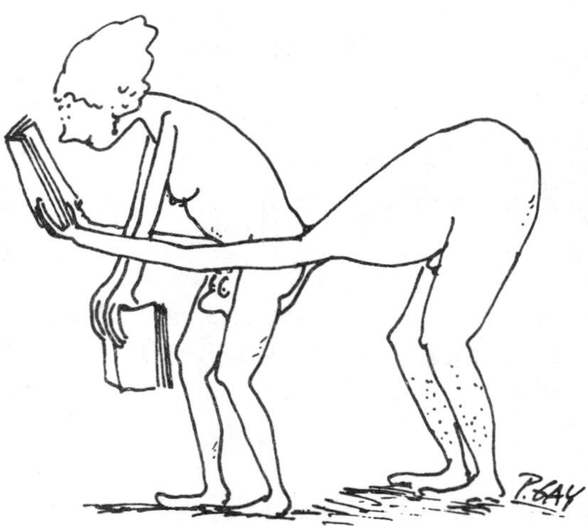

den Starrkampf lösen, in den man einen Gedanken beim Schreiben versetzt hat. *Hans Kudszus*

mit einem fremden Kopf statt dem eigenen denken. *Arthur Schopenhauer*

seine Gedanken von einem Andern am Gängelbande führen lassen. *Arthur Schopenhauer*

gut lesen:
langsam, tief, rück- und vor-sichtig, mit Hintergedanken, mit offen gelassenen Türen, mit zarten Fingern und Augen lesen. *Friedrich Nietzsche*

die Kunst des Lesens:
die geübte Fähigkeit, Seiten zu überblättern, auf denen man nichts versäumt. *William Butler Yeats*

Leser:
Komplicen, die einander nicht kennen. *Martin Walser*

Leseratten:
die Versuchstiere der Buchindustrie. *Wolfram Weidner*

Leserlichkeit:
die Höflichkeit der Handschriften. *Friedrich Dürrenmatt*

feine Leute:
Menschen, die nur in feiner Umgebung ordinär werden. *Wolfgang Herbst*

Lexika:
die großen Krambuden der Literatur, wo jeder einzelne sein Bedürfnis pfennigweise nach dem Alphabet abholen kann. *Johann Wolfgang von Goethe*

Lexikograph:
ein Schädling, der unter dem Vorwand, eine Phase in der Entwicklung einer Sprache zu registrieren, sein Mögliches tut, ihr Wachstum aufzuhalten, ihre Flexibilität einzuschränken. *Ambrose Bierce*

liberal:
wessen Interessen im Augenblick nicht gefährdet sind. *Anonym*

Liberaler:

ein Radikalist mit Weib und Kind. *Anonym*

ein Politiker, der den Radikalen zu konservativ und den Konservativen zu radikal ist. *Anonym*

Liebe:

das, was der größte Philosoph nicht zu erklären, wohl aber der größte Dummkopf zu empfinden vermag. *Anonym*

Freundschaft, die Feuer gefangen hat. *Anonym*

im Vergleich zu anderen Arten der Kriegsführung ein großer Fortschritt. *Anonym*

der Stern, zu dem die Menschen auf ihrem Weg aufblicken. Die Ehe ist das Loch, in das sie dabei fallen. *Anonym*

ein Prozeß, bei dem auch der unterliegende Teil zu seinem Recht kommt. *Anonym*

eine Erfindung von Menschen, die glauben, der Realität entfliehen zu können. *Anonym*

der Sieg der Phantasie über die Intelligenz und der Reflexe über die Reflexion. *Anonym*

Egoismus zu zweit. *Anonym*

ein Glas, das zerbricht, wenn man es zu unsicher oder zu fest anfaßt. *Aus Rußland*

die Fähigkeit, Ähnliches an Unähnlichem wahrzunehmen. *Theodor W. Adorno*

auch so ein Problem, das Marx nicht gelöst hat. *Jean Anouilh*

der angenehmste Zustand teilweiser Unzurechnungsfähigkeit. *Marcel Aymé* der einzige Weg, auf dem selbst die Dummen zu einer gewissen Größe gelangen. *Honoré de Balzac*

das Bewußtsein, Freude zu geben und zu empfangen. *Honoré de Balzac*

ein Verbrechen, das einen Komplicen erfordert. *Charles Baudelaire*

eine Ausdehnung der Eigenliebe auf das, was wir unser für würdig erachten. *Caron de Beaumarchais*

eine Komposition, bei der die Pausen genauso wichtig sind wie die Musik. *Senta Berger*

eine vorübergehende Geisteskrankheit, die entweder durch Heirat heilbar ist oder durch die Entfernung des Patienten von den Einflüssen, unter denen er sich die Krankheit zugezogen hat. *Ambrose Bierce*

die Torheit, einen anderen zu schätzen, bevor man sich selber kennt. *Ambrose Bierce*

die privateste Form des Personenkults. *Ralph Boller*

die Anziehungskraft des Geistes, wie die Schwerkraft die Anziehungskraft der Körper ist. *Valentin-Marie Breton*

ein Käfig mit Gitterstäben aus Glück. *Claudia Cardinale*

der Austausch zweier Phantasien und die Berührung zweier Hautschichten. *Nicolas Chamfort*

jener seltsame Zustand, in dem man bereit ist, die Frau im Singular zu akzeptieren. *Georges Courteline*

die edelste Geistesschwäche. *John Dryden*

die höchste Form der Aufmerksamkeit. *Lawrence Durrell*

von allen Krankheiten noch die gesündeste. *Euripides*

der Entschluß, das Ganze eines Menschen zu bejahen, die Einzelheiten mögen sein, wie sie wollen. *Otto Flake*

das probateste Mittel, das Schamgefühl zu überwinden. *Sigmund Freud*

die einzige vernünftige und befriedigende Antwort auf das Problem der menschlichen Existenz. *Erich Fromm*

ein Spiel zu zweit, bei dem beide gewinnen können. *Eva Gabor*

die stärkste Macht der Welt, und doch ist sie die demütigste, die man sich vorstellen kann. *Mahatma Gandhi*

die Anstrengung, die dazu gehört, sich mit einer einzigen Frau zu begnügen. *Paul Géraldy*

der Wunsch, geliebt zu werden. *Jean Giraudoux*

das charmanteste Unglück, das uns zustoßen kann. *Curt Goetz*

Anregung für das Herz unter gleichzeitiger Lokalanästhesie des Verstandes. *Sacha Guitry* eine leichte Gemütskrankheit, die durch die Ehe oft schnell geheilt werden kann. *Sacha Guitry*

eine Waffe, mit der man spielt, ohne daran zu denken, daß sie geladen ist. *O. E. Hasse*

eine unheilbare Krankheit. Aber wer von ihr befallen ist, verlangt nicht nach Genesung, und wer daran leidet, wünscht nicht zu gesunden. *Ibn Hazmal-Andaluzi*

ein Stern in einem Haufen Mist. *Heinrich Heine*

in Frankreich eine Komödie, in England eine Tragödie, in Italien eine Oper und in Deutschland ein Melodrama. *Heinrich Heine*

die Krankheit, die gepflegt, nicht geheilt werden will. *Guido Hildebrandt*

ein Konflikt zwischen Reflexen und Reflexionen. *Magnus Hirschfeld*

der Wunder größtes. *August Heinrich Hoffmann von Fallersleben*

das einzige, was wächst, indem wir es verschwenden. *Ricarda Huch*

eine Jagd, bei welcher der Jäger darauf achten muß, daß er vor dem Wild nicht zu schnell davonläuft. *Alphonse Kerr*

im Grunde eine chemische Reaktion. Aber es macht Spaß, nach der Formel zu suchen. *Hildegard Knef*

das triebartig beim homo sapiens als Zwangsvorstellung auftretende Phänomen, trotz Milliardenvorkommens von Individuen des anderen Geschlechts nur mit einem einzigen Exemplar dieser Gattung leben zu können. *Ron Kritzfeld*

ein Spiel, bei dem man dann ganz verloren ist, wenn man seinen Partner besiegt. *Ron Kritzfeld*

gemeinsame Freude an der wechselseitigen Unvollkommenheit. *Hans Kudszus* das einzige Mittel, die Gunst der Frauen zu erlangen, die für Geld nicht zu haben sind. *François de La Rochefoucauld*

Feuer und Flammen für ein Jahr, Asche für dreißig.
Giuseppe Tomasi di Lampedusa

ein nicht näher definierbares Gefühl, das im Leben unendliche Komplikationen hervorruft, besonders im Geschlechtsleben. *Gabriel Laub*

sich ineinander zu erkennen. *Jane Ledig-Rowohlt*

eine tolle Krankheit – da müssen immer gleich zwei ins Bett. *Robert Lembke*

ein Handel, wo beide Parteien gewinnen. *Georg Christoph Lichtenberg*

eine Krankheit, die nur durch die Ehe kuriert werden kann.
Wilhelm Lichtenberg

jener seltsame Zustand, den alle belächeln, bevor sie von ihm befallen werden. *Virna Lisi*

das einzige Märchen, das mit keinem »es war einmal« beginnt – aber schließt. *Hans Lohberger*

eine vorübergehende Blindheit für die Reize anderer Frauen.
Marcello Mastroianni

was sich zwischen Männern und Frauen abspielt, die sich nicht wirklich kennen. *William Somerset Maugham*

der Triumph der Phantasie über den Verstand. *Henry Louis Mencken*

ein Boogie-Woogie der Hormone. *Henry Miller* X

heutzutage Zuneigung on the rocks. *Michèle Morgan*

eine Frucht, die immer Saison hat, und jeder kann davon pflücken, soviel er will. *Mutter Teresa*

die Köchin, die am meisten anrichtet in der Welt. *Johann Nepomuk Nestroy*

der Versuch der Natur, den Verstand aus dem Wege zu räumen.
Thomas Niederreuther

das Vergnügen, das zwei Menschen aneinander haben. *Friedrich Nietzsche*

der Zustand, wo der Mensch die Dinge am meisten so sieht, wie sie nicht sind. *Friedrich Nietzsche*

vielleicht der höchste Versuch, den die Natur macht, um das Individuum aus sich heraus und zu dem anderen hinzuführen. *José Ortega y Gasset*

der höchste Grad der Arznei. *Paracelsus*

Sehnsucht nach Erkenntnis. *Cesare Pavese*

eine schwere Geisteskrankheit. *Platon*

ein privates Weltereignis. *Alfred Polgar*

die Unzurechnungsfähigkeit der Zurechnungsfähigen. *Alfred Polgar*

etwas ganz Persönliches. Wir lieben nicht ein wirkliches Wesen, sondern eines, das wir uns selbst erschaffen haben. *Marcel Proust*

nicht ein, sondern das einzige Mittel, um glücklich zu werden.
Françoise Sagan

der Sinn füreinander. *Friedrich Schlegel*

die wunderbare Gabe, einen Menschen so zu sehen, wie er nicht ist. *Hannelore Schroth*

Geduld, Sex: Ungeduld. *Erich Segal*

die Geschichte der Verfolgung des Mannes durch die Frau. *George Bernard Shaw*

die einzige Sklaverei, die als Vergnügen empfunden wird. *George Bernard Shaw*

die starke Übertreibung des Unterschiedes zwischen einer Person und allen anderen. *George Bernard Shaw*

der Kunstgriff der Schöpfung, um den Rausch des Anfangs immer wieder zu beschwören. *Hugo Sieker*

eine Illusion von Flügeln und eine Wirklichkeit von Ketten. *Sydney Smith*

die Geschichte des Lebens einer Frau; die Episode im Leben eines Mannes. *Madame de Stael*

Eigenliebe zu zweit. *Madame de Stael*

die Freude, ein liebenswertes und liebendes Wesen zu sehen, zu berühren, es mit allen Sinnen und so nahe wie möglich zu fühlen. *Stendhal*

eine Wirklichkeit im Bereich der Einbildungskraft. *Charles Maurice Talleyrand*

was man mit einem anderen durchgemacht hat. *James Thurber*

wenn sie dir die Krümel aus dem Bett macht. *Kurt Tucholsky*

das Kind der Illusion und die Mutter der Desillusion. *Miguel de Unamuno*

jener immer von neuem verblüffende Tausch, bei dem man für ein einziges Entzücken tausend Widrigkeiten in Kauf nimmt. *François Villon* ein Stoff, den die Natur gewebt und die Phantasie bestickt hat. *Voltaire*

eine Filiale des Glücks. *Franz Josef Wagner*

die singende, sich in der Luft tummelnde Lerche. In der Ehe muß der Vogel gebraten auf der Schüssel liegen. *Karl Julius Weber*

der Blick der Seele. *Simone Weil*

ein Zeitwort, ein Verhältniswort, ein Zahlwort oder ein Umstandswort – je nachdem. *Orson Welles*

Liebe auf den ersten Blick:
die Entschuldigung der Männer dafür, daß sie es eilig haben. *Elke Sommer*

die am weitesten verbreitete Augenkrankheit. *Gino Cervi*

Liebe mit Pille:
dasselbe wie Monte Carlo ohne Roulette. *Derek Vaughan*

die erste Liebe:
ein Versprechen, das andere halten werden. *Senta Berger*

etwas Dummheit und sehr viel Neugierde. *George Bernard Shaw*

ewige Liebe:
die Liebe in ihrer vergänglichsten Form. *Hans Krailsheimer*

die große Liebe:
nichts anderes als ein Seiltanz von Amateuren ohne Balancierstange und ohne Netz. *Peter Altenberg*

der beste Schutz vor Leidenschaften. *François Mauriac*

die moderne Liebe:
eine schwache Melodie, überinstrumentiert. *Hugo von Hofmannsthal*

platonische Liebe:
wenn man zu zweit mit einem Gewehr spielt und glaubt, es sei nicht geladen. *Anonym*

die Zeit zwischen der Vorstellung und dem ersten Kuß. *Anonym*

ewiges Zielen und Niemals-Losdrücken. *Wilhelm Busch*

vegetarischer Sex. *Karl Weigand*

Sex oberhalb der Ohren. *Thyra Winslow*

sexuelle Liebe:
eine Art Turnen mit innerer Anteilnahme. *Brigitte Bardot*

lieben:
nicht mehr vergleichen. *Anonym*

einwilligen, mit einem Menschen alt zu werden. *Albert Camus*

alle Fehler und Unzulänglichkeiten des anderen kennen und sich nichts aus ihnen machen. *Dorothy Dix*

mit dem Herzen bewundern. *Théophile Gautier*

in dem anderen sich selbst erobern. *Friedrich Hebbel*

dem geliebten Wesen recht geben, wenn es unrecht hat. *Charles Péguy*

Seele werden wollen in einem anderen. *David Friedrich Schleiermacher*

sich selbst übertreffen. *Oscar Wilde*

einen Menschen lieben:
ihn sehen, wie Gott ihn gemeint hat. *Fjodor Michailowitsch Dostojewski*

Liebenswürdigkeit:
ein Stoßdämpfer aus Zuckerwatte. *Hanns-Hermann Kersten*

ideale Liebesaffäre:
eine Liaison per Post. *George Bernard Shaw*

Liebeswerben des Mannes:
jener seltsame Vorgang, bei dem eine Frau einen Mann davon überzeugt, daß er ohne sie nicht leben kann. *Hans Söhnker*

Liebhaber:
die zweite Enttäuschung einer Frau. Die erste ist ihr Ehemann. *Anonym*

Liebling:
der Rufname für alle Frauen, deren Vorname uns im Augenblick nicht einfällt. *Oliver Herford*

Lippenstift:
ein Geschenk, das sich Männer nach und nach zurückholen können. *Anonym*

Lira:
Italiens beste Abfahrtsläuferin. *George Cox*

Literatur:
eine Aufblähung des Alphabets. *Werner Bergengruen*

die Kunst, Außergewöhnliches an gewöhnlichen Menschen zu entdecken und darüber mit gewöhnlichen Worten Außergewöhnliches zu sagen. *Boris Pasternak*

Sprache, die mit Sinn geladen ist. Große Literatur ist einfach Sprache, die bis zur Grenze des Möglichen mit Sinn geladen ist. *Ezra Pound*

Unsterblichkeit der Sprache. *August Wilhelm Schlegel*

zu Buch geschlagene Sprache. *Horst Dieter Schlosser*

gedruckter Unsinn. *August Strindberg*

die Instrumentierung von Binsenwahrheiten. *Thornton Wilder*

Literaturgeschichte:
eine Ansammlung von Gipsbüsten. *Hans Wolffheim*

Literatursnob:

ein Mensch, der keine Neuerscheinung gelesen hat, aber weiß, was in jeder steht. *Martin Walser*

Lob:

ein Mittel, einen Menschen dahin zu bringen, daß er es verdient. *Anonym*

der Tribut, welchen wir Leistungen zollen, die den eigenen zwar nicht gleichkommen, aber doch ähnlich sind. *Ambrose Bierce*

Lob ablehnen:

zweimal gelobt sein wollen. *François de La Rochefoucauld*

Lobby:

ein Rückenwind, den man selbst erzeugt. *Donald W. Thackeray*

Lobbyisten:

Leute, die andere festlegen, indem sie sie freihalten. *Wolfram Weidner*

Lobrede:

das Preisen eines Menschen, der den Vorzug des Reichtums oder der Macht besitzt oder die Freundlichkeit, tot zu sein. *Ambrose Bierce*

Logik:

die Kunst, in strikter Übereinstimmung mit den Begrenztheiten und Unfähigkeiten des menschlichen Mißverstands zu denken. *Ambrose Bierce*

eine Kommode, die einige nützliche Werkzeuge enthält und viele überflüssige. *Charles Caleb Colton*

ein Steigbügel für den Geist. *Franz Grillparzer*

die Kunst, zuversichtlich in die Irre zu gehen. *Joseph Wood Krutch*

die Zwangsjacke der Phantasie. *Helmar Nahr*

die Anatomie des Denkens. *John Locke*

ein Verfahren, das uns glauben macht, daß eine Sache, die nicht schwarz ist, weiß sein müsse. *Richard Wiggins*

Los Angeles:

eine Stadt, in der jeder Drehbücher schreibt, sogar die Busfahrer Kokain schnupfen und die Palmen eine Frisur wie Rod Stewart haben.

Richard Rayner

Lotse:

Steuerberater. *Anonym*

Lotto:

ein ganz undemokratisches Spiel. Hier hat die Mehrheit noch nie gewonnen. *Ugo Tognazzi*

Lottoschein:

Baugenehmigung zur Errichtung von Luftschlössern. *Anonym*

Lüge:

ein Double, das die Wahrheit in gefährlichen Situationen vertritt.

Wieslaw Brudzínski

terminologische Ungenauigkeit. *Winston Churchill*

die Poesie, die nicht aus der Mode kommt. *Paul Marin Möller*

geistreiche Lüge:

eine geheime Huldigung an den Menschen, den man angelogen hat.

Sacha Guitry

lügen:

die anstrengendste Sache der Welt, vor allem hinterher.

Anne Morrow Lindbergh

Luft:

eine nahrhafte Substanz, welche die Vorsehung großzügigerweise kostenlos zur Sättigung der Armen zur Verfügung stellt. *Ambrose Bierce*

Luftpiraten:

Passagiere, die Flugzeuge erst unterwegs chartern. *Danny Kaye*

Luftreisen:

von immer mehr immer weniger zu sehen bekommen. *Anonym*

Luftschloß:

etwas, das ein Träumer baut, worin ein Neurotiker wohnt und für das ein Psychiater die Miete kassiert. *Anonym*

Lust:

das unvernünftige Frohgefühl über eine scheinbar begehrenswerte Sache.
Zenon

Luxus:

das, was man haben muß, wenn man alles andere schon gehabt hat.
Dinah Blake

Lyrik:

beliebte Möglichkeit, Gedanken ungeordnet zu Papier zu bringen. *Anonym*

der aussichtslose Versuch, den Wind zu malen. *Anonym*

M

Macho:

ein Mann, der alte männliche Attribute kultiviert – aus Angst, man könnte ihn für keinen halten. *Rainhard Fendrich*

Macht:

eine Leiter mit angesägten Sprossen. *Lord Chesterfield*

das stärkste Liebesmittel. *Henry Kissinger*

eine Mahlzeit, die wachsenden Appetit verursacht. *Charles Maurice Talleyrand*

die einzige Lust, deren man nicht müde wird. *Oscar Wilde*

Machtbewußtsein:

fast schon ein sexuelles Gefühl. *Henry Kissinger*

Machtpolitik:

der diplomatische Name für das Gesetz des Dschungels. *Ely Culbertson*

Mädchen:

die, die rückwärts tanzen. *Bob Hope*

eine frisierte Herausforderung. *Günther Weisenborn*

Männer:

Geschöpfe, die wie Sparbüchsen den größten Lärm machen, wenn am wenigsten in ihnen steckt. *Anonym*

die schönste Nebensache der Welt. *Christie Hefner*

Märchen:

der Anfang der Dichtung, die Mitte der Religion und das Ende der Philosophie. *Rudolf Leonhard*

Mäzen:

Wohltäter, der für Geschenke gefeiert wird, die er zum größten Teil vom Finanzamt bezahlen läßt. *Ron Kritzfeld*

Magie:

die Kunst, Aberglauben in Geld zu verwandeln. *Ambrose Bierce*

Maikäfer:

eine nur im Juni vorkommende Käferart. *Anonym*

Maitag:

ein kategorischer Imperativ der Freude. *Friedrich Hebbel*

Make-up:

Fassadenmalerei. *Anonym*

Make-up und Parfüm:

die chemische Kriegsführung der Frau zur Eroberung des Mannes. *Peter Sellers*

malen:

die Kunst, das Unsichtbare mit den Mitteln des Sichtbaren auszudrücken. *Eugène Fromentin*

Maler:

Leute, die von der Wand in den Mund leben. *Anonym*

Überzeugungstäter, die keinen sehnlicheren Wunsch haben als gehängt zu werden. *Werner Finck*

ein Mann, der das malt, was er verkauft. Ein Künstler dagegen ist ein Mann, der das verkauft, was er malt. *Pablo Picasso*

Malerei:

die Kunst, Flächen vor dem Wetter zu schützen und sie den Kritikern auszusetzen. *Ambrose Bierce*

die Kunst, die Seele zu bewegen durch Vermittlung der Augen. *Denis Diderot*

Malermodell:

eine Dame, die sich selber zu den Akten legt. *Karl Farkas*

Management:

der organisierte Wettlauf zwischen dem Anstieg der Kosten und der Erschließung neuer Kreditquellen. *Anonym*

die Kunst, drei Leute dazu zu bringen, die Arbeit von drei Leuten zu verrichten. *William Faulkner*

die schöpferischste aller Künste. Es ist die Kunst, Talente richtig einzusetzen. *Robert McNamara*

etwas schnell entscheiden und dann einen anderen finden, der es tut. *John Garland Pollard*

Manager:

die Krone der Erschöpfung. *Anonym*

Menschen, die mehr Verantwortung als Macht besitzen. *Dr. Manfred Köhnlechner*

der Mann, der genau weiß, was er nicht kann, und der sich dafür die richtigen Leute sucht. *Philip Rosenthal*

Managerkrankheit:

eine Epidemie, die durch den Uhrzeiger hervorgerufen und durch den Terminkalender übertragen wird. *John Steinbeck*

Mandarinen:

Loseblattorangen. *Anonym*

Manieren:

der Lärm, den man beim Suppeessen nicht macht. *Anonym*

die Kunst zu gähnen, ohne den Mund aufzumachen. *Anonym*

Mann:

Lebewesen, das die Fußballkarten für drei Monate im voraus kauft und mit den Weihnachtseinkäufen wartet bis Heiligabend. *Anonym*

ein notwendiges Übel, wobei die Betonung mehr auf Übel als auf notwendig liegt. *Yvette Collins*

das sind doch nur ein paar Zentimeter Fleisch mehr. *Kate Millet*

ein Hosenträger. *Johann Nepomuk Nestroy*

geschlechtlich genommen eine Einrichtung der Frau, die den Zweck hat, das Geheiß der Natur auf die wohlfeilste Art zu erfüllen. *George Bernard Shaw*

Mann am Steuer:

ein Pfau, der sein Rad in der Hand hält. *Anna Magnani*

ein freier Mann:

wer eine Einladung zum Essen ausschlagen kann, ohne dafür einen Vorwand angeben zu müssen. *Jules Renard*

der heutige Mann:

ein Venusbergbesteiger, der die Direttissima bevorzugt. *Christine Schuberth*

ein reicher Mann:

ein Mann, der drei Luxuswagen vor der Tür stehen hat und von dem man trotzdem nicht weiß, ob er zu Hause ist. *Anonym*

ein Mensch, der einen Dollar mehr hat, als er ausgeben kann. *Bernard Baruch*

oft nur ein armer Mann mit sehr viel Geld. *Aristoteles Onassis*

Mannequins:

nicht die einzigen Mädchen, die wissen, daß man langsam gehen muß, um schnell voranzukommen. *Edi Welz*

Manuskript:

ein Schriftstück, das in Eile vorgelegt und mit Muße zurückgegeben wird. *Oliver Herford*

nächst einem Bumerang das, was am sichersten zurückkommt, wenn man es aus der Hand gibt. *Aldo Marinelli*

Marihuana:

die einzige Grasart, die einen Gärtner ummähen kann. *Anonym*

Marketing:

gestelzte Bezeichnung für systematisch gesammelte Vertriebskenntnisse, die vor 2000 Jahren schon jede bessere Marktfrau beherrschte. *Ron Kritzfeld*

Markt- und Meinungsforscher:

einer, der tiefgründige Untersuchungen darüber anstellt, warum eine schlechte Zahnpasta nicht gekauft wird, und dann zu dem bündigen Schluß kommt, daß die Tube den Leuten zu wenig sexy ist. *Anonym*

Marseillaise:

der größte General der Revolution, und die Wunder, die sie vollbrachte, sind ohne Beispiel. *Napoleon*

Martyrium:

der einzige Weg, ohne Begabung zur Berühmtheit zu werden.

George Bernard Shaw

Marxismus:

das Bedürfnis, die Menschheit zu retten, notfalls auch gegen ihren Willen.

Anonym

Maschinengewehr:

die Schreibmaschine des Todes. *Ramón Gómez de la Serna*

Massenverkehrsmittel:

eine Einrichtung, von der jeder gern die andern eifrig Gebrauch machen sähe. *Anonym*

Masseur:

ein Mann, der Geld für Dinge bekommt, für die jeder andere Ohrfeigen erhalten würde. *Anonym*

Materialist:

ein Mensch, der die Schönheit des Sternenhimmels durch das Zählen der Sterne erfassen zu können glaubt. *Christa Wagner*

Mathematik:

das Alphabet, mit dessen Hilfe Gott das Universum beschrieben hat.

Galileo Galilei

die Grammatik der Zahlen. *Hans Lohberger*

die Wissenschaft, bei der man nicht weiß, wovon man spricht, noch ob das, was man sagt, wahr ist. *Bertrand Russell*

Mathematiker:

ein Mensch, der einen ihm vorgetragenen Gedanken nicht nur sofort begreift, sondern auch erkennt, auf welchem Denkfehler er beruht.

Helmar Nahr

Maus:

ein Tier, dessen Pfad mit in Ohnmacht fallenden Frauen übersät ist.

Ambrose Bierce

Mausoleum:

die letzte und komischste Torheit der Reichen. *Ambrose Bierce*

Maximen:

der konzentrierte gesunde Menschenverstand der Völker.
Sir James Mackintosh

Maxirock:

die Reaktion darauf, daß die Frau bereits ausgereizt war. *Paul Matussek*

der Versuch, die Männer wieder neugierig zu machen auf das, was sie schon kennen. *Georg Thomalla*

Medienpolitik:

eine Zwischenstufe der Politik, von der im Grunde genommen alle zuwenig verstehen, um am Ende das Richtige zu tun. *Friedrich Nowottny*

meditieren:

eine höchste Muße, deren Geheimnis verlorengegangen ist. *Emile Cioran*

Medizin:

eine Wissenschaft, die verhindern will, daß die Menschen eines natürlichen Todes sterben. *Anonym*

die Kunst, den Patienten abzulenken, während die Natur sich selber hilft.
Voltaire

Meer:
ein riesiger, mit Wasser gefüllter Behälter, an dessen Rändern die Preise noch gesalzener sind als das Wasser darin. *Alberto Sordi*

schweigende Mehrheit:
die amerikanischen Ehemänner. *Don Burke*

Meinung:
ein Minimum an Tatsachen in Verbindung mit Vorurteilen und Gefühlen. *Anonym*

eigene Meinung:
ein Luxus, den sich nicht viele leisten. *Alfred Polgar*

öffentliche Meinung:
ein Schloßgespenst – niemand hat es gesehen, aber alle lassen sich von ihm terrorisieren. *Anonym*

das, was Leute glauben, daß andere Leute glauben. *Alfred Austin* X

die Dirne unter den Meinungen. *Marie von Ebner-Eschenbach*

etwas, worauf sich hauptsächlich solche Politiker berufen, die keine eigene Meinung haben. *Amintore Fanfani*

eine Mischung aus Torheit, Schwäche, falschen und richtigen Meinungen, Eigensinn und Zeitungsartikeln. *Sir Robert Peel*

Meinungen:
flexible Vorurteile. *Anonym*

Meinungsforschung:
die Kunst, die Meinung des Auftraggebers zu erforschen und sie durch unverdächtige Zeugen belegen zu lassen. *Anonym*

Melancholie:
Stimmung mit Trauerrand. *Heimito von Doderer*

das Vergnügen, traurig zu sein. *Victor Hugo*

verwelkte Lust. *Hermann Kesten*

Melodie:

der kürzeste Weg zum Herzen der Menschen. *Anthony Ventura*

Memoiren:

das Gegenteil einer Klarsichtpackung. *David Frost*

die meisten sind ein Make-up aus Worten. *Norman Mailer*

eine Verleitung, die eigene Nase schöner zu machen, als sie ist. *Helmut Schmidt*

Drehbücher, die sich um die Person ihres Verfassers drehen. *Wolfram Weidner*

Mensch:

das Lebewesen, das die Zeit totschlägt, bis sie sich revanchiert. *Anonym*

ein Wesen, das in einer Zelle beginnt und normalerweise auch in einer enden würde, wenn der Gerechtigkeit wirklich Genüge geschähe. *Anonym*

Maß aller Schneider. *Hans Arp*

ein Lebewesen, so angetan von Illusionen über sich, daß es völlig vergißt, was es eigentlich sein sollte. *Ambrose Bierce*

eine unendlich komplizierte Maschine, um edelsten Rotwein in Urin zu verwandeln. *Karen Blixen*

das Gemeinste, was lebt, und das Schwächste. *Bertolt Brecht*

das einzige Tier, das mit den Opfern, die es zu essen beabsichtigt, freundschaftliche Beziehungen unterhält, bis es sie ißt. *Samuel Butler*

das einzige Tier, das lacht und eine Staatsverfassung hat. *Samuel Butler*

das unbekannte Wesen. *Alexis Carrel*

ein Tier, das denkt. *Friedrich Dürrenmatt*

ein Triebverdränger. *Sigmund Freud*

einziger Primat, der seine Artgenossen ohne biologischen und ökonomischen Grund tötet und quält und der dabei Befriedigung empfindet.

Erich Fromm

das arrivierte Tier. Das ist alles. *Rémy de Gourmont*

das einzige Tier, das lacht und weint, denn er ist das einzige Tier, das betroffen wird von dem, wie die Dinge sind, und von dem, wie sie sein sollten. *William Hazlitt*

ein Blinder, der vom Sehen träumt. *Friedrich Hebbel*

ein Experiment der Natur. *Friedrich Hebbel*

ein mißglückter Computer mit Stuhlgang und Blutkreislauf. *Steve Henley*

das Tier, das einen aufgerichteten Gang hat. *Johann Gottfried Herder*

ein Gott, wenn er träumt, ein Bettler, wenn er nachdenkt. *Friedrich Hölderlin*

das gefährlichste Ungeziefer, das die Erde je bevölkert hat.

Friedensreich Hundertwasser

ein Pferd, das sich selbst anspornt. *Karol Irzykowski*

die ideale Gottvorstellung des Hundes. *Holbrook Jackson*

das größte Tier der Schöpfung, denn er ist das Tier, das kocht.
Douglas Jerrold

das einzige Geschöpf, das erzogen werden muß. *Immanuel Kant*

das Tier, das sich vervollkommnen kann. *Immanuel Kant*

das einzige Tier, das arbeiten muß. *Immanuel Kant*

das denkende Tier. *Ludwig Klages*

das sonderbare Wesen: mit den Füßen im Schlamm, mit dem Kopf in den Sternen. *Else Lasker-Schüler*

ein durch die Zensur gerutschter Affe. *Gabriel Laub*

die Krone der Schöpfung. Wie schade, daß es eine Dornenkrone ist.
Stanislaw Jerzy Lec

das einzige Lebewesen, das erröten kann. Es ist aber auch das einzige, das Grund dazu hat. *Mark Twain*

ein mit Essen gefüllter Sack. *Morelli*

das einzige Tier, das sich für einen Menschen hält. *Thomas Niederreuther*

ein mittelmäßiger Egoist: auch der Klügste nimmt seine Gewohnheit wichtiger als seinen Vorteil. *Friedrich Nietzsche*

ein Wesen, dem die einzigartige Gabe verliehen ist, Zwiesprache mit sich selbst zu halten. (Die einzigen, die diese Zwiesprache mit sich selbst noch versuchen, sind die Schriftsteller.) *Hans Erich Nossack*

das einzige Lebewesen, dem man mehrfach das Fell über die Ohren ziehen kann. *Sean O'Brian*

das einzige Lebewesen, das Lärm und Gestank künstlich erzeugen kann.
Sir Laurence Olivier

nur ein Schilfrohr, das schwächste der Natur, aber ein Schilfrohr, das denkt. *Blaise Pascal*

Lärmerzeuger, Luftverpester, Wasserverschmutzer, Waldverschandler, Abfallerzeuger en gros, Nahrungsmittelverderber, Erbmassenbedroher, alles durch sein eigenes Genie. *John B. Priestley*

ein wildes Tier, das sich selbst gezähmt hat. *Pierre Reverdy*

das einzige Tier, das Feuer machen kann. Das hat ihm die Herrschaft über die Erde gebracht. *Antoine de Rivarol*

ein Wesen, das den ersten Kuß raubt, den zweiten erbettelt, den dritten verlangt, den vierten bekommt, den fünften hinnimmt und den Rest erträgt. *Helen Rowland*

ein Teil der Natur und nicht etwas, das zu ihr im Widerspruch steht.
Bertrand Russell

das einzige Lebewesen auf Erden, welches weiß, daß es sterben muß.
Max Rychner

ein geselliges Wesen, geistig noch mehr als körperlich. Er geht vielleicht gern allein spazieren, aber mit seiner Meinung steht er nicht gern allein.
George Santayana

nichts anderes, als was er selber aus sich macht. *Jean-Paul Sartre*

im Grunde ein wildes Tier. Wir kennen es bloß im Zustand der Bändigung und Zähmung. *Arthur Schopenhauer*

das einzige Lebewesen, das von sich eine schlechte Meinung hat.
George Bernard Shaw

ein Tier, das Geschäfte macht; kein anderes Tier tut dies – kein Hund tauscht Knochen mit einem anderen. *Adam Smith* das Geschöpf, das sich langweilt. *Werner Sombart*

das Raubtier mit den Händen. *Oswald Spengler*

eine Episode, ein Augenblick im Weltschicksal. *Oswald Spengler*

ein Geschöpf, das nicht vom Brot allein lebt, sondern hauptsächlich von Schlagworten. *Robert Louis Stevenson*

das Lebewesen, das ganz allein sein kann. *Wolfgang Struve*

eine höhere Tiergattung, welche Gedichte und philosophische Systeme auf dieselbe Weise hervorbringt wie die Seidenraupe den Kokon oder die Biene die Waben. *Hippolyte Taine*

ein politisches Geschöpf, das am liebsten zu Klumpen geballt sein Leben verbringt. *Kurt Tucholsky*

ein Wesen, das nie zuhört. *Kurt Tucholsky*

ein Säugetier. Jeder saugt den anderen aus. *Gerhard Uhlenbruck*

der, der immer ein wenig mehr Mut hat, als er verzweifelt ist. *Günther Weisenborn*

das Tier, das Geschichte hat. *Carl Friedrich von Weizsäcker*

ein vernunftbegabtes Wesen, das immer dann die Ruhe verliert, wenn von ihm verlangt wird, daß es nach Vernunftgesetzen handeln soll. *Oscar Wilde*

der Mensch von heute:
das dümmste Lebewesen, das die Erde hervorgebracht hat: Er kriecht mit seinem Auto in der Großstadt wie eine Schnecke, nimmt die Umweltgifte in sich auf wie ein Staubsauger und ist obendrein noch stolz auf das, was er zustande gebracht hat. *John B. Priestley*

ein ausgeglichener Mensch:
einer, der denselben Fehler zweimal machen kann, ohne nervös zu werden. *Anonym*

ein geistreicher Mensch:
jemand, der viele Pointen kennt, aber vergessen hat, von wem sie sind.
Axel von Ambesser

ein reicher Mensch:
wer weiß, daß er genug hat. *Laotse*

ein reifer Mensch:
wer gelernt hat, das Unerwartete zu erwarten. *Anonym*

wer auf sich selbst nicht mehr hereinfällt. *Heimito von Doderer*

ein unausstehlicher Mensch:
einer, der an seiner Meinung festhält, obwohl wir ihn mit der unseren erleuchtet haben. *Anonym*

ein verträglicher Mensch:
einer, der mit mir übereinstimmt. *Benjamin Disraeli*

Menschen:
ein Wolfspack, nichts als ein Wolfspack, das die zu Tode hetzt, die ihm Gutes tun könnten. *Sigmund Freud*

sympathische Menschen:
Leute, die von uns eine hohe Meinung haben. *Anonym*

Menschenschlange in England:
keine Masse, sondern eine Aneinanderreihung von Individuen.
George Mikes

gesunder Menschenverstand:
eigentlich nur eine Anhäufung von Vorurteilen, die man bis zum 18.Lebensjahr erworben hat. *Albert Einstein*

Menschheit:
einige wenige Vorläufer, sehr viele Mitläufer und eine unübersehbare Zahl von Nachläufern. *Jean Cocteau*

ein Buch, das immer wieder von neuem aufgelegt wird, ohne die Aussicht, jemals ein Bestseller zu werden. *William Faulkner*

Metaphysik:
die Suche in einem dunklen Zimmer nach einer schwarzen Katze, die nicht drin ist. *Max Scheler*

Meteorologen:
Leute, die über Geophysik, Thermodynamik und Klimatologie ungemein viel und über das Wetter von morgen fast nichts wissen. *Ron Kritzfeld*

die besten Frauenkenner, denn sie geben den Wirbelstürmen Frauennamen. *Peter Ustinov*

Meteorologie:
die Wissenschaft, die uns aufgrund komplizierter Hoch- und Tiefdruckberechnungen genauestens darüber informiert, wie das Wetter hätte sein sollen. *Anonym*

Meter:
Längenmaß, im Angelsport 45 Zentimeter. *Anonym*

Methoden:
die ausgetretenen Bahnen des Geistes, Richtwege des Gedächtnisses. *Antoine de Rivarol*

Metropole:
Bollwerk des Provinzialismus. *Ambrose Bierce*

Midlife Crisis:
die Pubertät des Greisenalters. *Werner Schneyder*

Mikrophone:
das einzige, das sich Politiker gerne vorhalten lassen. *Günter Müggenburg*

Militär:
eine Pflanze, die man sorgfältig pflegen muß, damit sie keine Früchte trägt. *Jacques Tati*

Militärdienst und Ehe:
die zwei staatlich sanktionierten Formen von Freiheitsentzug ohne Gerichtsurteil. *Jean Genet*

Militaristen:
Leute, die gern schießen, vor allem ins Kraut. *Joachim Ringelnatz*

Milliardär:
ein Mann, der auch mal klein als Millionär angefangen hat. *Jerry Lewis*

Millionär:
ein Mann ohne Eigenschuften. *Karel Trinkewitz*

Minderheit:
das sind die, die immer unrecht haben – am Anfang. *Anonym*

Minderheiten:
die Mehrheiten der nächsten Generation. *Jean-Paul Sartre*

Mini-Kleider:
Erfindung eines mit zwölf Töchtern gesegneten Schotten. *Anonym*

Minister:
der einzige hochbezahlte Posten, den Ungelernte ausüben können. *Carlo Franchi*

ein Staatsdiener mit eintägiger Kündigungsfrist. *Georg Leber*

Minute:
ein Teil der Ewigkeit. *Anonym*

Misanthrop:
Zeitgenosse, der mühelos die Stecknadel im Heuhaufen findet und sich genüßlich darauf niederläßt, um die Bosheit seiner Mitmenschen beklagen zu können. *Ron Kritzfeld*

ein Mensch, der haßt, was andere sagen. *Thornton Wilder*

Mißerfolg:
die Chance, es beim nächsten Mal besser zu machen. *Henry Ford*

Mißgeschick:
das Geschick, das man nie zu vermissen gezwungen ist. *Ambrose Bierce*

Mißtrauen:

eine Axt am Baum der Liebe. *Anonym*

die Mutter der Sicherheit. *Russisches Sprichwort*

mißtrauisch:

wer nach beiden Seiten guckt, bevor er eine Einbahnstraße überquert. *Anonym*

Mißverständnis:

die häufigste Form menschlicher Kommunikation. *Peter Benary*

Mitbestimmung:

die Suche nach dem kleinsten gemeinsamen Nenner. *Wolfgang Eschker*

Mitgiftjäger:

ein Mann, der seiner ersten Frau sein Vermögen und seine zweite Frau seinem Vermögen verdankt. *Anonym*

Mitleid:

die höchste Form der Liebe – vielleicht die Liebe selbst. *Heinrich Heine*

die Wohltätigkeit der Sparsamen. *Wolfram Weidner*

vertrauliche Mitteilung:

beliebtes und überaus wirkungsvolles Verfahren, auf allerschnellstem Wege Nachrichten an die Öffentlichkeit zu bringen. *Ron Kritzfeld*

Mittelmeer:

zwischen Südeuropa, Vorderasien und Nordafrika gelegener Vorfluter für die Abwässer der an seinen Ufern gelegenen Hotels. *Ron Kritzfeld*

der goldene Mittelweg:

der einzige Weg, der nie zum Ziele führt. *Arnold Schönberg*

Mob:

Masse, der nicht mehr zu helfen ist. *Anita Daniel*

eine Gruppe von Menschen mit Köpfen, aber ohne Gehirn. *Thomas Fuller*

Mode:

die Zwangsjacke für normale Menschen. *Anonym*

die Kunst, sich vorschriftsmäßig zu verstellen. *Anonym*

die Kunst, vielen etwas zu verkaufen, was nur wenige kleidet. *Anonym*

die Kunst der Frau, mit sich selber Luxus zu treiben. *Anonym*

eine charmante Tyrannei von kurzer Dauer. *Marcel Achard*

die bereitwillige Bejahung der rätselhaften Tatsache, daß heute etwas schön ist, was gestern häßlich gewesen ist und was morgen unerträglich sein wird. *Senta Berger*

ein Diktat, das wie eine Empfehlung aussieht. *Senta Berger*

ein Befehl, den sich die Frauen wünschen. *Senta Berger*

der Uniformzwang der Zivilisten. *Claus Biederstaedt*

ein Despot, den die Weisen belächeln und dem sie gehorchen. *Ambrose Bierce*

jener seltsame Vorgang, bei dem allen plötzlich etwas gefällt, was ihnen gestern noch nicht gefallen hat und was ihnen morgen nicht mehr gefallen wird. *Margot Hielscher*

die neueste Verpackung für die alte Ware. *Helmar Nahr*

das wichtigste Mittel der Textilindustrie gegen die zunehmende Haltbarkeit der Stoffe. *Emilio Schuberth*

eine künstlich herbeigeführte Epidemie. *George Bernard Shaw*

eine so unerträgliche Form der Häßlichkeit, daß wir sie alle sechs Monate ändern müssen. *Oscar Wilde*

das, was man selbst trägt. Altmodisch ist, was die andern tragen. *Oscar Wilde*

Modemacher:

Leute, die einen Tropfen Tinte ins Meer tun und damit eine weltweite Blaufärbung erzielen. *Paul Legros*

Moderator:

eine Art Nummerngirl mit Schnauze. *Wolfgang Gruner*

ein Dahinredner, der Pausen mit einem Maximum an Minimum füllt. *Henning Venske*

Moderatoren:

Männer, die ihren Senf zu dem Käse anderer Leute geben. *Ralph Boller*

Leute wie alle anderen, sie wissen es bloß nicht. *Bob Hancox*

moderieren:

die Kunst, sehr ruhig eine unruhige Kugel zu schieben. *Ralph Boller*

die Kunst, ein Thema anzuschneiden, ohne auf seinen Kern zu kommen. *Peter Maiwald*

Modeschöpfer:

Männer, die das Zweitschönste auf der Welt tun: Frauen anziehen. *Marcello Mastroianni*

Mönche:

Menschen, die sich zum Einzeller zurückentwickelt haben. *Hanns-Hermann Kersten*

Moment:

die halbe Stunde, die eine Frau braucht, um den Hut aufzusetzen. *Anonym*

Monogamie:

die Aufmerksamkeit vieler Männer gegen die Unaufmerksamkeit eines einzelnen eintauschen. *Anonym*

das ist genau so, als müßte man jeden Tag Pommes frites essen. *Henry Miller*

die westliche Sitte, nur eine Frau und fast keine Geliebten zu haben. *Saki*

Monolog:

die Vorstellung mancher Menschen von einer ausgezeichneten Unterhaltung. *Anonym*

Montag:

in christlichen Ländern der Tag nach dem Fußballspiel. *Ambrose Bierce*

Moos:

die Perücke der Steine. *Ramón Gómez de la Serna*

Moral:

die Ausrede der Leute, die keine Chance zur Unmoral haben. *Anonym*

ein Maulkorb für den Willen. *Anonym*

jenes Maß an Anständigkeit, das gerade modern ist. *Federico Fellini*

der ständige Kampf gegen die Rebellion der Hormone. *Federico Fellini*

die Laster der Mehrheit. *Jean Genet*

so ziemlich die letzte weibliche Tugend, die ein Mann bewundert, wenn er eine Frau zu erobern wünscht. *Sacha Guitry*

ein steter Angriff auf das Recht des Stärkeren. *Thomas Niederreuther*

die Übereinkunft einer ruhebedürftigen Gesellschaft zur Erhaltung dieser Ruhe. *Frank Thieß*

Banker verstehen darunter vor allem Zahlungsmoral. *Hans Weinrich*

die Haltung, die wir Leuten gegenüber einnehmen, gegen die wir eine persönliche Abneigung haben. *Oscar Wilde*

moralisch:

wonach man sich gut fühlt, unmoralisch: wonach man sich schlecht fühlt. *Ernest Hemingway*

Moralisten:

Leute, die sich dort kratzen, wo es andere juckt. *Samuel Beckett*

Menschen, die sich jedes Vergnügen versagen, außer jenem, sich in das Vergnügen anderer Menschen einzumischen. *Bertrand Russell*

Moralität:

eine Pose: wir wenden sie gegen Leute an, die uns unangenehm sind. *Oscar Wilde*

morgen:

Tag, an dem der Faule am meisten zu tun hat. *Anonym*

ein Platz, auf dem wir all das abladen können, was wir gestern hätten tun sollen. *Anonym*

der Zeitpunkt guter Taten und eines besseren Lebenswandels. Beginn der Glückseligkeit. *Ambrose Bierce*

der Tag, an dem die meisten Fastenkuren beginnen. *Gustav Knuth*

Morgengrauen:

das Gefühl beim Aufstehen, wenn man zur Arbeit muß. *Anonym*

die Zeit, zu der vernünftige Leute ins Bett gehen. *Ambrose Bierce*

Motorräder:

Potenz, die man hören kann. *Reinhard Weber*

Müdigkeit:

etwas, das wir bei uns als Erschöpfung bezeichnen, bei den anderen dagegen als Faulheit. *Anonym*

München:

für mich die schönste Stadt der Welt – dieses wildgewordene Bauerndorf. *Karin Dor*

Mund:

beim Mann: Tor zur Seele; bei der Frau: Ventil des Herzens. *Ambrose Bierce*

Musical:

ein Stück, in dem die Sänger keine Schauspieler und die Schauspieler keine Sänger sind. *Anonym*

ein Sprechstück für Leute, die nicht singen können, und ein Gesangsstück für Leute, die nicht sprechen können. *Charles Aznavour*

eine Operette für Schauspieler, die nicht singen können. *Peter Watson*

Musik:

disziplinierter Lärm. *Anonym*

heutzutage oft Lärm mit Copyright. *Peter Holl*

die Sprache der Engel. *Thomas Carlyle*

die einzige Sprache, in der man nicht Gemeines oder Höhnisches sagen kann. *John Erskine*

was sich nicht in Worte fassen läßt und doch nicht still bleiben kann. *Victor Hugo*

die Philosophie ohne Begriffe. *Hans Lohberger*

die gemeinsame Sprache der Menschheit. *Henry Wadsworth Longfellow*

die einzige Kunst, durch die man sein Ego verlieren kann. *Arthur Schopenhauer*

die Stenographie des Gefühls. *Lew N. Graf Tolstoj*

die wahre allgemeine Menschensprache. *Karl Julius Weber*

der vollkommene Typus der Kunst: sie verrät nie ihr letztes Geheimnis. *Oscar Wilde*

moderne Musik:
Instrumentenstimmen nach Noten. *Peter Sellers*

zeitgenössische Musik:
eine Wüste mit ein paar ausgespuckten Dattelkernen hier und da.
Pablo Casals

Musikliebhaber:
ein Mann, der sein Ohr an das Schlüsselloch der Tür legt, hinter der ein hübsches Mädchen in der Badewanne singt. *Anonym*

Muße:
die Kunst, wirklich nichts zu tun, wenn man nichts zu tun hat.
Anton Schnack

der schönste Besitz von allen. *Sokrates*

das Kunststück, sich selbst ein angenehmer Gesellschafter zu sein.
Karl Heinrich Waggerl

Mußestunde:
die zwei Minuten Erholung, die ein Mann genießen kann, bis seine Frau sich eine neue Arbeit für ihn ausgedacht hat. *Anonym*

Mut:
Angst haben und doch irgendwie weitermachen. *Anonym*

oft nur der Sieg der Ungeduld über die Vernunft. *Dänisches Sprichwort*

Angst, die man nicht zeigt. *Sergio Leone*

oft Mangel an Einsicht, wogegen Feigheit nicht selten auf guten Informationen beruht. *Peter Ustinov*

Mutterglück:
was eine Mutter empfindet, wenn die Kinder abends im Bett sind.
Robert Lembke

Muttermilch:
nicht nur die schönste und beste Milch, sondern auch die, die am besten verpackt ist. *Lutz Ackermann*

Muttertag:

Tag, an dem jeder seiner Mutter zur Hand geht und sie so tut, als mache ihr die Mehrarbeit nichts aus. *Anonym*

Mythologie:

die Gesamtheit der Glaubensinhalte eines primitiven Volkes, betreffend seinen Ursprung, seine Frühgeschichte, seine Heroen, seine Gottheiten und so weiter, im Unterschied zu den wahren Berichten, die es später erfindet. *Ambrose Bierce*

N

Nachahmung:

die höchste Form der Schmeichelei. *Charles Colton*

Nachbar:

ein Mensch, der die geliehene Schneeschaufel zurückbringt, wenn er sich den Rasenmäher ausleiht. *Anonym*

die Prüfungsaufgaben, die uns das Leben stellt. *Marcel Achard*

neugierige Nachbarn:

der beste Schutz gegen Einbrecher. *Anonym*

ein guter Nachrichtendienst:

der Scheibenwischer der Regierung. *George F. Kennan*

nachdenken:

Geistestätigkeit, durch die wir eine klarere Sicht auf unser Verhältnis zu den gestrigen Dingen gewinnen und so befähigt werden, die Gefahren zu vermeiden, die wir hinter uns haben. *Ambrose Bierce*

eine höchst zwecklose Beschäftigung, solange man nichts von den Tatsachen weiß. *George Bernard Shaw* für die meisten Menschen das gedankliche Nachvollziehen dessen, was andere vordenken. *Arno Sölter*

Nachrichtenredakteur:
wer aus den »Buddenbrooks« eine Zehnzeilenmeldung machen kann. *Horst Vetten*

Nachrufe:
Führungszeugnisse für das Jenseits. *Anonym*

Nachruhm:
das Dessert der Geschichte. *Harold Macmillan*

Nachsicht:
sympathische Eigenschaft des Herzens, die uns dazu bewegt, anderen jene Sünden und Laster zu verzeihen, denen wir selber verfallen sind. *Ambrose Bierce*

die höflichste Form der Gleichgültigkeit. *Abel Bonnard*

das Wissen, wann auf einen Vorteil zu verzichten ist. *Benjamin Disraeli*

Nacht:
ein Löschblatt für viele Sorgen. *Litauische Redensart*

Nachtclub:

ein Lokal, in dem es mehr Mädchen als Kleider gibt. *Anonym*

ein Lokal, wo die Tische reservierter sind als die Gäste. *Charlie Chaplin*

Nächstenliebe:

Drang nach neuem Eigentum. *Friedrich Nietzsche*

nie den lieben, der da ist, sondern immer nur den nächsten, der kommen soll. *Martin Kessel*

wahre Nächstenliebe:

dem Menschen, dessen Arbeit man mitmachen muß, während er sich am Strand in der Sonne aalt, aus ehrlichem Herzen einen schönen Urlaub wünschen. *Anonym*

Nächster:

einer, den wir lieben sollen wie uns selbst und der sich alle erdenkliche Mühe gibt, uns von der Erfüllung dieses Gebots abzubringen. *Ambrose Bierce*

Nacktheit:

das Sprungbrett zum Ruhm. *Carroll Baker*

Nackttänzerin:

Dame, die der Boulevardpresse so viel Stoff liefert, daß ihr keiner mehr zur Bekleidung bleibt. *Ron Kritzfeld*

naiv:

ein Wort, das jeden zutreffend beschreibt, der glaubt, daß es dich interessiert, wenn du ihn fragst, wie es ihm geht. *Anonym*

Narziß:

jemand, der besser aussieht als man selbst. *Gore Vidal*

Nase:

der äußerste Vorposten des Gesichts. *Ambrose Bierce*

Nation:

eine Gruppe von Menschen, die eine Sprache spricht und die gleichen Zeitungen liest. *Friedrich Nietzsche*

der Abfalleimer aller Gefühle, die man anderswo nicht unterbringen kann. *Kurt Tucholsky*

Nationalismus:

die Angst, daß die Nächstenliebe sich zu weit ausbreiten könnte. *Gräfin Dubsky*

eine Kinderkrankheit, sozusagen die Masern der Menschheit. *Albert Einstein*

Nationalökonomie:

die Metaphysik des Pokerspielers. *Kurt Tucholsky*

Natürlichkeit:

die schwierigste Pose, die man einnehmen kann. *Oscar Wilde*

Naturalismus:

Wirklichkeit, gesehen durch kein Temperament. *Ludwig Marcuse*

Neapel:

eine Stadt, deren Häuser mit Wäscheleinen zusammengebunden wurden. *Anonym*

Nebel:

sichtbare Luft. *Helmar Nahr*

Nebenbeschäftigung:

Tätigkeit, die neben der Schwarz-, Freizeit- und Gartenarbeit anfällt. Alte Bezeichnung: Beruf. *Michael Schiff*

Neid:

die Angewohnheit, statt der eigenen Glücksgüter die der anderen zu zählen. *Anonym*

die aufrichtigste Form der Schmeichelei. *John Churton*

ein Eingeständnis der Minderwertigkeit. *Victor Hugo*

der Schatten, den der Erfolg wirft. *Robert Lembke*

nichts anderes als Haß gegenüber den Vorzügen der anderen.
Paolo Mantegazza

Neidgenossenschaft:
die größte Genossenschaft auf Erden. *Helmut Qualtinger*

nein:
orales Verhütungsmittel. *Joan Vichers*

Nervensäge:
ein Mann, der soviel über sich selber spricht, daß wir Frauen keine Gelegenheit haben, ausgiebig über uns zu sprechen. *Gisela Schlüter*

neu:
was einer Generation neu vorkommt. *Ludwig Marcuse*

Neugier:
der Docht in der Kerze des Lernens. *Anonym*

der einzige Antrieb des Mannes in der Liebe. *Henry de Montherlant*

nichts als Eitelkeit. Meist will man nur wissen, um davon reden zu können. *Blaise Pascal*

Neuheit:
zukünftige Antiquität. *Anonym*

Neureicher:
ein Mann, der seinen Wagen verkauft, weil der Aschenbecher voll ist.
Anonym

Neurotiker:
ein Mensch, der sich um Dinge sorgt, die in der Vergangenheit nicht geschehen sind. *Anonym*

ein Mensch, der einem genau sagt, wie es ihm geht, wenn man ihn danach fragt. *Anonym*

ein Mensch, der Luftschlösser baut; ein Psychopath ist ein Mensch, der sie bewohnt, und ein Psychiater ist ein Mensch, der die Miete dafür kassiert. *Lord Webb-Johnson*

Neutralismus:
ein Auge zudrücken, wenn einem anderen beide Augen zugedrückt werden. *Jeannine Luczak*

Nichtraucher:
ein Mann, der die Zigarre, die ihm sein Chef verpaßt hat, sogleich an seinen Untergebenen weitergibt. *Anonym*

nichts:
ein Messer ohne Klinge, dem der Stiel fehlt. *Anonym*

bevorzugtes Gesprächsthema für Partys. *Anonym*

Nichtstun:
die allerschwierigste Beschäftigung und zugleich diejenige, die am meisten Geist voraussetzt. *Oscar Wilde*

Niederlagen:
die Ratenzahlungen für den Erfolg. *Anonym*

Niedertracht:

die einzige Tracht, die nie aus der Mode kommt. *Helga Idssun*

Nigeria:

wahrscheinlich das einzige Land, in dem die gefälschten Banknoten von besserer Qualität sind als die echten. *J. K. Randle*

Nixe:

nicht genug Fisch zum Braten, nicht genug Frau zum Lieben. *Anonym*

Nörgler:

jemand, der unsere Arbeit kritisiert. *Ambrose Bierce*

ein Mensch, der – wenn er kein Haar in der Suppe findet – so lange den Kopf schüttelt, bis eins hineinfällt. *Rolf Steffen*

Nonchalance:

die Gabe, auszusehen wie ein Lämmchen, wenn man sich benommen hat wie ein Esel. *Anonym*

Normalmensch:

der Mensch, bei dem alle Anomalien in der richtigen Mischung vereinigt sind. *Roda Roda*

Nostalgie:

die Wiedergutmachung an Dingen, die man in der Gegenwart nicht mochte. *Anonym*

die Sehnsucht nach der guten alten Zeit, in der man nichts zu lachen hatte. *Charles Aznavour*

die Sehnsucht nach einer Zeit, von der man absolut keine Ahnung hat. *Lore Lorentz*

die Fähigkeit, darüber zu trauern, daß es nicht mehr so ist, wie es früher nicht gewesen ist. *Manfred Rommel*

November:

das elfte Zwölftel eines Stumpfsinns. *Ambrose Bierce*

Nudismus:
Sauna ohne Dampf. *Ralph Boller*

Nudist:
ein Mann, bei dem ein Taschendieb keine Chance hat. *Georg Thomalla*

O

Oase:
Gasthaus in der Wüste. *Gustave Flaubert*

»oben ohne«:
der törichte Versuch, den Männern zuerst die Lösung zu zeigen und dann das Rätsel. *Luitgard Im*

Oberst:
der am tollsten herausgeputzte Mann eines Regiments. *Ambrose Bierce*

X **Objektivität:**
das, wovon wir uns wünschen, daß andere Leute es anderen Leuten gegenüber an den Tag legen. *Gabriel Laub*

Ochsen:
die Bullen mit der hohen Stimme. *Herbert Fricke*

Ödipus-Komplex:
harmlose Erkrankung kleiner Jungen. Hauptsache, sie behalten die Mutti lieb. *Anonym*

Öffentlichkeit:
Nebensache bei Fragen der Gesetzgebung. *Ambrose Bierce*

Öffentlichkeitsarbeit:
Verbreitung von Wahrheit in verschönerter Form. *Conrad Ahlers*

Österreich:
eine Republik mit Kaiserschmarrn und Kaisersemmeln. *David Henley*

ein Labyrinth, in dem sich jeder auskennt. *Helmut Qualtinger*

Offenbarung:
ein berühmtes Buch, in dem der heilige Johannes alles versteckte, was er wußte. Das Offenbaren besorgen die Kommentatoren, die nichts wissen.
Ambrose Bierce

offenherzig sein:
die einzige Art zu betrügen, die zuweilen noch Erfolg hat. *Ludwig Börne*

Offenheit:
für Männer die Kunst, nur so viel zu gestehen, wie die Frau bereits weiß.
Tatjana Sais

Ohnmacht:
Gerechtigkeit ohne Stärke. *Blaise Pascal* X

Ohrfeige:
der Offenbarungseid des Erziehers. *Anonym*

Olymp:
ein Berg in Thessalien, der einst von Göttern bewohnt war und heute eine Ablagestelle für vergilbte Zeitungen, Bierflaschen und leere Sardinendosen ist, die die Gegenwart des Touristen und seinen Appetit bezeugen.
Ambrose Bierce

Olympische Spiele:
eine wundervolle Gelegenheit, Zwietracht auch unter solchen Nationen zu stiften, die sonst keine Reibungsflächen haben. *George Bernard Shaw*

Omen:
ein Zeichen dafür, daß etwas passieren wird, wenn nichts passiert.
Ambrose Bierce

Omnibusse:
Fahrzeuge, in denen die Fenster, die im Juli nicht aufgehen, sich im Dezember nicht schließen lassen. *Robert Lembke*

Oper:

ein Schauspiel, welches das Leben in einer anderen Welt darstellt, deren Bewohner nicht reden, sondern singen, die sich nicht bewegen, sondern gestikulieren, und denen keine Haltung außer der Pose eigen ist.

Ambrose Bierce

ein Zaubertheater, darauf angelegt, auf Kosten des Verstandes Auge und Ohr zu erfreuen. *Lord Chesterfield*

Operation:

der Versuch, eine Maschine zu reparieren, ohne den Motor anzuhalten.

Anonym

Opernsänger:

ein Mensch, der singt, statt zu bluten, wenn man ihm einen Dolch ins Herz stößt. *Anonym*

Opportunismus:

jener Zweig der politischen Nautik, in dem vor allem das Verlassen sinkender Schiffe geübt wird. *Ralph Boller*

die Kunst, mit dem Winde zu segeln, den andere machen. *Carlo Manzoni*

Opportunist:

ein Mensch, der gelernt hat, die Meinungen anderer zu haben. *Anonym*

Jenachdemer. *Wilhelm Busch*

Opportunisten:

Leute, die schon heute die Windrichtung von übermorgen kennen.

Sir Alec Guinness

Raubvögel, die kriechen. *Rudolf Rolfs*

Leute, die den Zug erst auf der Endstation besteigen. *Ernst Schröder*

Opposition:

in der Politik jene Partei, die die Regierung am Amoklaufen hindert, indem sie sie lähmt. *Ambrose Bierce*

eine Ziege, die ihre Pflicht bereits durch Meckern erfüllt. Milch sollte man von ihr nicht auch noch verlangen. *Kai Jensen*

Andersdenkende, die allein deshalb alles besser können, weil keine Gefahr besteht, es beweisen zu müssen. *Ron Kritzfeld*

die Kunst, den Ast, auf dem die Regierung sitzt, so anzusägen, daß man selbst darauf Platz nehmen kann. *Carlo Manzoni*

jener erkenntnisfördernde Zustand, in dem eine Partei zur Einsicht kommt, daß Mißstände, die während ihrer eigenen Regierungszeit klein und unbedeutend waren, nun wirklich überhandnehmen. *Helmar Nahr*

die Kunst, etwas zu versprechen, was die Regierung nicht halten kann. *Harold Nicolson*

die Kunst,so geschickt dagegen zu sein, daß man später dafür sein kann. *Charles Maurice Talleyrand*

die Kunst, der Regierung so das Bein zu stellen, daß der Wähler als Schiedsrichter darin kein Foul sieht. *Henri Tisot*

Optimismus:

die Lehre oder der Glaube, daß alles schön sei, eingeschlossen das Häßliche, daß alles gut sei, besonders das Ungute, und daß alles richtig sei, was verkehrt ist. *Ambrose Bierce*

aus der Bilanzverschleierung eine Weltanschauung machen. *Hans Krailsheimer*

glauben, daß der nächste Krieg noch nicht der letzte ist. *Lutz Rathenow*

die Torheit zu behaupten, daß alles gut sei, wenn es schlecht ist. *Voltaire*

krankhafte Geistesstörung, die sich in der Überzeugung des Patienten äußert, es werde in zehn Jahren nicht nur Comics, sondern auch noch Bücher geben. *Hans Weigel*

Optimist:

einer, der an einem Wintermorgen den Sicherheitsgurt anlegt, bevor er den Wagen zu starten versucht. *Anonym*

eine Personifikation des Frühlings. *Anonym*

einer, der eine Tüte Grassamen und gleichzeitig einen Rasenmäher kauft. *Anonym*

ein Gartenfreund, der davon überzeugt ist, daß alles, was er in die Erde steckt, auch wieder herauskommt. *Anonym* jemand, der zum Standesamt geht, um zu fragen, ob sein Heiratsvertrag abgelaufen ist. *Anonym*

ein Mann, der seinen Wagenmotor laufen läßt, während seine Frau zum Einkaufen geht. *Anonym*

ein Achtzigjähriger, der nochmals heiratet und eine Wohnung in der Nähe einer Schule sucht. *Anonym*

ein Mann, der seine Sekretärin heiratet und dann glaubt, ihr auch weiterhin diktieren zu können. *Anonym*

ein Bräutigam, der meint, er habe keine schlechten Angewohnheiten. *Anonym*

ein Junggeselle, der heiratet und glaubt, dann seine Putzfrau entlassen zu können. *Anonym*

einer, der Kreuzworträtsel mit Tinte löst. *Marcel Achard*

jemand, der glaubt, daß die Zukunft ungewiß ist. *Karl Farkas*

ein anderes Wort für Dummkopf. *Gustave Flaubert*

ein Mensch, der ein Dutzend Austern bestellt in der Hoffnung, sie mit der Perle, die er darin findet, bezahlen zu können. *Theodor Fontane*

ein Mann, der sich nicht darum schert, was geschieht, solange es ihn nicht betrifft. *Elbert Hubbard*

einer, der glaubt, daß das, was sich ereignen muß, verschoben werden wird. *Kin Hubbard*

ein Mann, der glaubt, daß eine Frau ein Telefonat beendet hat, wenn sie »Auf Wiedersehen« sagt. *Harald Leipnitz*

ein Mensch, der glaubt, daß die Fliege, die nachts in seinem Zimmer summt, nur einen Weg nach draußen sucht. *George Jean Nathan* ein Zeitgenosse, der ungenügend informiert ist. *John B. Priestley*

ein Mensch, der alles halb so schlimm und doppelt so gut findet. *Heinz Rühmann*

ein Mensch, der von den Ereignissen laufend dementiert wird. *Peter Sellers*

jemand, der genau weiß, wie traurig die Welt sein kann, während ein Pessimist jemand ist, der täglich neu zu dieser Erkenntnis gelangt. *Peter Ustinov*

ein Mensch, der die Dinge nicht so tragisch nimmt, wie sie sind. *Karl Valentin*

eine Frau, die Fettpölsterchen für Kurven hält. *Françoise Hardy*

Orden:

ein kostensparender Gegenstand, der es ermöglicht, mit wenig Blech viel Eitelkeit zu befriedigen. *Aristide Briand*

ein gutes Mittel, die Eitelkeit zu befriedigen, ohne die Staatskasse zu belasten. *George Brown*

Ordnung:

X das Durcheinander, an das du dich gewöhnt hast. *Anonym*

das Vergnügen der Vernunft, die Unordnung aber ist die Wonne der Phantasie. *Paul Claudel*

die Verbindung des Vielen nach einer Regel. *Immanuel Kant*

Originalität:

einfach ein neuer Blickwinkel. *Anonym*

die Kunst, geheimzuhalten, woher man seine Weisheit hat. *Anonym*

die Kunst, sich Bonmots zu merken und zu vergessen, von wem sie sind. *Danny Kaye* etwas sehen, das noch keinen Namen trägt, noch nicht genannt werden kann, ob es gleich vor aller Augen liegt. *Friedrich Nietzsche*

ein noch nicht entdecktes Plagiat. *Voltaire*

Ozean:

Wassermenge, die etwa zwei Drittel einer Welt bedeckt, welche für den Menschen geschaffen ist – der keine Kiemen hat. *Ambrose Bierce*

Ozelot:

der einzige, der einen Ozelot wirklich braucht. *Bernhard Grzimek*

P

Pädagogik:

das Bemühen, in Jahren zu erreichen, was früher in ebensoviel Wochen gelehrt wurde. *Cyril Northcote Parkinson*

Panik:

eine Situation, in der keiner weiß, was er tun soll, und das auch noch schnell. *Anonym*

Pantomime:

ein Stück, dessen Geschichte erzählt wird, ohne der Sprache Gewalt anzutun. *Ambrose Bierce*

Pantomimik:

ein Esperanto der Gebärden und damit die am weitesten verbreitete Weltsprache überhaupt. *Marcel Marceau*

ein guter Papierkorb:

die Seele jeder Ordnung. *Kurt Tucholsky*

Papst:
der einzige Konzern-Vize, der seinen Chef nie zu sehen bekommt. Nicht einmal bei der Weihnachtsfeier. *Anonym*

Paradoxon:
ein Tatsache, die Kopf steht, um auf sich aufmerksam zu machen. *Anonym*

Park:
in ordentliche Bahnen gelenkte Natur. *Anonym*

öffentlicher Parkplatz:
Grundstückswucher auf Raten. *Anonym*

Parkraum:
eine Fläche, die verschwindet, während man wendet. *Anonym*

Parlamentarier:
ein Mensch, der das Glück hat, daß sich sein Auftraggeber nur alle vier Jahre um ihn kümmert. *Anonym*

Parodie:
die aggressivste Form der Nachahmung. *Arthur Koestler*

Partei:
organisierte Meinung. *Benjamin Disraeli*

eine Art von Verschwörung gegen den Rest der Nation. *Marquis of Halifax*

Vorteil für wenige und Schwachsinn für viele. *Alexander Pope*

für den Wähler eine Geliebte, die man jederzeit sitzenlassen kann. *Henri Tisot*

Zweckverband, um Menschen in Stellungen zu bringen, für die das eigene Können nicht ausgereicht hätte. *Thaddäus Troll*

die Gesamtheit jener, die sich einbilden, derselben Meinung zu sein. *Charles Tschopp*

Parteiflügel:
Fortbewegungsmittel, die sich gegenseitig aufheben. *Henri Tisot*

Parteiloser:
ein Mensch, der von zwei Übeln das Dritte gewählt hat. *Anonym*

in der Politik einer, der an Selbstachtung leidet und dem Laster der Unabhängigkeit frönt. *Ambrose Bierce*

Parteiprogramme:
Versuche, möglichst viele Wähler auf einen Nenner zu bringen. *Wolfram Weidner*

Party:
eine Zusammenkunft, bei der am Ende die Gäste aufgeräumter sind als die Wohnung. *Senta Berger*

ein Beisammensein von Leuten, die sich nichts zu sagen haben und das auch ausgiebig zu. *Gerhard Löwenthal*

Party der Unterwelt:
eine Zusammenkunft von Leuten, die gerne stehen, weil sie so lange gesessen haben. *Henry Henderson*

Parvenü:
jemand, der es weiter gebracht hat, als es dem, der ihn einen Parvenü nennt, bis dahin gelungen ist. *Anonym*

Paß:
ein Dokument, das einem ins Ausland reisenden Bürger heimtückischerweise aufgezwungen wird, um ihn allerorten als einen Fremden zu kennzeichnen. *Ambrose Bierce*

Paßbild:
eine Mahnung, wie man bei unvernünftiger Lebensweise in 30 Jahren aussehen würde. *Anonym*

Paßbilder:
die Rache der Photographen. *Joachim Ringelnatz*

Patriot:

ein Staatsbürger, den es schmerzt, daß er nur ein Einkommen hat, das er dem Staat geben kann. *Anonym*

einer, dem die Interessen eines Teils wichtiger sind als die des Ganzen. *Ambrose Bierce*

ein Mensch, der sein Land so sehr liebt, daß es ihm nichts ausmacht, sich durch den Hinweis auf reformbedürftige Dinge Feinde zu machen. *Gilbert Keith Chesterton*

Patriotismus:

geographische Loyalität. *Anonym*

Liebe zu den Seinen. Nationalismus ist Haß auf die anderen. *Romain Gary*

das Ei, aus dem man Kriege brütet. *Guy de Maupassant*

die Bereitschaft, wegen unbedeutender Gründe zu töten und getötet zu werden. *Bertrand Russell*

eine gefährliche, psychopathische Form des Schwachsinns. *George Bernard Shaw*

die Überzeugung, daß unser Vaterland allen anderen Ländern überlegen ist,weil wir darin geboren wurden. *George Bernard Shaw*

die Liebe zu den guten Sachen, die wir in der Kindheit gegessen haben. *Lin Yutang*

schöpferische Pause:

feinere Form der Faulheit. *Michael Schiff*

Pazifist:

ein Mensch, der gegen alle kämpft, ausgenommen gegen seine Feinde. *Anonym*

Pazifisten:

Leute, die sich ihre Feinde nicht vom Staat verordnen lassen. *Peter Maiwald*

Pech:

Deckname für Unfähigkeit. *Charles Maurice Talleyrand*

Pechvögel:

die einzige nicht aussterbende Vogelart. *Anonym*

Pedant:

ein Mensch, der zu faul zum Suchen ist. *Anonym*

ein Mann, der seine Frau weckt, um sie an ihre Schlaftabletten zu erinnern. *Anonym*

Pedanten:

Menschen, die einen kaum bezähmbaren Drang nach Unordnung haben, den sie mit äußerster Strenge unterdrücken. *André Gide*

übertriebene Pedanterie:

eine Art Selbstschutz extrem unordentlicher Naturen, die wissen, daß sie ohne diesen Rettungsring ersaufen müßten. *Norman Mailer*

Pegasus:

geflügeltes Wort für ein hochtrabendes Steckenpferd. *Gerhard Uhlenbruck*

Pelzmäntel:

Reparationen für einen verlorenen Frieden. *Jean Gabin*

Pelzmantel:

Kleidungsstück, das Frauen bevorzugt tragen, um andere Frauen damit zu ärgern. *Anonym*

Pension:

ratenweise Nachzahlung zurückbehaltenen Gehalts. *Anonym*

Perpetuum mobile:

andere Bezeichnung für eine Hausfrau mit sechs Kindern. *Britta Karjalainen*

Persönlichkeiten:

Menschen, die solche geblieben sind, obwohl sie Karriere gemacht haben. *Gerhard Uhlenbruck*

Perücke:
eine falsche Behauptung. *Johann Nepomuk Nestroy*

Pessimismus:
aus dem Bankrott eine Weltanschauung machen. *Hans Krailsheimer*

Pessimist:
jemand, der sein ganzes Leben in einer Dunkelkammer verbringt und nur Negative entwickelt. *Anonym*

ein Mensch, der sich über Lärm beklagen würde, wenn das Glück bei ihm anklopfte. *Anonym*

ein Mensch, der sich freut, wenn er beweisen kann, daß es keine Freude gibt. *Anonym*

ein Mensch, der, wenn er zwischen zwei Übeln wählen soll, beide nimmt. *Anonym*

ein Mensch, der nicht glücklich ist, außer, wenn er sich unglücklich fühlt, und selbst dann ist er noch nicht zufrieden. *Anonym*

ein Mensch, der nach zwei Richtungen schaut, bevor er eine Einbahnstraße überquert. *Anonym*

ein Mann, der glaubt, daß alle Frauen unmoralisch seien. Ein Optimist hofft es nur. *Anonym*

ein Optimist, der nachgedacht hat. *Dan Bennett*

ein Mensch, der glücklich ist, wenn er unglücklich ist. *Francis Herbert Bradley*

ein Mensch, der unter mehreren Übeln keines missen möchte. *Victor de Kowa*

ein Mensch, der das Schlimmste erhofft und auf das Beste gefaßt ist. *Werner Krauß*

ein Mensch, der sofort nach dem Sarg Ausschau hält, wenn er Blumen gerochen hat. *Henry Louis Mencken*

ein Mensch, der sich über schlechte Erfahrungen freut, weil sie ihm recht geben. *Heinz Rühmann*

ein Mensch, dem nicht wohl zumute ist, wenn er sich wohlfühlt, weil er befürchtet, daß er sich schlechter fühlen wird, wenn er sich besser fühlt. *George Bernard Shaw*

jemand, der glaubt, daß jeder Mensch so widerwärtig sei wie er selbst, und der die Menschen dafür haßt. *George Bernard Shaw*

Pessimisten:

Menschen, die nur ein einziges Instrument blasen: Trübsal. *Wim Thoelke*

Petting:

Fingerspitzengefühl. *Anonym*

kleiner Grenzverkehr. *Raimund Vidrányi*

Pfarrersköchinnen:

Zölibatessen. *Georg Lohmeier*

Pfau:
ein blühendes Huhn. *Definition eines Kindes*

Pfeife:
Instrument, das dazu verleitet, andere danach tanzen zu lassen. *Michael Schiff*

Pferdestärken:
eine wunderbare Sache, als nur Pferde sie hatten. *Anonym*

Pferdeverstand:
das, was Pferde davon abhält, auf künftiges Verhalten der Menschen zu wetten. *Oscar Wilde*

Pflicht:
das, was uns unerbittlich auf dem Weg unserer Wünsche dem Vorteil entgegentreibt. *Ambrose Bierce*

was man von andern verlangt, nicht was man selbst tut. *Oscar Wilde*

Pflichterfüllung:
tägliches Heldentum ohne Ordensverleihung. *Werner Krauß*

Phänomen:
etwas, das man erklären kann, oder das man, wenn man mehr wüßte, erklären könnte, oder das wenigstens den Wunsch weckt, man könnte es erklären. *Jürgen Dahl*

Phantasie:
vielleicht nur Intelligenz im Urlaub. *Anonym*

schlechter Ersatz für Erfahrung. *Anonym*

die Fähigkeit, in Bildern zu denken. *Ernst Hohenemser*

etwas, was sich manche Leute gar nicht vorstellen können. *Gabriel Laub*

Phantasten:

Leute, die tun, was sie nicht lassen können. *Axel von Ambesser*

Menschen, deren Uhr vorgeht. Sie sehen alles ein bißchen früher. *Anita Daniel*

Philanthrop:

ein reicher (und gewöhnlich kahler) alter Herr, der gelernt hat zu lächeln, während ihm sein Gewissen die Tasche plündert. *Ambrose Bierce*

Philatelist:

jemand, der Briefmarken um ihrer selbst willen liebt. *Anonym*

Philologe:

ein Mensch, dessen französische Sprachkenntnisse ihn befähigen, in einem Pariser Lebensmittelgeschäft mit einer Originalrede des Voltaire auf den Lippen zu verhungern. *Helmuth M. Backhaus*

ein Mann, der, auf dem Grimmschen Gesetze reitend, eine flüchtende Silbe über Umlaute und Ablaute hinweg bis in die von einem schwachen Echo widerhallenden Schluchten des Himalaja hinein verfolgt. *Richard Grant White*

altgewordene Gymnasiasten. *Friedrich Nietzsche*

Philologie:

die Kunst des richtigen Lesens. *Friedrich Nietzsche*

Philosoph:

ein Mensch, der anderen Ratschläge zu Problemen erteilt, die er selbst nicht hat. *Anonym*

ein Mann, der alle Probleme lösen kann, ausgenommen die eigenen. *Phil Holden*

einer, der denkt, um zu glauben; einer, der seine Vorurteile klarlegt und seine Unwissenheit in ein System bringt. *Elbert Hubbard*

ein Mann, der nie um Argumente verlegen ist. *Ludwig Marcuse* ein Mann, der den Sinn seines Lebens darin sieht, einen Sinn darin zu sehen. *Hannes Messemer*

ein Mann, der in Ermangelung einer Frau gleich die ganze Welt umarmt. *Peter Ustinov*

Philosophen:

Menschen, die über etwas reden, was sie selbst nicht verstehen, und einem das Gefühl geben, daran schuld zu sein. *Anonym*

Leute, die nicht glauben, was sie sehen, weil sie gerade damit beschäftigt sind, über das nachzudenken, was sie nicht sehen. *Bernard de Fontenelle*

nicht Feuerwehrleute zur Löschung »brennender« Probleme, sondern Brandstifter. *Hans Kudszus*

Leute, die freiwillig auf das verzichten, was sie sowieso nicht bekommen. *George Mikes*

Leute, die Kaviar nicht mögen, wenn sie kein Geld haben, welchen zu kaufen. *George Mikes*

Gewalttäter, die keine Armee zur Verfügung haben und sich deshalb die Welt in der Weise unterwerfen, daß sie sie in ein System sperren. *Robert Musil*

Philosophie:

unverständliche Antworten auf unlösbare Probleme. *Henry Adams*

ein liebevoller Umgang mit der Weisheit. *Dante Alighieri*

eine Strecke mit vielen Wegen, die von Nirgends zu Nichts führt. *Ambrose Bierce*

gesunder Menschenverstand im Frack. *Oliver Braston*

die geistreiche Übersetzung des Unerklärlichen in das Unverständliche. *Hans Clarin* der Versuch, in einem dunklen Zimmer eine schwarze Katze zu fangen, die gar nicht drin ist. *Pablo Cruz*

ein Eiffelturm auf Treibsand. *Georges Meunier*

eigentlich Heimweh – Trieb, überall zu Haus zu sein. *Novalis*

Philosophien:
Schwimmgürtel, gefügt aus dem Kork der Sprache. *Christian Morgenstern*

philosophieren:
die Annäherung an eine Offenbarung, die nie stattfindet. Der Weg dahin ist voll von den scharfsinnigsten menschlichen Weisheiten. *Ludwig Marcuse*

Phlegmatiker:
ein rauchender Autofahrer, der über den Bordstein fährt, damit die Asche herunterfällt. *Anonym*

Phrase:
das gestärkte Vorhemd vor einer Normalgesinnung, die nie gewechselt wird. *Karl Kraus*

Phrasen:
das Falschgeld der Kommunikation. *Prof. Dieter Stolte*

Physiker:
jemand, der jeden technischen Defekt erklären, aber nicht reparieren kann. *Michael Schiff*

Pianissimo:
die größte Kraft auf der Welt. *Maurice Ravel*

Piano:
Schreibmaschine, die bei entsprechendem Anschlag ohne Papier gefühlvolle Botschaften direkt ins Herz des Adressaten sendet. *Ron Kritzfeld*

Pirat:
Räuber zu Schiff. *Anonym*

ein Politiker der Meere. *Ambrose Bierce*

Salzwasserdieb. *William Shakespeare*

Pistole:

eines der wichtigsten Navigationsmittel der modernen Luftfahrt. *Jerry Lewis*

Pläne:

Versprechungen, welche die Phantasie dem Verstand macht. *Anonym*

die Träume der Verständigen. *Ernst Freiherr von Feuchtersleben*

Plagiat:

ein Zitat unter Weglassung der Gänsefüßchen. *Victor de Kowa*

Beute eines Wegelagerers an fremden Gedankengängen. *Ron Kritzfeld*

gedankliches Recycling. *Walter Kröpelin*

Plagiate:

die aufrichtigsten aller Komplimente. *Theodor Fontane*

Plagiator:

ein Mann, dessen Lieder schon gesungen worden sind, bevor er sie komponiert hat. *Robert Stolz*

plagiieren:

Gedanken oder Stil eines anderen Schriftstellers übernehmen, den man nie im Leben gelesen hat. *Ambrose Bierce*

planen:

sich Sorgen um die beste Methode zur Herbeiführung eines zufälligen Ergebnisses machen. *Ambrose Bierce*

Platitüde:

Weisheit einer Million Narren, ausgedrückt von einem Hohlkopf. *Ambrose Bierce* alles, was sterblich ist an einer dahingeschiedenen Wahrheit. *Ambrose Bierce*

das Gegacker, welches das Ei überlebt. *Ambrose Bierce*

Playboy:
ein junger Mann, der seine Freundinnen mit Postwurfsendungen verständigt. *Monika Peitsch*

Playboys:
junge Männer, die nicht immer an Mädchen denken. Aber wenn sie denken, dann denken sie an Mädchen. *Alberto Sordi*

Leute, die sich im Winter davon erholen, daß sie im Sommer auch nicht gearbeitet haben. *Georg Thomalla*

Playgirls:
Mädchen, die zu Nerzen kommen, wie Nerze zu Nerzen kommen. *Anonym*

Plebiszit:
Volksentscheid zur Bestätigung des Herrscherwillens. *Ambrose Bierce*

plündern:
jemanden um sein Eigentum bringen, ohne die geziemende und übliche Heimlichkeit des Diebstahls zu wahren. *Ambrose Bierce*

Pöbel:
eine Ansammlung von Menschen – wenn sie anderer Meinung sind als wir. *Bartoszewicz*

Poesie:
der kühne Versuch, die Farbe des Windes zu malen. *Anonym*

Dynamit für alle Ordnungen dieser Welt. *Heinrich Böll*

Pointe:
das, was einem nicht einfällt, wenn man es am dringendsten braucht. *Peter Wehle*

Polemik:

eine öffentliche moralische Balgerei zwischen zwei gebildeten Menschen, wobei statt Blut Tinte fließt. *Aus den »Fliegenden Blättern«*

Politik:

die Kunst, an die Macht zu kommen. *Anonym*

die Kunst, den Hund so lange zu streicheln, bis der Maulkorb fertig ist. *Anonym*

die Kunst, Probleme zu lösen, ohne neue, größere zu schaffen. *Anonym*

die Kunst, Begriffe zu ändern, wenn sich die Verhältnisse einer Änderung widersetzen. *Anonym*

die Kunst, von den Reichen das Geld und von den Armen die Stimmen zu erhalten, beides unter dem Vorwand, die einen vor den anderen schützen zu wollen. *Anonym*

ein Streit der Interessen, der sich als Wettstreit der Prinzipien ausgibt. *Ambrose Bierce*

die Führung öffentlicher Angelegenheiten zu privatem Vorteil. *Ambrose Bierce* ein Balanceakt zwischen denen, die hineinwollen, und denen, die nicht heraus wollen. *Jacques de Bourbon-Bossuet*

Geschichte in Aktion. *Roger Butterfield*

für manche Leute die Kunst, Brände zu löschen, die sie selbst gelegt haben. *Lawrence Durrell*

die Kunst, sich zu seinen Absichten drängen zu lassen. *Sigmund Graff*

die Kunst, sich von den jeweiligen Umständen so ändern zu lassen, daß es so aussieht, als ob man die Umstände geändert habe. *Wolfgang Herbst*

der Spielraum, den die Wirtschaft ihr läßt. *Dieter Hildebrandt*

die wichtigste Sache im Leben – für eine Zeitung. *Henrik Ibsen*

die Kunst, die Menge zu leiten: nicht, wohin sie gehen will, sondern, wohin sie gehen soll. *Joseph Joubert*

in der Demokratie die Kunst, das Volk glauben zu machen, daß es regiere. *Louis Latzarus*

die Kunst des Möglichen, aber auch die Wissenschaft vom Unmöglichen. *Harold Macmillan*

die Kunst, sich der Leute zu bedienen. *Henry de Montherlant*

die Kunst, stets neue Gründe für neue Steuern zu entdecken. *Helmar Nahr*

die Kunst bewußten Mogelns, ohne dabei erwischt zu werden. *James Schlesinger*

das Paradies zungenfertiger Schwätzer. *George Bernard Shaw*

eine Bühne, auf der die Souffleure manchmal lauter sprechen als die Darsteller. *Ignazio Silone*

der verzweifelte Versuch, mit den Problemen der Masse fertig zu werden. *Eduard Spranger* selbst jammern, wenn man anderen auf die Füße tritt. *Henri Tisot*

die Kunst, das eigene Wunschdenken für die anderen so zu formulieren, daß sich ihr Wunschdenken damit deckt. *Gerhard Uhlenbruck*

die Kunst, die Leute daran zu hindern, sich um das zu kümmern, was sie angeht. *Paul Valéry*

für erstrebte Wirkungen den Weg des geringsten Widerstandes suchen. *Wannenmacher*

ein starkes, langsames Bohren von harten Brettern mit Leidenschaft und Ausdauer zugleich. *Max Weber*

die Kunst, das Notwendige möglich zu machen. *Herbert Wehner*

Politik machen:

einen simplen Tatbestand so komplizieren, daß alle nach einem neuen Vereinfacher rufen. *Giovanni Guareschi*

den Leuten soviel Angst einjagen, daß ihnen jede Lösung recht ist. *Wolfram Weidner*

Politiker:

ein Mensch, der gestellten Fragen ausweicht und nichtgestellte beantwortet. *Anonym*

einer, der vor der Wahl alle Leute zum Narren hält. *Anonym*

ein Mann, der sich an einer Weggabelung für beide Wege entscheidet. *Anonym*

ein Mensch, mit dessen Politik du nicht übereinstimmst; wenn du es tust, dann ist er ein Staatsmann. *Lloyd George*

Menschen, die über manches wenig und über das meiste nichts wissen, aber über alles etwas zu sagen haben. *Ron Kritzfeld*

Leute, die wollen, daß du ihnen zuhörst, wie sie nichts sagen. *Helmar Nahr*

Leute, die anderen beim Rücktritt den Vortritt lassen. *Carl Merz*

Amateure mit Profigehältern. *Zarko Petan*

jemand, der auf kleine Fragen große Antworten gibt. Manche Politiker meinen sogar, die höchste politische Kunst bestehe darin, sich überhaupt keine Fragen stellen zu lassen. *Richard Wiggins*

Politikerkunst:
im Gespräch bleiben, ohne ins Gerede zu kommen. *Paul Renner*

Politologe:
ein Mann, der nachher erklärt, warum man etwas hätte voraussehen müssen. *Alfred Grosser*

populär sein:
eine Menge uninteressanter Leute kennen. *Anonym*

Popularität:
der Lorbeerkranz, den die Welt schlechter Kunst aufsetzt. *Oscar Wilde*

Portier:
ein Naturwunder, das mit einer Hand Ihre Wagentür öffnet, Ihnen mit der anderen hineinhilft und immer noch eine dritte hat, um das Trinkgeld entgegenzunehmen. *Anonym*

Post:
der Kitt, der eine weitverstreute Familie zusammenhält. *Anonym*

eine Institution zur verteuerten Verlangsamung der Briefzustellung mit dem Ziel der Selbstabholung gegen zehnfache Gebühr.
Cyril Northcote Parkinson

Postgeheimnis:
die mysteriöse Tatsache, daß ein bekannter staatlicher Monopolbetrieb trotz ständig steigender Gebühren bei dauernd abnehmender Leistung wachsende Defizite erwirtschaftet. *Ron Kritzfeld*

Postskriptum:
einziger Teil des Briefes einer Dame, den du lesen mußt, wenn du in Eile bist. *Ambrose Bierce*

Powidl:
die Wagenschmiere, die so phantastisch nach Pflaumenmarmelade schmeckt. *Peter Alexander*

Pragmatiker:
ein Mensch, der konsequent den Sowohl-als-auch-Standpunkt vertritt. *Arno Sölter*

Predigt:
etwas, das wir gut finden, wenn es über unseren Kopf hinweg den anderen trifft. *Anonym*

eine Ansprache, die häufiger die Zuhörer als das Thema erschöpft. *Anonym*

Presse:
die Artillerie der Gedanken. *Gotthold Ephraim Lessing*

ein Gewissen aus Papier. *Malcolm Muggeridge*

die Möglichkeit, Dinge zu verschweigen, indem man andere druckt. *Rudolf Rolfs*

Pressefreiheit:
das Recht, drucken zu lassen, was du zu sagen hast, vorausgesetzt, daß du Druckmaschinen, Papier und Nachrichtendienste kaufen kannst. *Anonym*

das Recht, Lügen zu drucken, ohne dazu gezwungen zu werden. *Robert Lembke*

die Freiheit von 200 reichen Leuten, ihre Meinung zu verbreiten. *Paul Sethe*

Pressesprecher:
Leute, die dort eine Narbe haben, wo ihr Chef verwundet worden ist. *Henry Spangler*

Prestige:
die Daumenschrauben, die man auch einer Weltmacht anlegen kann.
George F. Kennan

Preußen:
Land, in dem Würste, Bier und Kanonenfutter gedeihen. *Ambrose Bierce*

Prinzipien:
der jämmerlichste Grund, den es gibt, um sich unbeliebt zu machen.
George Bernard Shaw

Prioritäten setzen:
auswählen, was liegenbleiben soll. *Helmar Nahr*

Privatgelehrte:
diese rätselhaften Wissenschaftswesen, von denen man nicht weiß, kriegen's deswegen keine Anstellung, weil sie zu wenig oder weil sie zu viel wissen. *Johann Nepomuk Nestroy*

PR-Mann:
der Mann, der gegen Honorar gackert, wenn du ein Ei legst. *Anonym*

Professor:
ein Mann, der anderer Meinung ist. *Eduard von Hartmann*

prominent:
gut erreichbar für die Lanzen der Bosheit, der Verunglimpfung und des Neides. *Ambrose Bierce*

Prominente:
Menschen, die sich sehr bemühen, ihr Inkognito zu wahren, und die sehr enttäuscht sind, wenn das gelingt. *Viktor de Kowa*

Prominenter:
ein Mensch, der sich ein Leben lang Mühe gegeben hat, um bekannt zu werden, und dann dunkle Brillen trägt, damit man ihn nicht erkennt.
Anonym

wer zuerst ins Gespräch kommt und dann ins Gerede. *Axel von Ambesser*

ein Mann, der es sich nicht leisten kann, sich nichts zu leisten.
Liselotte Pulver

Propaganda:
eine Lüge, die man einer Million Menschen erzählt. *Anonym*

die Kunst, den Teufel mit zwei gesunden Füßen zu fotografieren.
Hans Kasper

die Kunst, Gegenwind in Rückenwind zu verwandeln. *Ugo Tognazzi*

hartnäckiger Versuch, andere Menschen glauben zu machen, was man selbst nicht glaubt. *Thaddäus Troll*

die Kunst, anderen Menschen zu beweisen, daß sie unserer Meinung sind.
Peter Ustinov

moderne Propheten:
Rufer in der Wüste, unter der man Öl vermutet. *Norman Mailer*

Prospekt:
Tellergericht aus heißen Lügen, gewürzt mit ein paar kalten Tatsachen.
Ambrose Bierce

illustrierte Vortäuschung von Informationen. *Helmar Nahr*

Prostituierte:

eine Frau, die durch langsames Auf-und-ab-Gehen schneller vorwärts kommen will. *Anonym*

Prostitution:

nur eine Fata Morgana des Sexuellen für Wanderer in der Wüste der Entbehrung. *Heimito von Doderer*

Protokoll:

die nachträgliche Niederschrift dessen, was man bei einer Besprechung gern gesagt oder von anderen gehört hätte. *Robert Lembke*

Prozeß:

eine Maschine, in die man als Schwein hineingeht, um als Wurst wieder herauszukommen. *Ambrose Bierce*

eine förmliche Untersuchung zu dem Zweck, den makellosen Charakter von Richtern, Advokaten und Geschworenen zu beweisen und aktenkundig zu machen. Dazu ist eine Kontrastperson in Form eines sogenannten Angeklagten, Gefangenen oder Beschuldigten erforderlich. *Ambrose Bierce*

Prüderie:

die Neigung weiblicher Personen von lockerem Lebenswandel, sich hinter dem Rücken ihres Wohlverhaltens zu verstecken. *Ambrose Bierce*

eine Festung, die um so hartnäckiger verteidigt wird, je weniger Gefahr ihr droht. *Delphine Gay*

eine besondere Art von Geiz, und zwar die schlimmste, die es geben kann. *Stendhal*

Psychiater:

ein Arzt, der einem das angenehme Gefühl vermittelt, ein kompliziertes Wesen zu sein. *Anonym*

ein Mann, der sich keine Sorgen zu machen braucht, solange andere Leute sich noch welche machen. *Anonym*

ein Mann, der in eine Striptease-Show geht, um sich die Gäste anzusehen. *Anonym*

Leute, die sich selbst nicht konsultieren, weil sie zu teuer sind. *Peter Sellers*

der letzte Mensch, mit dem man spricht, bevor man anfängt, mit sich selbst zu sprechen. *Frank Sinatra*

Psychoanalyse:

eine herrliche Erfindung, die einfachen Menschen das Gefühl verleiht, komplizierte Wesen zu sein. *Behrmann*

die Religion der privaten Verwirrung. *Karl Jaspers*

mehr eine Leidenschaft als eine Wissenschaft. *Karl Kraus*

jene Krankheit, für deren Therapie sie sich hält. *Karl Kraus*

das Heilen von Krankheiten dadurch, daß man dem Patienten erklärt, was mit ihm los ist: ein ausgezeichnetes Vorgehen, vorausgesetzt, daß man weiß, was mit ihm los ist, besonders wenn die Erklärung die ist, daß nichts mit ihm los ist. *George Bernard Shaw*

Psychoanalytiker:

ein Mann, der gegen Honorar die gleichen Fragen an uns stellt, die eine Frau gratis an uns richtet. *Anonym* ein Beichtvater, den es gelüstet, auch die Sünden der Väter abzuhören.

Karl Kraus

ein Mann, der nach Gesprächen mit vielen Patienten sagen kann, was ihm selber fehlt. *Peter Sellers*

Psychologe:

ein Mann, der beim Auftauchen eines hübschen Mädchens nicht das Mädchen anschaut, sondern die Männer, die das Mädchen anschauen.

Jo Herbst

die Durchschauer der Leere und Schwindler der Tiefe. *Karl Kraus*

Psychologie:

eine Wissenschaft, die uns über den Menschen Dinge, die jeder weiß, in einer Sprache lehrt, die keiner versteht. *Anonym*

die Wissenschaft von der Seele dessen, der sie betreibt. *Egon Friedell*

die Naturwissenschaft der Seele. *Hans Lohberger*

Philosophie nach dem Sündenfall. *Rudolf Alexander Schröder*

Psychotherapeut:

ein Mann, der dem Vogel, den andere Leute haben, das Sprechen beibringt. *Wolfgang Gruner*

ein Mann, der die Miete kassiert, wenn Leute ein Luftschloß bewohnen.

Danny Kaye

Psychotherapie:

ein Zweig der Heilkunde, der den Menschen beibringen soll, auf eigenen Füßen zu stehen, während sie auf einem Sofa liegen. *Anonym*

Pubertät:

Zeitspanne, während derer Jungen nicht wissen, ob sie Mädchen küssen oder verprügeln sollen. *Anonym*

Public Relations:

wichtigste Abteilung jedes Verlags, die viel Mühe und Geld aufwendet: für gute Bücher, denen es nicht nützt, und für schlechte Bücher, die es nicht nötig haben. *Hans Weigel*

Pünktlichkeit:

eine Tugend, die wenig einbringt, weil in der Regel niemand da ist, der sie bemerken könnte. *Anonym*

eine Tugend, die bewirkt, daß man ständig auf andere warten muß. *Anonym*

Tugend, die bei Gläubigern abnorm gut entwickelt zu sein scheint. *Ambrose Bierce*

die Kunst, richtig abzuschätzen, um wieviel sich der andere verspäten wird. *Bob Hope*

der beste Nachweis einer guten Erziehung. *Hans Kilian*

die Kunst, sich so zu verspäten, daß man immer noch früher da ist als die anderen. *Monika Peitsch*

Punkt:

ein Winkel, dem man beide Schenkel ausgerissen hat. *Anonym*

die nullte Dimension. *Wilhelm Busch*

Puritaner:

frommer Mann, der daran glaubt, daß alle Leute tun und lassen sollten, was er will. *Ambrose Bierce*

ein Mensch, der die richtige Entrüstung in die falschen Dinge gießt. *Gilbert Keith Chesterton*

Puritanismus:

die schreckliche Furcht, daß jemand irgendwo glücklich sein könnte. *Henry Louis Mencken*

Pyjama:
ein Kleidungsstück, das häufig nahe dem Bett liegt – für den Fall, daß es brennt. *Anonym*

Qu

Qualitätsware:
ein Artikel, der hält, bis er ganz bezahlt ist. *Anonym*

Quiz:
ein Versuch, aus einem Menschen mehr herauszuholen, als drinsteckt.
Peter Frankenfeld

Quizmaster:
eine seltsame Mischung von Clown, Buchhalter und Oberlehrer.
Peter Sellers

R

Rabatt:

Nachlaß auf überhöhte Preise. *Anonym*

der nachträgliche Abzug des Aufschlags. *Anonym*

Rache:

ein Gericht, das man kalt verspeisen muß. *Napoleon III.*

Rad:

die größte Erfindung des Menschen, bis er auf die Idee kam, sich hinter es zu setzen. *Anonym*

Radfahrer:

die einzigen sympathischen Leisetreter. *Ernst Schröder*

Radikaler

ein gescheiterter Konservativer. *Anonym*

ein Mann, der mit beiden Beinen fest in der Luft steht. *Franklin D. Roosevelt*

Radio:

eine Art verbessertes Fernsehen, bei dem nur noch der Ton übertragen werden muß. *»Epoca«, Italien*

eine Strafe Gottes. *Theodor Heuss*

Räuber:

jemand, der einem gewaltsam nimmt, worum man einen anderen betrogen hat. *Ambrose Bierce*

Rasen:

eine Fläche, auf der widerstandsfähiges Gras, das auf unbebautem Gelände großartig gedeiht und auf Wegen zwischen den Steinen wuchert, an der liebevollen Sorgfalt des Hausherrn langsam zugrunde geht. *Anonym*

Rasur:

das Abzeichen der Zivilisation. *Arthur Schopenhauer*

Rat:

die Vorschläge, die du einem Menschen machst und von denen du hoffst, daß sie zu deinem Vorteil wirken werden. *Anonym*

die kleinste kursierende Münze. *Ambrose Bierce*

Rat erbitten:

sich den eingeschlagenen Weg von einem anderen bestätigen lassen. *Ambrose Bierce*

Rat geben:

das dümmste Handwerk, das einer treiben kann. Rate sich jeder selbst und tue, was er nicht lassen kann. *Johann Wolfgang von Goethe*

Raten:

das einzige, was man selbst heute nicht in Raten bezahlen kann. *Anonym*

Ratenzahlung:

ein Verfahren, die Monate zu verkürzen und die Jahre zu verlängern. *Anonym*

Quelle fortwährenden und allseitigen Vergnügens; für den Schuldner, weil er wieder etwas von seiner Schuldenlast los wird, und für den Gläubiger, weil er etwas von seinem Geld wiedersieht. *Ron Kritzfeld*

Raumschiff:

Fahrzeug zur Betrachtung und Erforschung des Fernstliegenden für eine Generation, die nicht in der Lage ist, das Nächstliegende wahrzunehmen. *Anonym*

Raupe:

ein gepolsterter Wurm. *Anonym*

Rausch:

der Zustand, in dem ein Mann versucht, seine Hosen über den Kopf auszuziehen. *Anonym*

Rauschgift:

eine Droge, die ihre Käufer zeitweise in jenes Paradies entführt, in dem die Verkäufer ständig wohnen. *Anonym*

eine unverriegelte Tür im Gefängnis der Identität. Sie führt auf den Gefängnishof. *Ambrose Bierce*

Reaktionär:

ein Schlafwandler, der rückwärts geht. *Franklin D. Roosevelt*

Reaktionäre:

Leute, die sogar den Neumond nicht mögen. *Jo Herbst*

Realismus:

die Kunst, die Natur aus der Froschperspektive abzubilden. *Ambrose Bierce*

Realist:

ein Mann, der den richtigen Abstand zu seinen Idealen hat. *Truman Capote*

Realisten:

Leute, die lassen, was sie nicht tun können. (Phantasten: Leute, die tun, was sie nicht lassen können.) *Axel von Ambesser*

Rebell:

Verfechter einer neuen Mißwirtschaft, dem der Erfolg versagt blieb. *Ambrose Bierce*

Recht:

Inbegriff der Bedingungen, unter denen die Willkür des einen mit der Willkür des anderen in Einklang gebracht werden kann. *Immanuel Kant*

etwas, das man behalten kann, ohne es zu haben. *Joseph Unger*

das, wogegen die öffentliche Meinung keinen nachhaltigen Widerspruch erhebt. *Richard Wiggins*

Zwangsregeln, welche die Öffentlichkeit verlangt, respektiert, in Kauf nimmt, duldet oder erträgt. *Richard Wiggins*

Recht des Stärkeren:

das stärkste Unrecht. *Marie von Ebner-Eschenbach*

Rechtsanwälte:

die einzigen Leute, bei denen Unkenntnis des Rechts nicht bestraft, sondern belohnt wird. *Jeremy Bentham*

Rechtsanwalt:

nicht nur ein Diener am Recht, sondern auch ein Verdiener am Unrecht. *Anonym*

Spezialist im Spalten fremder Haare. *Anonym*

eine in der Umgehung des Gesetzes geschulte Person. *Ambrose Bierce*

gesetzlich bestellte Person zur ungeschickten Verwaltung von Geschäften, die man selber nicht gehörig vermasseln kann. *Ambrose Bierce*

ein Mann, der unser Vermögen schützt, damit möglichst viel davon für ihn abfällt. *Markus M. Ronner*

Recycling:

die Lieferung veralteter Waffen in neue Krisengebiete. *George Bentley*

Redakteur:

Verlagsangestellter, der sich seinen Kaffee nicht mehr selbst kochen muß. *Anonym* jemand, der die Spreu vom Weizen sondert und die Spreu druckt.

Adlai Stevenson

Redaktionsstatute:

Dokumente, die Verlagsangehörigen, die nichts zu sagen haben, das Recht geben, es trotzdem zu sagen. *Robert Lembke*

Rede:

die Anstrengung eines Sprechers, der eine Versammlung dazu bringen will, das Kompliment seiner Anwesenheit durch die Annahme seiner Ideen zu erwidern. *Anonym*

die Kunst, Glauben zu erwecken. *Aristoteles*

eine gute Rede:

eine Ansprache, die das Thema erschöpfen soll, aber keineswegs die Zuhörer. *Winston Churchill*

Redekunst:

die Macht, Menschen ihre klaren und natürlichen Meinungen auszureden. *Hobard C. Chatfield-Taylor*

Redner:

ein Mensch, der durch Länge den Mangel an Tiefe ausgleicht. *Anonym*

guter Redner:

ein Mann, der mit einem Vortrag über die Kunst des Zwiebelschälens einen vollen Saal zum Weinen bringen kann. *Edouard Herriot*

Regen:

Folge des Zusammentreffens von Hochdruckgebieten mit Kaltfronten, feuchten Luftmassen und Wochenenden. *Anonym*

Regenschirm:

Kleidungsstück, das – mitgenommen – für schönes Wetter sorgt.

Anonym

regieren:

die Kunst, Probleme zu schaffen, mit deren Lösung man das Volk in Atem hält. *Ezra Pound*

Regierung:

eine Gruppe von Menschen, die den Einwohnern eines begrenzten Gebietes zu Monopolpreisen Schutz verkaufen. *Maxwell Anderson*

Regierungskunst:

die Fähigkeit, die größere Hälfte der Nation zufriedenzustellen, ohne die kleinere Hälfte zu vergrämen. *Edgar Faure*

Regierungssprecher:

ein Mann, der Haselnüsse als Kokosnüsse verkaufen kann. *Carlo Franchi*

ein Mann, der mehr verdauen muß, als er gegessen hat. *Carlo Franchi*

das Deodorant des Kabinetts. *Carlo Franchi*

ein Mann, der aufstoßen muß, wenn andere gegessen haben. *Norman Mailer*

reich:

wer seine Steuern bezahlen kann, ohne Schulden machen zu müssen. *Bing Crosby*

Reichtum:

sichtbar versteckte Beute. *Anonym*

die Ersparnisse vieler in den Händen eines einzigen. *Eugen Debs*

der sicherste Reichtum:

die Armut an Bedürfnissen. *Franz Werfel*

Reife:

Zeitpunkt im Leben eines Jungen, zu dem er bemerkt, daß ein Mädchen bemerkt, daß er es bemerkt. *Anonym*

Reingewinn:

derjenige Teil der Bilanz, den der Vorstand beim besten Willen nicht mehr vor den Aktionären verstecken kann. *Carl Fürstenberg*

Reiseführer:

ein Reiseleiter, den man in die Tasche stecken kann. *Sigismund von Radecki*

reisen:
zu 90 Prozent Vorfreude und zu 10 Prozent Erinnerung. *Anonym*

entdecken, daß alle unrecht haben mit dem, was sie über andere Länder denken. *Aldous Huxley*

Reisender:
ein Mensch, der sein Leben in vollen Zügen genießt. *Anonym*

reiten:
die Kunst, ein Pferd zwischen sich und dem Erdboden zu halten. *Anonym*

Reklame:
eine raffinierte Art zu lügen. *Ralph Nader*

die Kunst, auf den Kopf zu zielen und die Brieftasche zu treffen. *Vance Packard*

ein Versuch, den Menschen von seinem Geld zu trennen. *John B. Priestley*

Rekrut:
jemand, der sich von einem Zivilisten durch seine Uniform und von einem Soldaten durch seinen Gang unterscheidet. *Ambrose Bierce*

Religion:

eine Tochter der Furcht und der Hoffnung, die der Unwissenheit die Natur des Unbegreiflichen erklärt. *Ambrose Bierce*

Versicherung im Diesseits gegen Feuer im Jenseits. *Robert Lembke*

das, was die Armen davon abhält, die Reichen umzubringen. *Napoleon I.*

die Suche in einem dunklen Raum nach einer schwarzen Katze, wenn keine Katze da ist und doch plötzlich einer ruft: »Ich habe sie gefangen.« *Manfred Rommel*

für die meisten etwas, woran man glaubt, weil man glaubt, daß der andere daran glaubt. *Hjalmar Söderberg*

christliche Religion:

eine intentionierte politische Revolution, die, verfehlt, nachher moralisch geworden ist. *Johann Wolfgang von Goethe*

Reling:

das einzige Vorbeugemittel bei Seekrankheit. *Max Pallenberg*

perfektes Rendezvous:

eines, zu dem weder er noch sie gekommen ist. *Oscar Wilde*

Reorganisation:

etwas, wozu sich ein Unternehmen entschließt, wenn sich herausstellt, daß es mehr Vorstandsmitglieder als Kunden hat. *Anonym*

Reporter:

Trüffelschweine des Journalismus. *Tagesmotto der Evangelischen Akademie Tutzing*

ein Schreiber, der den Weg zur Wahrheit errät und der ihn mit einem Wolkenbruch von Worten verschüttet. *Ambrose Bierce*

Republik:

Staatsform, die all denen gleiche Rechte zuteil werden läßt, die dafür zahlen können. *Ambrose Bierce*

Reservereifen:

ein Reifen, den man sich erst ansieht, wenn man einen Platten gehabt hat. *Anonym*

Resignation:

die Zuversicht, die sich zur Ruhe gesetzt hat. *Anonym*

Respekt vor dem Alter:

die zivilisierte Form des Mitleids der Jugend, die ihren Sieg in der Tasche hat. *Hans Kasper*

Restrisiko:

das Risiko, das uns den Rest gibt. *Anonym*

Reue:

die unpünklichste aller Tugenden; sie kommt immer zu spät. *Anonym*

der feste Vorsatz, beim nächstenmal keine Fingerabdrücke zu hinterlassen. *Marcel Achard*

eine nachträglich entrichtete Vergnügungssteuer. *Senta Berger*

der Versuch, in sich zu gehen, nachdem man gerade so schön aus sich herausgegangen war. *Hans Clarin*

eine große Trauer darüber, daß wir sind, wie wir sind. *Marie von Ebner-Eschenbach*

nicht so sehr Kummer über das Böse, das wir getan haben, wie Furcht vor dem, das uns daraus erwachsen kann. *Marie von Ebner-Eschenbach*

Verstand, der zu spät kommt. *Ernst Freiherr von Feuchtersleben*

das Bedauern darüber, daß man so lange gewartet hat, es zu tun. *Henry Louis Mencken*

das Dessert der Genießer. *Willy Reichert*

späte Reue:

echte Zerknirschung mit falschen Zähnen. *Carl Merz*

Revolte:

der gescheiterte Versuch der Unzufriedenheit, ein miserables Herrschaftssystem durch eine schlechte Regierung zu ersetzen. *Ambrose Bierce*

Revolution:

in der Politik ein plötzlicher Wechsel in der Form der Mißregierung. *Ambrose Bierce*

das Feuer, an dem die einen verbrennen und die anderen ihre Suppe kochen. *John Carrick*

viel weniger Bauplatz der Zukunft als Auktion der Vergangenheit. *Heimito von Doderer*

der Übergang von einer alten Ordnung, die stirbt, zu einer neuen Ordnung, die sich bildet. *Emile Littré*

eine Meinung, die auf Bajonette trifft. *Napoleon I.*

ein Aufruhr, der es geschafft hat. *André Prévot*

der Krieg der Freiheit gegen ihre Feinde. *Maximilien Robespierre*

eine Unternehmung, in der einige hundert oder tausend Unschuldige oder wenigstens Unrichtige umgebracht werden, damit irgendein Schuldiger oder wenigstens ein Unrichtiger zur Macht gelangt. *Arthur Schnitzler*

die erfolgreiche Anstrengung, eine schlechte Regierung loszuwerden und eine schlechtere zu errichten. *Oscar Wilde*

Revolutionär:

ein Mann, der das Feuer der Unzufriedenheit mit Benzin löscht.

Henry de Montherlant

Revolutionen:

die Krankheiten, die das Wachstum der Menschheit bezeichnen.

Friedrich Hebbel

Rezensent:

Fachmann, dessen negative Besprechung für den Absatz eines Buches schädlich, dessen positive Besprechung für den Absatz des besprochenen Buches unerheblich ist. *Hans Weigel*

ein Mann, der alles weiß und gar nichts kann. *Ernst von Wildenbruch*

Rezept:

eine ärztliche Vermutung darüber, was den Krankheitszustand mit dem geringsten Schaden für den Patienten am besten verlängert. *Ambrose Bierce*

Rezession:

Wirtschaftslage, in der wir Geld, das wir nicht haben, nicht ausgeben können. *Anonym*

eine Einrichtung zur Wiederbelebung der Höflichkeit im Geschäftsleben.

Anonym

Rhein:

die romantischste Kloake Europas. *Piet Geldern*

Rhetorik:

ein Appell an das Gefühl in der Maske sachlicher Information.

Helmar Nahr

die Kunst, von den eigenen Formulierungsproblemen abzulenken.
Wolfram Weidner

eine Verschwörung zwischen Wort und Tat, um den Verstand zu hintergehen. *Ambrose Bierce*

Risiko:
die Bugwelle des Erfolges. *Carl Amery*

Rivalin:
eine Dame, die die Ehefrau genauestens beobachtet, ohne sie eines Blickes zu würdigen. *Anonym*

Röntgenologe:
der einzige Mann, der eine Frau zu durchschauen vermag. *Sacha Guitry*

Roggen:
unfertiger Whisky. *Ambrose Bierce*

Rom:
ein riesiger Friedhof, der vor Leben strotzt. *Federico Fellini*

Roman:
oft nicht mehr als eine gemästete Kurzgeschichte. *John Dos Passos*

eine Geschichte, in der alles zu lang dauert. *Ernst Jandl*

eine veredelte Biographie. *Jean Paul*

ein Märchen, das durch die Zensur der Vernunft gegangen ist. *Chris Marker*

Romanschriftsteller:
einer, der aus Feigheit seine Gedanken in fremden Köpfen versteckt.
Stanislaw Jerzy Lec

Rücken:
jener Teil eines Freundes, den man betrachten darf, wenn man in Not ist.
Ambrose Bierce

Rücktritt:

Demission eines hartgesottenen, aber von der Volksseele weichgekochten Politikers. *Ron Kritzfeld*

ehrenvoller Entschluß, der aus der Mode gekommen ist. *Michael Schiff*

Rüstung:

die Kleidung eines Mannes, der einen Schmied zum Schneider hat. *Ambrose Bierce*

ein Milliardengrab, alle paar Jahre der teuerste Schrott der Welt. *Linus Pauling*

Ruhe:

des Spießbürgers erste Pflicht. *Charles Tschopp*

Ruhestand:

angenehmes Leben mit unangenehm wenig Geld. *Anonym*

Ruhestörer:

wer die Bettdecke von der schlummernden Wahrheit wegzieht. *Ludwig Börne*

Ruhm:

ein Gift, das der Mensch nur in kleinen Dosen verträgt. *Honoré de Balzac*

der Vorzug, denen bekannt zu sein, die uns nicht kennen. *Nicholas Chamfort*

der Schatten, der den Erfolg begleitet. *Francesco Domenico Guerrazzi*

der Geist eines Menschen, der im Denken anderer Menschen weiterlebt. *William Hazlitt*

mitgedacht werden, wenn an ein ganzes Volk gedacht wird. *Wilhelm Raabe*

die Summe der Mißverständnisse, die sich um einen Namen sammeln. *Rainer Maria Rilke*

Rundfunk:

Pausenmusik außerhalb der Fernsehzeiten. *Michael Schiff*

Rundfunkintendanten:

Menschen, die nicht einmal fernsehen können, wenn sie einmal nicht ans Geschäft denken wollen. *Robert Lembke*

Runzeln:

Schützengräben der Haut. *Kurt Tucholsky*

Rußland:

ein Rätsel, eingehüllt in ein Geheimnis inmitten eines Mysteriums. *Winston Churchill*

S

S:

Der Angelhaken des Alphabets. *Ramón Gómez de la Serna*

Sachbuch:

Buch, das, um Erfolg zu haben, den Stoff, den es vermittelt, möglichst unwissenschaftlich und oberflächlich verarbeiten muß. *Hans Weigel*

Sachbuch-Autor:

ein Mensch, der die Fähigkeit besitzt, aus neun Büchern ein zehntes herzustellen. *Anonym*

Sachertorte:

ein eßbares Wiener Symbol, bei dem einem die Vergangenheit auf der Zunge zergeht. *Lorin Maazel*

Sachfrage:

die Frage, wer welchen Posten besetzt. *Helmar Nahr*

Sachkenntnis:

tödliches Gift für lebhafte Diskussionen. *Anonym*

das letzte, was man für eine lebhafte Diskussion benötigt. *Pierre de Beaumarchais*

Sachverständiger:

ein Mann, der es versteht, andere Menschen von ihrer Unwissenheit zu überzeugen. *Anonym*

der Mann, der mit sehr guten Gründen das Falsche rät. *Anonym*

Sachverstand:

Umstand, der viele Menschen daran hindert, sich von ihren Vorurteilen zu trennen. *Anonym*

Sadisten:

Leute, die Krimi-Zuschauern den Mörder verraten. *Siegfried Lowitz*

Sage:

ein Schwindel mit Patina. *Anonym*

Sahara:

nicht der einzige Ort, wo alles im Sand verläuft. *Wolfgang Gruner*

Sammler:

Leute, die Seltenes zusammentragen in der Hoffnung, daß es noch seltener wird. *Sigismund von Radecki*

Sand:

der sauberste Schmutz, der sich denken läßt. *Alfred Polgar*

Sandale:

Fußmaulkorb. *Ramón Gómez de la Serna*

Sanftmut:

ungewöhnliche Geduld bei der Planung einer süßen Rache. *Ambrose Bierce*

Sarkasmus:

eine Bosheit, die so gut verpackt ist, daß man außer Reichweite sein kann, bis sie verstanden wurde. *Anonym*

Satire:

Humor, der die Geduld verloren hat. *Anonym*

eine veraltete Literaturgattung, in der die Laster und Torheiten der persönlichen Feinde des Autors mit mangelhaftem Zartgefühl dargelegt werden. *Ambrose Bierce*

die Lyrik des Hasses. *Ernst Hohenemser*

die Kunst,einem anderen so auf den Fuß zu treten, daß er es merkt, aber nicht aufschreit. *Helmut Qualtinger*

Hochrechnung in die Zukunft. Um zu zeigen, was heute ist, muß man zeigen, wie es weitergeht. *Helmut Ruge*

zwischen den Zeilen denken. *Hans-Horst Skupy*

ein Spiegel, in dem der Betrachter alle anderen Gesichter erkennt, nur nicht das eigene. *Jonathan Swift*

der aussichtslose Versuch, die Wirklichkeit übertreffen zu wollen. *Gerhard Uhlenbruck*

Satiriker:

Moralist, der aus rückwärtiger Stellung angreift. *Wieslaw Brudzínski*

ein Irrer, der dem Elefanten Mausefallen stellt. *Adolf Nowaczynski*

ein gekränkter Idealist; er will die Welt gut haben, sie ist schlecht, und nun rennt er gegen das Schlechte an. *Kurt Tucholsky*

Schach:

neben den Anstrengungen der Werbewirtschaft die größte Verschwendung menschlicher Intelligenz. *Raymond Chandler*

ein Symbol für den Lebenskampf. Man droht und wird bedroht, man belauert einander, während die Figuren, selber symbolische Krieger, inmitten eines elektrisch geladenen Schweigens gegeneinander vorrücken. *Garri Kasparow*

ein realistisches Spiel: niemand ist hier stärker als die Dame. *Georg Thomalla*

das ungefährlichste Denken, das es gibt. *Friedrich Dürrenmatt*

Schadenfreude:
ein Wort, das es nur im Deutschen gibt. *Chandra Singh*

Schallmauer:
etwas, was zwischen Nachbarn errichtet werden sollte. *Alfredo La Mont*

Schalter:
die Schließmuskeln der Bürokratie. *Wolfram Weidner*

Schauspieler:
ein Bildhauer, der in Schnee meißelt. *Lawrence Barrett*

Leute, die nicht zuhören, wenn man nicht über sie spricht. *Marlon Brando*

der einzige ehrliche Heuchler. *William Hazlitt*

etwas mehr als die Spiegel, in denen sich die Menschen betrachten, und etwas weniger als das, wofür sie sich halten. *Bernhard Minetti*

der Spiegel und die abgekürzte Chronik des Zeitalters. *William Shakespeare*

ein Mann, der eher einer Frau nein sagen kann als einem Theaterintendanten. *Horst Tappert*

Schauspielerei:
ein herrlich überbezahltes Hobby für kindliche Gemüter. *David Niven*

die einzig richtige Art und Weise, seine Neurosen abzureagieren. *James Dean*

die Kunst, das Publikum am Husten zu hindern. *Ralph Richardson*

Schauspielerinnen:
ideale Ehefrauen, denn sie machen ihre Szenen auf der Bühne. *Bernhard Wicki*

Scheckbetrug:
Kunstgriff, mit dem mancher die Fesseln seiner Verbindlichkeiten löst. *Ron Kritzfeld*

Scheherezade:

das klassische Beispiel einer Frau, die ihren Kopf rettet, indem sie ihn gebraucht. *Esme Wynne-Tyson*

Scheibenwischer:

Haltevorrichtung für Strafzettel. *Anonym*

Scheidung:

eine Trennung, bei der in der Regel die Frau die Kinder und der Mann das Kindermädchen behält. *Anonym*

ein Spiel unter Rechtsanwälten. *Gary Grant*

Scheidungen:

Entscheidungen eines Schiedsrichters, der das Spiel nicht gesehen hat. *Robert Lembke*

Scheidungsanwalt:

ein Mann, der zwei Leute überredet, sich ihrer Kleider zu entledigen und miteinander zu kämpfen, und der inzwischen mit den Kleidern davonläuft. *Anonym*

schenken:

ein Brückenschlag über den Abgrund deiner Einsamkeit. *Antoine de Saint-Exupéry*

die Kunst des Schenkens:

einem Menschen etwas geben, was er sich nicht kaufen kann. *Alan Alexander Milne*

Scherz:

ein Nachwort zu einem Gefühl. *Friedrich Nietzsche*

Schicksal:

Vollmacht des Tyrannen für seine Verbrechen, Entschuldigung des Toren für sein Versagen. *Ambrose Bierce*

in der Politik oft nur ein Deckname für Mangel an Intelligenz, an Voraussicht, an Entschlußkraft. *Georges Clemenceau* die Zeit in ihrer beschleunigten Form. *Jean Giraudoux*

die zusammengerechneten Fehler, die ein Mensch gemacht hat. *Oliver Herford*

eine Erfindung der Feigen und Resignierten. *Ignazio Silone*

schimpfen:
der Stuhlgang der Seele. *Anonym*

Schlacht:
eine Methode, mit den Zähnen einen politischen Knoten zu lösen, der der Zunge nicht nachgeben wollte. *Ambrose Bierce*

Schlaf:
der Waffenstillstand im Kampf ums Dasein. *Aus den »Fliegenden Blättern«*

ein Hineinkriechen des Menschen in sich selbst. *Friedrich Hebbel*

die Nabelschnur, durch die das Individuum mit dem Weltall zusammenhängt. *Friedrich Hebbel*

Unhöflichkeit gegenüber der Nacht. *Hans Kudszus*

das einzige Glück, das man erst recht genießt, wenn es vorbei ist. *Alfred Polgar*

für den Menschen das, was das Aufziehen für die Uhr ist. *Arthur Schopenhauer*

für manche Menschen der fruchtbarste Teil ihres Daseins. *Carl Zuckmayer*

schlafen:
eine Form von Kritik, vor allem im Theater. *George Bernard Shaw*

Schlaflosigkeit:
etwas, woran ein Mensch leidet, der eine Stunde lang die ganze Nacht kein Auge zugetan hat. *Anonym*

Schlager:

Texte, die gesungen werden müssen, weil sie zu dumm sind, um gesprochen zu werden. *Gisela Uhlen*

der deutsche Schlager:

die Fortsetzung der Musik mit anderen Mitteln. *Joachim Schwedhelm*

Schlagersänger:

junge Männer, die bei Stromausfall keine Sänger mehr sind. *Danny Kaye*

Leute, die immer schon Gesangsunterricht nehmen wollten, aber niemals dazu gekommen sind, und die es jetzt bleiben lassen, weil sie inzwischen berühmt geworden sind. *Jacques Tati*

heisere Hähne, die abends krähen statt am Morgen. *Jacques Tati*

Schlagertexter:

Menschen, die ihre Empfindungen einem Reim zuliebe ändern. *Robert Lembke*

schlagfertig:

jede Antwort, die so klug ist, daß der Zuhörer wünscht, er hätte sie gegeben. *Elbert Hubbard*

Schlagfertigkeit:

etwas, das sich in jedem Ehestreit bewährt, vorausgesetzt, man verzichtet darauf. *Anonym*

das, was einem auf dem Nachhauseweg einfällt. *Anonym*

eine Erwiderung in Form einer vorsichtigen Beleidigung. *Ambrose Bierce*

das, was du gern gesagt haben möchtest. *Heywood Campbell Broun*

etwas, worauf du erst 24 Stunden später kommst. *Mark Twain*

Schlagwörter:

zur Faust geballte Gedanken. *Kurt Wildner*

Schlagwort:
eine Idee auf dem Weg zur Phrase. *Rolf Haller*

eine heruntergekommene Idee. *Ignazio Silone*

Schlagworte:
Kommandos der Dummheit. *Hans Lohberger*

Schlagzeilen:
Weltgeschehen in Pillenform. *Norman Mailer*

Schlangenbeschwörung:
Versuch, der Kobra beim Schlangestehen britische Geduld beizubringen.
Ron Kritzfeld

Schlankheitskur:
eine Hungerperiode, auf die rasch zwei Kilo Gewichtszunahme folgen.
Anonym

Schlichtheit:
Sinn für das Wesentliche. *Anonym*

Schlüsselbund:
eine Erfindung, die es möglich macht, gleichzeitig mehrere Schlüssel zu verlieren. *Anonym*

Schlußbeifall:

Dankeschön fürs Aufhören. *Winfried Hönes*

Schlußverkäufe:

die Olympischen Spiele der Taschendiebe. *Alberto Sordi*

Schlußverkauf:

ein Damenringkampf, bei dem man sein Kleid ruiniert, um ein anderes zu erringen. *Laura Mindt*

Schmeichelei:

die Fähigkeit, einen anderen mit seinen Augen zu sehen. *Anonym*

Aggression auf Knien. *Gerhard Branstner*

etwas Angenehmes, das jemand über dich erzählt, und wovon du wünschst, es möge wahr sein. *Frank Malester*

eine Bestätigung nicht vorhandener Vorzüge. *Erik Ode*

die Strafe für Eitelkeit. *Wilhelm Raabe*

eine Huldigung, die das Laster der Tugend darbringt.
François de La Rochefoucauld

eine falsche Münze, die ihren Kurswert nur durch unsere Eitelkeit erhält.
François de La Rochefoucauld

dem anderen sagen, was er schon selbst von sich hält. *Hal Wilshire*

schmeicheln:

das Fundament für einen Oberbau der Übervorteilung legen.
Ambrose Bierce

Schmeichler:

geschickte Gedankenleser; sie sagen genau das – was du denkst.
Aus den »Fliegenden Blättern«

ein Freund, der dir unterlegen ist oder vorgibt, es zu sein. *Aristoteles* jemand, der dir ins Gesicht sagt, was er nicht hinter deinem Rücken sagen würde. *Henry Millington*

ein Mensch, der seiner Meinung nach deine Fähigkeiten außerordentlich übertreibt, so daß sie näher an deine eigene Vorstellung von ihnen herankommen. *Oscar Wilde*

Schmerz:

ein unbehaglicher Geisteszustand, der entweder eine physische Ursache hat, wenn dem Körper etwas zustößt, oder rein psychischer Natur ist (hervorgerufen durch das Glück eines anderen). *Ambrose Bierce*

schminken:

eine Tätigkeit, deren Zeitbedarf proportional zum Alter ansteigt. *Anonym*

Schmutz:

Materie an der falschen Stelle. *Lord Palmerstone*

Schnaps:

allgemeine Bezeichnung für alkoholische Getränke, die bei Abstinenzlern Wahnsinn hervorrufen. *Ambrose Bierce*

Schnecke:

winziges Meterband, mit dem Gott das Land ausmißt. *Andrade Jorge Carrera*

Schnee:

auch nur schick aufgemachtes Wasser. *»Hörzu«, Hamburg*

Schneeflocke:

Regentropfen im Hermelin. *Anonym*

Schneider:

die klügsten Menschen, weil sie immer wieder von den Menschen Maß nehmen, statt sich auf die alten Angaben zu verlassen. *George Bernard Shaw*

Schnelligkeit:

eine Fähigkeit, die notwendig ist, um Flöhe zu fangen, aber nicht, um Bücher zu schreiben. *Michail Scholochow*

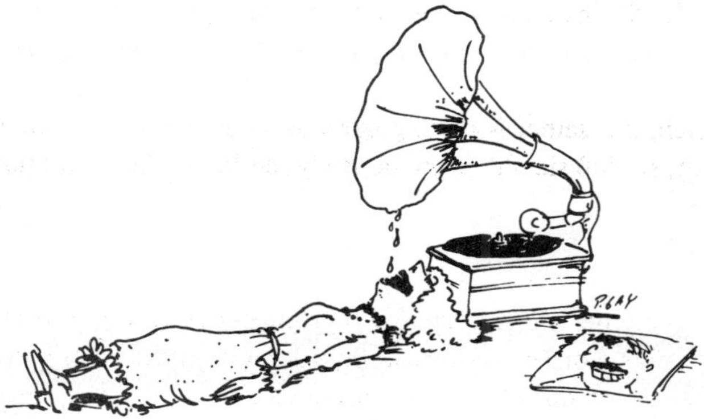

Schnulze:

die Seufzerbrücke zwischen Kitsch und Herz. *Klaus Schneider*

Kaugummi für die Ohren. *Reimund Hess*

Schnupfen:

eine Krankheit, die mit Arzt eine Woche, ohne Arzt sieben Tage dauert. *Anonym*

Schnupftabakhersteller:

ein Mann, der sein Geschäft in fremder Leute Nase steckt. *Don Quinn*

schön:

alles, was man mit Liebe betrachtet. *Christian Morgenstern*

Schöngeist:

ein Mann, der etwas Interessanteres gefunden hat als Frauen. *Anonym*

Schönheit:

eines der seltenen Wunder, die unsere Zweifel an Gott verstummen lassen. *Jean Anouilh*

ein Geschenk für einige Jahre, aber kein Lebensinhalt. *Lil Dagover*

der Glanz der Wahrheit. *Mies van der Rohe*

Schöpfer:

ein Komödiant, dessen Publikum nicht zu lachen wagt. *Henry Louis Mencken*

Schotte:

einer, der Selbstmord begeht, weil gerade günstig Särge angeboten werden. *Anonym*

Schottland:

vermutlich das einzige Land, in dem man mit Gebrauchtzahnbürsten und mit vulkanisierten Kondomen ein Vermögen machen könnte. *George Radford*

Schrauben:

Nägel, die eine Frisur mit Mittelscheitel tragen. *Ramón Gómez de la Serna*

Eisenwürmer. *Ramón Gómez de la Serna*

schreiben:

über dem Abgrund schweben, gehalten nur von der Grammatik. *Heimito von Doderer*

sich selber lesen. *Max Frisch*

der einzige Beruf, mit dem man, ohne lächerlich zu wirken, kein Geld verdienen kann. *Jules Renard*

um seine Gedanken einen Zaun ziehen. *Jürgen Werner*

Schreibmaschine:

Gedankenklavier. *Kurt Tucholsky*

Schreibtisch:

Papierkorb mit Schubladen. *Anonym*

komplizierte Vorrichtung, um Gegenstände planmäßig zu verlegen. *Anonym*

ein Kloster aus Holz. *Ludwig Marcuse*

Schreibverbot:

für einen Schriftsteller ein Todesurteil, das täglich neu vollstreckt wird. *Herbert Eisenreich*

Schriftsteller:

die einzigen Menschen, die einem auch noch lange nach ihrem Tod auf die Nerven gehen können. *Anonym*

die Brücke zwischen dem Stoff und der Niederschrift. *Marguerite Duras*

die Gewissensbisse der Menschheit. *Ludwig Feuerbach*

jemand, der einen Großteil seines Lebens in Einzelhaft vor einem Schreibgerät verbringt. *Barbara Frischmuth*

jemand, dessen Intelligenz nicht groß genug ist, um mit dem Schreiben aufhören zu können. *Günter Grass*

Leute, die ihre ungelösten Lebensprobleme, interessant verpackt, an andere weiterreichen. Gegen bar. *Hanns-Hermann Kersten*

ein Mensch, den niemand zwingt, das zu sein, was er ist. *Siegfried Lenz*

ein Mann, der seinen Geist sofort mit der Feder kratzt, wenn es ihn irgendwo juckt. *Samuel Lover*

ein Mann, dem das Schreiben schwerfällt. *Thomas Mann*

einer, der Leuten Vergnügen liefert, die selbst nicht genug Witz haben, sich zu unterhalten. *George Bernard Shaw*

freie Schriftsteller:

jene Einfältigen, die glauben, mit Adjektiven die Sklaverei abschaffen zu können. *Hellmut Walters*

ein großer Schriftsteller:

einer, der unvergeßliche Sätze schreibt. *Henry de Montherlant*

Schriftstellerei:

je nachdem man sie treibt, eine Infamie, eine Ausschweifung, eine Tagelöhnerei, ein Handwerk, eine Kunst oder eine Tugend.

August Wilhelm von Schlegel

Schriftstellerkapital:

Vorstellungsvermögen. *Ron Kritzfeld*

Schüler:

Leute, die immer weniger über immer mehr wissen. *Danny Kaye*

Schürze:

ein Stück Stoff, an der Vorderseite des Körpers zu tragen, damit die Kleidung nicht die Hände beschmutzt. *Ambrose Bierce*

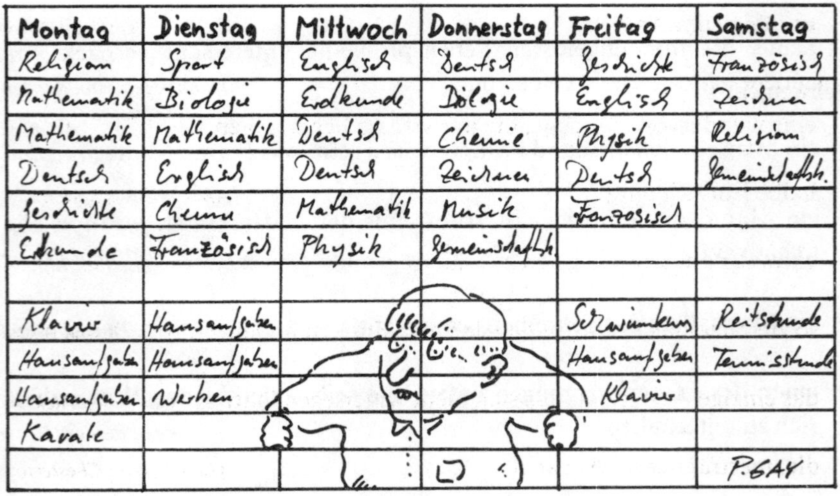

Schulbildung:

etwas, das keinem schadet, wenn er sich später die Mühe macht, etwas Ordentliches zu lernen. *Anonym*

Schulden:

die sichere Folge eines unsicheren Einkommens. *Anonym*

das einzige, was man ohne Geld machen kann. *Karl Pisa*

Schule:

jenes Exil, in dem der Erwachsene das Kind solange hält, bis es imstande ist, in der Erwachsenenwelt zu leben, ohne zu stören. *Maria Montessori*

Schulen:

Gefängnisse, in die die Kinder kommen, die deren Eltern nicht mehr wollen und die die Industrie noch nicht will. *John Updike*

Schulzeit:

die glücklichste Zeit unseres Lebens – vorausgesetzt natürlich, unsere Kinder sind schon schulpflichtig. *Anonym*

schutzlos:

unfähig zum Angriff. *Ambrose Bierce*

Schweigen:

eine wundervolle Sprache, die nur wenige beherrschen. *Anonym*

halbe Einwilligung. *Afrikanisches Sprichwort*

eines der am schwierigsten zu widerlegenden Argumente. *Josh Billings*

so ziemlich das Letzte, in das sich eine Frau zu hüllen wünscht. *Ralph Boller*

das einzige Argument, das sich nicht widerlegen läßt. *Christine Brückner*

die unerträglichste Antwort. *Gilbert Keith Chesterton*

die zweckmäßigste Haltung für den, der sich seiner selbst nicht sicher fühlt. *François de La Rochefoucauld*

die ärgste oder die bescheidenste Form der Kritik. *Pierre Reverdy*

der vollkommenste Ausdruck der Verachtung. *George Bernard Shaw*

Schweiß:
die Tränen der Arbeit. *Spruchweisheit*

Transpiration, die heute nur noch bei Urlaubsreisen und Freizeitbeschäftigungen auftritt. *Michael Schiff*

Science-fiction:
eine Art Archäologie der Zukunft. *Clifton Fadiman*

6:
die Zahl, die Familienzuwachs erwartet. *Ramón Gómez de la Serna*

sechzehn Jahre:
entschieden das schlimmste Alter, weil da alles, was man möchte, identisch ist mit dem, was man nicht darf. *Anonym*

Seele:
jene Welt, die wir uns selber erschaffen. *Hans Lohberger*

Seeleute:
ideale Ehemänner, vorausgesetzt, daß sie die Vaterschaft nach zweijähriger Abwesenheit anerkennen. *Maud Shield*

segeln:
die teuerste Art, unbequem zu leben. *Anonym*

Sehenswürdigkeiten:
Dinge, die man gesehen haben muß, weil andere sie auch gesehen haben. *Hans Söhnker*

Seher:
deutsche Schriftsteller, die ihrem Weltbild sprachlich nicht gewachsen sind. *Gottfried Benn*

Sekretärin:
eine Dame in jüngeren Jahren, die dafür bezahlt wird, daß sie Schreibmaschineschreiben lernt, während sie einen Mann sucht. *Anonym*

Sekundenbruchteil:

die Zeitspanne zwischen dem Aufleuchten des grünen Lichts und dem Beginn des Hupkonzerts hinter dir. *Anonym*

Selbstachtung:

eine Fehleinschätzung. *Ambrose Bierce*

Selbstbeherrschung:

das Joch des freien Menschen. *Anonym*

Selbstbewußtsein:

die Fähigkeit, sich als Original zu fühlen, auch wenn man nur eine Kopie ist. *Anonym*

Selbstbiographie:

Enthüllungen über das schlechte Gedächtnis des Verfassers. *Anonym*

Selbstgefälligkeit:

das Gefühl der Menschen, die der glücklichen Überzeugung sind, daß sie nicht so sind wie die anderen. *Margery Allingham*

Gottes Geschenk an kleine Menschen. *Bruce Barton*

Selbstironie:

die Kunst, sich so durch den Kakao zu ziehen, daß er noch schmeckt. *Joachim Teege*

Selbstkostenpreis:

Kalkulation, bei der man sich mit 25 Prozent Gewinn begnügt. *Michael Schiff*

Selbstliebe:

der Beginn einer lebenslänglichen Leidenschaft. *Oscar Wilde*

Selbstlosigkeit:

Eigenliebe, die sich schämt. *Hans Lohberger*

ausgereifter Egoismus. *Herbert Spencer*

Selbstmord:
ein Kompliment, das man der Gesellschaft nicht machen dürfte.
Oscar Wilde

selbstsüchtig:
ohne Rücksicht auf die Selbstsucht anderer. *Ambrose Bierce*

Selbsttäuschung:
den Bauch einziehen, wenn man sich auf die Waage stellt. *Anonym*

Selbstverleugnung:
eine Methode, durch die der Mensch seine Weiterentwicklung hemmt.
Oscar Wilde

selbstverständlich:
was man selbst versteht und niemand sonst. *Ambrose Bierce*

Selbstvertrauen:
der Name, den wir dem Egoismus der Erfolgreichen beilegen.
Elbert Hubbard

Selbstzerfleischung:
Ergebnis kräftiger Gewissensbisse. *Ron Kritzfeld*

Selbstzufriedenheit:
der Sargdeckel jeden Fortschritts. *Philip Rosenthal*

Sentimentalität:
das Gefühl, das wir nicht teilen. *Graham Greene*

Gefühl, das man unter dem Einkaufspreis erstanden hat. *Arthur Schnitzler*

Sex:
der größte Spaß, den man haben kann, ohne dabei zu lachen. *Anonym*

Werbung mit sich selbst. *Anonym*

Zuneigung im Klartext. *Helga Anders*

die Kunst, Erwartungen zu wecken, die gar nicht geschlafen haben.
Senta Berger

ein Derbysieger, den man auch zu Tode reiten kann. *Ingmar Bergman*

die angenehmste Form von Clinch, noch dazu ohne Ringrichter.
Bill Clayton

Eros ohne Liebe. *Manfred Delling*

das immer wiederholte Sechstagerennen der Hormone. *Henry Miller*

die Reibfläche, an der wir versuchen, das Feuer der Liebe zu entzünden.
Gerhard Uhlenbruck

die größte Nichtigkeit aller Zeiten. *Andy Warhol*

Sex ohne Eros:

nichts anderes als Turnen ohne Geräte. *John Bellow*

ein Kontakt zweier Hautbesitzer. *Marguerite Duras*

Sex Appeal:

das, was Männer nur mit den Händen beschreiben können. *Uschi Glas*

ein Ruf, den man nicht hört, sondern sieht. *Burt Lancaster*

etwas, was man zu 50 Prozent wirklich und zu 50 Prozent nur in den Augen der Leute hat. *Sophia Loren*

Sexbombe:

eine Frau, die beim Duschen keine nassen Füße bekommt. *Anonym*

eine Dame, die die Waffen wechselte, weil sie in der Schule keine Kanone war. *Anonym*

ein verschwenderisch fotografiertes Mädchen, das der Öffentlichkeit auf den Titelblättern die Brust gibt. *Jean Mathieu*

Sexbomben:
Sprengkörper, die meistens von Blindgängern begleitet werden. *Anonym*

Sex-Leitfäden:
Parfümrezepte, verfaßt von Leuten, die einen Stockschnupfen haben. *Henry Miller*

Sexualberater:
ein Mann, der 49 Liebespositionen kennt, aber kein einziges Mädchen. *Anonym*

Sexualkunde:
ein neues Unterrichtsfach, das erst Spaß macht, wenn man Hausaufgaben bekommt. *Anonym*

jener neumodische Unterricht, bei dem die Lehrer endlich erfahren, was die Schüler schon lange wissen. *Karl Heitzer*

der ideale Showmaster:
ein junger Mann im gesetzten Alter, witzig und seriös, ein politisches Neutrum mit ausgeprägter Meinung und ein Schwerenöter mit einem wunderbaren Familienleben. Ach ja, und eine Frau muß er natürlich sein. *Kurt Rittig*

Sicherheit:
die Fähigkeit, unbefangen dreinzuschauen, wenn der andere nach der Restaurantrechnung greift. *Anonym*

Sicherheitsbindung:
Heirat mit einem Beamten. *Anonym*

Singles:
diejenigen, die noch nicht aus Verzweiflung geheiratet haben. *Ecki Ziedrich*

X **Sinne:**
die Brücke vom Unfaßbaren zum Faßbaren. *August Macke*

sinnlich:
einer, der seine fünf Sinne oder doch wenigstens einen von ihnen richtig benutzt. *Jean Giraudoux*

Sitten:
die Heucheleien der Nationen. *Honoré de Balzac*

Sitzung:
eine beliebte Ausrede. *Anonym*

Sitzungssaal:
Verhandlungsspielraum. *Ron Kritzfeld*

Skandal:
Klatsch, der durch Moral langweilig gemacht wurde. *Oscar Wilde*

Skepsis:
der erste Schritt auf dem Weg zu Philosophie. *Denis Diderot*

Skeptiker:
ein Mensch, der sogar seine Luftschlösser durch Alarmanlagen sichert. *Anonym*

Skifahren:
eine Form vorübergehender geistiger Umnachtung, zumal beim Skifahren geduldig Leiden auf sich genommen werden, die sonst unzumutbar sind. *Wilhelm Beyer*

Skilaufen:
ein augezeichnetes Training für Ministerpräsidenten. Sie lernen dabei, wie man stürzt. *Pierre Mendès-France*

Skipiste:
ein Umweg zum Orthopäden. *Ralph Boller*

Sklaven:
das waren Menschen, die einen bestimmten Preis hatten. *Gabriel Laub*

Sklaverei:
das Anwerben von Arbeitskräften auf Versorgungsbasis; heute auf die Form der Ehe beschränkt. *Anonym*

Slang:

die Sprache in Pantoffeln. *Anonym*

der durchgescheuerte Hosenboden der Sprache. *Truman Capote*

Sprache, die ihre Jacke auszieht, die Hemdsärmel aufkrempelt, in die Hände spuckt und an die Arbeit geht. *Carl Sandburg*

Sprache in Rollkragenpullover und Blue Jeans. *Thornton Wilder*

Slogan:

das Wort, das die Konkurrenz schlägt. *Karl Korn*

politischer Slogan:

eine Droge, die den Geist der Wachen einlullen und den der Gleichgültigen aufputschen soll. *Marcel Mart*

Snob:

ein Mensch, der Wert darauf legt, daß das Brett, das er vor dem Kopf trägt, aus Teakholz ist. *Anonym*

ein Mann, der sein Toupet mit dem Chauffeur zum Friseur schickt. *Anonym*

einer, der im Sommer Ski fährt, im Winter Badeurlaub macht, im Frühjahr die Gräber besucht und sich im Herbst Frischzellen einpflanzen läßt. *David Frost*

ein Mensch, für den das Beste gerade schlecht genug ist. *Martin Held*

ein Mensch, der sich die Autohupe von Karajan stimmen läßt und die Tagesschau-Nachrichten nur im Dritten Programm sieht. *Marianne Koch*

ein Mann, der sich, wenn er ein Buch lesen will, selbst eins schreibt. *Robert Lembke*

ein Mann, der sich, ohne eine Miene zu verziehen, auf ein Stachelschwein setzt, nur weil man ihm gesagt hat, daß dies ein von Picasso entworfener Stuhl sei. *Stirling Moss* ein Mensch, der bei Schlagern dem Text applaudiert. *Ugo Tognazzi*

Snobismus:

Schwärmerei für das, was man nicht versteht. *Anonym*

im Supermarkt einkaufen, Konfektionsanzüge tragen, Stehplätze für die Oper kaufen – aber im Rolls-Royce vorfahren. *Philip Chandler*

gegen den Strom schwimmen, wo keiner ist. *Oliver Hassencamp*

die Fähigkeit, sich als Original zu fühlen, auch wenn man nur ein Durchschlag ist. *Victor de Kowa*

das Selbstbewußtsein derjenigen, die ihrer selbst nicht sicher sind. *Thornton Wilder*

Snobs:

Leute, die sich Petersilie mit der Fleurop ins Haus schicken lassen. *Hermann Frech*

schlechte Kopien eines mißverstandenen Originals. *Viktor von Bülow (Loriot)* X

Männer, die behaupten, es gebe etwas Interessanteres als Frauen. *Edgar Wallace*

Society:

eine Ansammlung von Kopien, die von Originalen gemieden wird. *Oliver Hassencamp*

Softi:

ein Macho, der mit Waffen der Frau arbeitet. *Rainhard Fendrich*

Soldaten:

Männer, die offene Rechnungen der Politiker mit ihrem Leben bezahlen. *Ron Kritzfeld*

Sommer:

die Jahreszeit, in der die normalen Strecken gesperrt und die Umleitungen geöffnet sind. *Anonym*

die Zeit, in der es zu heiß ist, das zu tun, wofür es im Winter zu kalt war. *Anonym*

bei uns nur ein grün angestrichener Winter. *Heinrich Heine*

Sommerfrische:
ein Ort, wo sich Frauen nach einem Ehemann umsehen und Ehemänner nach einem Mädchen. *Anonym*

Sommersprossen:
Gesichtspunkte, und zwar bei manchen Leuten die einzigen, über die sie verfügen. *Anonym*

Gesichtspunkte, die man küssen kann. *Curt Goetz*

Sonderangebot:
alles, was nicht ganz so sündhaft teuer ist, wie man gefürchtet hat. *Anonym*

Sondersendungen:

Sendungen, die anstelle jener Sendungen kommen, deretwegen man zu Hause geblieben ist. *Robert Lembke*

Sonnenblumen:

die Taschenspiegel der Sonne. *Ramón Gómez de la Serna*

Souffleuse:

eine Frau, der man ungestraft alles nachsagen kann. *Anonym*

Sowjetunion:

der größte Pufferstaat zwischen Österreich und China. *Ironimus*

Sozialismus:

ein Horizont, den wir nie erreichen, dem wir aber immer nachstreben. *Willy Brandt*

eine Utopie, solange es mehr faule als fleißige Menschen gibt. *Marie von Ebner-Eschenbach*

Doktrin, deren Hauptziel die Machtgewinnung ist, selbst wenn dazu die Grundsätze des Kapitalismus angewandt werden müßten. *Georges Elgozy*

das Überleben der Schwachen. *Elbert Hubbard*

Teilung der Gewinne ohne Verantwortlichkeit für Verluste. *Elbert Hubbard*

Sozialist:

jemand, der sich darüber, wie Macht von einigen wenigen großen Institutionen gesteuert wird, so ärgert, daß er vorschlägt, sie einer einzigen übergroßen Institution anzuvertrauen. *Miles Kingston*

Sozialpolitik:

der verzweifelte Entschluß, an einem Krebskranken eine Hühneraugenoperation vorzunehmen. *Karl Kraus*

Sozialprestige:

das ständige Bemühen, Geld, das man nicht hat, für Dinge auszugeben, die man nicht braucht, um Leuten zu imponieren, die man nicht mag. *Anonym*

Soziologie:

die Kunst, zwischenmenschliche Probleme mit unscharfen Definitionen zu beleuchten. *Helmar Nahr*

der Mißbrauch einer zu diesem Zweck erfundenen Terminologie. *Kurt Tucholsky*

Spannung:

der Zustand, der einen nervös macht, wenn er aufzuhören beginnt. *Anonym*

sparen:

die richtige Mitte zwischen Geiz und Verschwendung. *Theodor Heuss*

negative Sparer:

Leute, die mehr ausgeben, als sie verdienen. *Ein Washingtoner Wirtschaftsexperte*

Sparsamkeit:

eine Methode, sein Geld auszugeben, ohne das geringste Vergnügen daran zu haben. *Anonym*

allein schon eine große Einkommensquelle. *Seneca*

Spezialisierung:

Parzellierung der Verantwortung. *Hans Kasper*

Spezialist:

ein Arzt, der seinen Patienten beigebracht hat, nur während seiner Sprechzeiten krank zu werden. *Anonym*

ein Arzt mit kleinerer Praxis, aber größerem Sommerhaus. *Anonym* jemand, der sich auf eine von ihm gewählte Form der Unwissenheit beschränkt hat. *Elbert Hubbard*

ein Mann, der immer mehr mit immer weniger verdient, bis er zuletzt alles mit nichts verdient. *Danny Kaye*

ein Mann, der mehr und mehr über Weniges weiß, bis er alles über Nichts weiß. *Lazard*

Spezialisten:
Leute, die immer mehr über immer weniger wissen. *Danny Kaye*

Leute, die nur eine Saite auf der Fiedel haben. *Henry Miller*

Spezialistentum:
einer der Tricks, um das Denken zu verhindern. *Max Horkheimer*

Spiegel:
ein Beichtvater, der den Mund hält. *Madame de Stael*

der vergeßlichste Augenzeuge. *Hans-Horst Skupy*

Spiele:
Imitationen des Kampfes. *Jonathan Swift*

alberne Spiele:
solche, die Ihre Frau/Ihr Mann besser spielt als Sie. *Anonym*

Spielgewinn:
Geld, das man erst einmal ausgibt und hinterher dann doch noch verliert. *Tristan Bernard*

Spinat:
Substanz, die auf Kindertellern zum und vom Tisch getragen wird. *Anonym*

Spionage:
grenzüberschreitender Blick durchs Schlüsselloch. *Anonym*

Spione:
blinde Passagiere, die alles sehen. *Wolfram Weidner*

Sport:
ein vernünftiger Versuch des modernen Zivilisationsmenschen, sich Strapazen künstlich zu verschaffen. *Peter Bamm*

Opium für das Volk. *Percy Cummings*

Sportjournalist:
ein Mann, der am Sonnabend genau weiß, welche Mannschaft am Sonntag gewinnen wird, und dir am Montag genau erzählt, warum sie verloren hat. *Anonym*

Sportwagen:
Sitzgelegenheit, die es einem ermöglicht, von unten auf andere herabzuschauen. *Anonym*

Spott:
die Waffe derer, die keine andere besitzen. *Hubert Pierlot*

Sprache:
nach dem Küssen das erregendste Kommunikationsmittel, das die Menschheit entwickelt hat. *Anonym*

Fähigkeit, die oft das Denken ersetzen muß. *Anonym*

die Kleidung der Gedanken. *Samuel Johnson*

elementares Verständigungsmittel, das zahllosen Menschen dazu dient, aneinander vorbeizureden. *Peter Kilian*

die Quelle aller Mißverständnisse. *Antoine de Saint-Exupéry*

Sprichwörter:
die Philosophie der einfachen Leute. *James Howell*

jene Sorte überzeugender Lebensweisheiten, die sämtlich durch andere, ebenso überzeugende widerlegt werden können. *Ron Kritzfeld*

ein öffentlicher Unterstützungsverein für Leute ohne eigene Gedanken.
Wilhelm Raabe

Sprichwort:
ein kurzer Satz, der sich auf lange Erfahrung gründet. *Miguel de Cervantes*

eine allgemein bekannte Weisheit, an die sich niemand hält. *Wolfgang Herbst*

Squash:
eine Sauna, in der man viel rennen muß. *Henry Kissinger*

Staat:
eine große Fiktion, mit deren Hilfe sich jedermann bemüht, auf Kosten von jedermann zu leben. *Frédéric Bastiat*

Verwaltungseinheit; in Gang gehalten von einer unübersehbaren Zahl politischer Parasiten, die zwangsläufig aktiv, aber nur per Zufall tüchtig sind. *Ambrose Bierce*

Wiege der Menschlichkeit, die zu ihrem Sarg geworden ist. *Ludwig Börne*

eine Institution, die immer mehr Geld ausgibt als sie einnimmt. In Zeiten guter Konjunktur geschieht dies, um sie zu erhalten, in Zeiten schlechter Konjunktur geschieht dies, um sie zu erzielen. *Helmar Nahr*

ein kluge Veranstaltung zum Schutze der Individuen gegeneinander.
Friedrich Nietzsche

unwirtschaftlich geführtes Großunternehmen. *Michael Schiff*

autoritärer Staat:
ein Staat, in dem jeder das tun darf, was er tun muß. *Danny Kaye*

Staatsempfänge:
Parties, bei denen der Gastgeber, der Steuerzahler, meist Zaungast ist.
Wolfram Weidner

Staatshaushalt:
ein Haushalt, in dem alle essen möchten, aber niemand Geschirr spülen will. *Werner Finck*

Staatsjagden:

organisierter Massenmord an Tieren zur höheren Ehre des Protokolls.

König Frederick von Dänemark

Staatskunst:

die kluge Anwendung persönlicher Niedertracht für das Allgemeinwohl.

Abraham Lincoln

Staatsmann:

ein Politiker, nach dem man ohne Sorge eine Schule benennen kann.

Anonym

ein Spezialist für die Lösung ernster Probleme, die es ohne Staatsmänner nicht gäbe. *Anonym*

im allgemeinen ein Mann mit gewöhnlichen Meinungen und außergewöhnlichen Fähigkeiten. *Walter Bagehot*

ein erfolgreicher Politiker, der tot ist. *Thomas B. Reed*

ein Politiker, der ein Ziel im Auge behält, ohne zu schielen.

Gustav Stresemann

ein Politiker, der seit zehn oder fünfzehn Jahren tot ist. *Harry S. Truman*

ein konservativer Staatsmann:

einer, der in bestehende Mängel verliebt ist, während der liberale sie durch neue Mängel ersetzen möchte. *Ambrose Bierce*

Stadt:

große Gemeinde, in der Menschen einsam zusammen leben. *Anonym*

Stammbaum:

der bekannte Teil des Weges von einem auf den Bäumen hockenden Vorfahren mit einer Schwimmblase zu einem städtischen Nachfahren mit einer Zigarette. *Ambrose Bierce*

Stammtisch:

in einem bestimmten Lokal ein bestimmter Tisch in einem bestimmten Winkel, an dem zur bestimmten Stunde bestimmte Gäste auf ihrem bestimmten Platz sich niederlassen, um bei Vertilgung einer bestimmten Menge eines bestimmten Getränks aus bestimmten Gläsern über bestimmte Themen zu sprechen und dann zur bestimmten Stunde aufzubrechen, weil man zur bestimmten Zeit zu Hause bestimmt erwartet wird.

Aus den »Fliegenden Blättern«

Standpunkt:

Gesichtskreis mit dem Durchmesser Null. *Anonym*

Star:

Mensch, der alles aufbietet, um bekannt zu werden, und sich dann eine dunkle Brille aufsetzt, um nicht erkannt zu werden. *Anonym*

ein Mensch, der überall zu Hause ist, nur nicht bei sich selbst.

Sammy Davis jr.

ein Mensch, von dem alle wissen, was er gerade tut, ausgenommen seine Frau und seine Kinder. *Rock Hudson*

ein Mensch, den jeder kennt – ausgenommen seine Familie. *Anthony Quinn*

jemand, der andere überragt, weil er geschickt genug war, auf einen Stuhl zu steigen. *Billy Wilder*

Starlet:

Mädchen, das so tut, als wäre es dumm, um zu verbergen, daß es wirklich dumm ist. *Anonym*

ein hübsches Mädchen, das vielleicht eines Tages ein Star wird, ohne jemals eine Schauspielerin gewesen zu sein. *Vivien Leigh*

eine junge Schauspielerin, deren Talent noch schläft – meistens nicht allein. *Robert Lembke*

meistens Sternchen, die untergegangen sind, bevor man ihren Aufgang überhaupt bemerkt hat. *Donald Hudson.*

Starlets:
junge Damen, die sich noch keine Kleider leisten können und das auch tun. *Peter Sellers*

starrköpfig:
unzugänglich für die Wahrheit, die sich in dem Glanz und dem Nachdruck unserer Argumente offenbart. *Ambrose Bierce*

Starrsinn:
der einzige Sinn, der im Alter nicht nachläßt, sondern zunimmt. *Anonym*

Statistik:
das Märchen der Vernunft. *Martin Kessel*

Statistiker:
ein Mensch, der es fertigbringt, daß jemand in einem durchschnittlich 13 cm tiefen See ertrinkt. *Anonym*

das neue Statussymbol:
der Verzicht auf alle Statussymbole. *Anonym*

Statussymbole:
die Rangabzeichen der Zivilisten. *Vance Packard*

Orden, die man sich selber kauft. *Bernhard Wicki*

staunen:
der erste Grund der Philosophie. *Aristoteles*

der erste Schritt zu einer Entdeckung. *Louis Pasteur*

unfreiwilliges Lob. *Edward Young*

Steak:
gebratenes Fleisch, dessen Preis es einem verständlich macht, warum die Kühe in Indien heilig sind. *Anonym*

Steckenpferd:
das einzige Pferd, welches über jeden Abgrund trägt. *Friedrich Hebbel*

das einzige Pferd, bei dem auch der Reiter beschlagen wird.

Gerhard Uhlenbruck

Stein:

häufig für Herzen verwendetes Material. *Ambrose Bierce*

Stellung:

etwas, das manche Leute dazu veranlaßt, sich nicht mehr um Arbeit zu bemühen, wenn sie sie erst gefunden haben. *Anonym*

Stellvertreter:

ein Mann, der sich jeden Morgen nach unserem Befinden erkundigt und sehr enttäuscht ist, wenn man gut geschlafen hat. *Charles de Gaulle*

Leute, die schon in die Fußstapfen treten, bevor man aus ihnen heraus ist.

Iain McLeod

Stenographie:

Geheimschrift, die der Chef nicht entziffern kann. *Michael Schiff*

Sternschnuppe:

eine Masche am Strumpf der Nacht. *Ramón Gómez de la Serna*

Steuern:

ein erlaubter Fall von Raub. *Thomas von Aquin*

der Preis der Zivilisation – im Urwald gibt es keine. *Wagner*

Steuern erheben:

die Gans so rupfen, daß man möglichst wenig Gezische bekommt.

Jean Baptist Colbert, Marquis de Seignelay

Steuerzahler:

ein Mensch, der kein Examen abzulegen braucht, um für die Regierung arbeiten zu dürfen. *Anonym*

Stiftung:

ein großer Haufen Geld, umringt von Leuten, die welches wollen. *Anonym*

Stiftungen:
Schweigegelder für das Gewissen. *Upton Sinclair*

konservierte Gewissensbisse zum Nutzen der folgenden Generationen. *Edith Sitwell*

Stiftungen reicher Leute:
ein Ausdruck tätiger Reue. *Sinclair Lewis*

Stil:
die Kleidung der Gedanken. *Lord Chesterfield*

die Fähigkeit, komplizierte Dinge einfach zu sagen – nicht umgekehrt. *Jean Cocteau*

richtiges Weglassen des Unwesentlichen. *Anselm Feuerbach*

Stil eines Autors:
ein Pferd, das nur einen einzigen Reiter trägt. *John Steinbeck*

Stille:
das Geräusch einer fallenden Schneeflocke. *Anonym*

Zustand, der eintreten würde, wenn die Menschen nur noch von Dingen sprächen, von denen sie etwas verstehen. *Anonym*

das Atemholen der Welt. *Fridel Marie Kuhlmann*

nicht nur Abwesenheit von Lärm, sondern ein Schweigen, das den Menschen Augen und Ohren öffnet für eine andere Welt. *Serge Poliakoff*

Stimmung:
Schwelgen in Gefühlen, die man nicht hat. *Werner Ross*

Stimmungskanonen:
Leute, die zum Schießen sind, obwohl man sich nicht erinnern kann, sie geladen zu haben. *Axel von Ambesser*

Stimmzettel:
ein Dolch aus Papier. *Lloyd George*

Stipendium:
ein Geldbetrag, der freiwillig gewährt und als gutes Recht gefordert wird. *»The Times«, London*

Stoffwechsel:
Frauen meinen damit ein neues Kleid. *Peter Ustinov*

stolpern:
eine Ungeschicklichkeit, für die man nicht die Beine, sondern die Türschwelle verantwortlich macht. *Norman Mailer*

Stolz:
die Freude, die dem Mann entspringt, der zuviel von sich hält. *Baruch de Spinoza*

Stoppschild:
ein Verkehrszeichen, an dem rücksichtsvolle Kraftfahrer ihre Geschwindigkeit etwas verringern. *Anonym*

Sträflinge:
Leute, die »in« sind, obwohl sie viel lieber »out« wären. *David Frost*

Strafe:
die Gerechtigkeit, welche die Schuldigen an die austeilen, die gefaßt werden. *Elbert Hubbard*

Strand:
ein Gelände, auf dem junge Damen einen Ehemann suchen und Ehemänner eine junge Dame. *Alberto Sordi*

Strapaze:
ein von der verkehrten Seite betrachtetes Abenteuer. *Gilbert Keith Chesterton*

Strategie:
wenn man keine Munition mehr hat, aber trotzdem weiterschießt, damit der Feind davon nichts merkt. *Anonym*

Streber:

ein Mann, der nach dir die Drehtür betritt und vor dir herauskommt. *Anonym*

Streit:

die längste Verbindung zwischen zwei Standpunkten. *Anonym*

eine Auseinandersetzung, die damit beginnt, daß man sich etwas vorwirft, und damit endet, daß man sich etwas nachwirft. *Anonym*

Disput zwischen zwei Menschen, die beide als erste das letzte Wort haben wollen. *Anonym*

Austausch von Unwissenheit. *Anonym*

Streß:

alles, was nicht Kaffeepause ist. *Anonym*

der Bazillus, der von Unsicheren in leitenden Stellungen auf die Mitarbeiter übertragen wird. *Oliver Hassencamp*

Handschellen, die man ums Herz trägt. *Helmut Qualtinger*

Stripperin:

eine, die zum Schlafen mehr anhat als zum Arbeiten. *Cedric Dumont*

Stripperinnen:

junge Mädchen, die sich so lange unanständig ausziehen, bis sie es sich leisten können, sich anständig anzuziehen. *Peter Ustinov*

Striptease:

Modellstehen für Leute, die keine Maler sind. *Jerry Lewis*

Anatomieunterricht mit Musik. *Frank Sinatra*

Striptease-Girls:

Mädchen, die sich öffentlich in ihre Intimsphäre zurückziehen. *Ronald Clarke*

Striptease-Tänzerin:

eine junge Dame, die überwiegend mit Zigarettenrauch bekleidet ist.

Anonym

eine Frau, die zum Ausziehen dreimal so lange braucht wie andere Frauen zum Anziehen. *Peter Sellers*

Striptease-Tänzerinnen:

Damen mit Blößenwahn. *Anonym*

Studenten:

das Fieberthermometer der Gesellschaft. *Alberto Moravia*

Studentin:

Mädchen, das seinen Doktor selber machen muß, wenn es ihn nicht bis zum sechsten Semester hat. *Anonym*

Studium:

die einzige Erholung des Mannes zwischen Mutter und Frau. *Anonym*

Sturm:

Wind, der die zulässige Höchstgeschwindigkeit überschritten hat. *Anonym*

Subordination:

die Fähigkeit, um zwei Grad dümmer zu erscheinen, als der nächste Vorgesetzte tatsächlich ist. *Anonym*

Subventionen:
wirtschaftspolitischer Denkmalschutz. *Helmar Nahr*

Subventionen empfangen:
die Kunst, so lange zu jammern, bis einem die Fettpolster als Hungerödeme angerechnet werden. *Raymond Leclere*

Südamerika regieren:
das ist, als ob man das Meer pflügte. *Simon Bolivar*

Supermächte:
Hochgerüstete, die sich über die Aufrüstung anderer entrüsten, aber nicht abrüsten. *Ron Kritzfeld*

Surrealismus:
eine Kunstrichtung, die bewirkt, daß einem die Welt, so wie sie ist, plötzlich wieder gefällt. *Anonym*

Sympathie:
zwei Herzen, die sich eine Last teilen. *Anonym*

für mich die einzige Form der Bestechung. *Salvatore Adamo*

Sympathisanten:
Menschen, denen die Tat zu ihrem Mut fehlt. *Hanns-Dietrich v. Seydlitz*

Synonym:
ein Wort, das man gegen ein anderes austauscht, wenn man nicht weiß, wie es sich schreibt. *Anonym*

philosophisches System:
der Versuch einer begrifflichen Neuschöpfung des Kosmos. *José Ortega y Gasset*

T

T:
der Hammer des Alphabets. *Ramón Gómez de la Serna*

Tabak:
Rauchopfer, das Gott Fiskus dargebracht wird. *Anonym*

Tabu:
ein Objekt oder ein Thema wie Krebs oder Tod, das die Leute so beschäftigt, daß sie ständig darüber reden. *Miles Kingston*

Tag:
ein Zeitabschnitt von vierundzwanzig Stunden, der meistens vergeudet wird. *Ambrose Bierce*

eine Miniaturewigkeit. *Ralph Waldo Emerson*

Tagebuch:
tägliche Aufzeichnungen über jenen Teil des eigenen Lebens, den man sich ohne Erröten eingestehen kann. *Ambrose Bierce*

Tagebuch führen:
das Spiel mit der Chance der nicht gewollten Veröffentlichung. *Uwe Johnson*

Takt:
die Kunst, Gedanken für sich zu behalten. *Anonym*

die seltene Fähigkeit, schweigen zu können, wenn man recht behalten hat. *Anonym*

die seltene Gabe, schweigen zu können, wenn zwei Freunde sich streiten und man genau weiß, daß beide im Unrecht sind. *Anonym*

die Fähigkeit zu verbergen, wieviel wir von uns selbst und wie wenig wir von anderen halten. *Anonym*

die Kunst, etwas deutlich zu machen, ohne sich Feinde zu schaffen.
Anonym

das absolute Gehör des Herzens. *Anonym*

wenn ein Mann sicher ist, daß er recht hat, aber trotzdem seine Frau fragt, wie er sich verhalten soll. *Anonym*

die innere Uhr, die uns sagt, wieviel es geschlagen hat. *Maurice Chevalier*

wissen, wie weit man zu weit gehen darf. *Jean Cocteau*

die schwierige Kunst, die brutale nackte Wahrheit anständig und sauber zu verkleiden. *Marlene Dietrich*

der ungesagte Teil dessen, was du denkst. *Henry van Dyke*

die Fähigkeit, einem anderen auf die Beine zu helfen, ohne ihm auf die Zehen zu treten. *Curt Goetz*

der Verstand des Herzens. *Karl Gutzkow*

etwas, das kaum bemerkt wird, wenn man es hat, das aber sofort auffällt, wenn man es nicht hat. *Käte Haack*

die Kunst des richtigen Weghörens. *Viktor de Kowa*

die Fähigkeit, mit dem Gehirn des anderen denken zu können.
Wilhelm Lichtenberg

die Fähigkeit, andere so darzustellen, wie sie sich selber gerne sehen.
Abraham Lincoln

die Fehler der anderen gar nicht erst bemerken. *Arthur Schnitzler*

die Kunst des Überhörens. *Hans Söhnker*

Taktlosigkeit:
der Entschluß, etwas zu sagen, das alle denken. *Oscar Wilde*

Tango:

zwei ernste Mienen und vier Beine, die sich amüsieren. *Carlo Labin*

Tankwarte:

unbezahlte Steuereinnehmer, die uns einen Rabatt in Form von Benzin bewilligen. *Heinz Rühmann*

Tanz:

Austausch von Zärtlichkeiten in einem vorgeschriebenen Takt. *Anonym*

ein Telegramm an die Erde mit der Bitte um Aufhebung der Schwerkraft. *Fred Astaire*

die Poesie des Fußes. *John Dryden*

Tanzschüler:

ein junger Mann, der meistens nicht auf seinen eigenen Füßen steht. *Anonym*

Tapferkeit:

oft nur Vertrauen auf die Angst des Gegners. *Honoré de Balzac*

eine soldatische Mischung aus Eitelkeit, Pflicht und der Hoffnung eines Glücksspielers. *Ambrose Bierce*

ein Widerspruch in sich. Sie ist der mächtige Wille, am Leben zu bleiben, gekleidet in die Bereitschaft zu sterben. *Gilbert Keith Chesterton*

die Fähigkeit, von seiner Furcht keine Notiz zu nehmen. *George Patton*

ein Anfall von Furchtlosigkeit, der bei den meisten Menschen schnell vorübergeht. *Mark Twain*

Taschendiebe:

diejenigen Mitglieder der menschlichen Gesellschaft, die die weitverbreitete Kunst, dem anderen Geld aus der Tasche zu ziehen, nur manuell ausüben. *Hans Kasper*

Taschenlampe:
Behälter für leere Batterien. *Anonym*

Taschentuch:
ein kleines Viereck aus Seide oder Leinen, das zu verschiedenen niederen Verrichtungen im Gesicht verwendet wird und besonders bei Begräbnissen nützlich ist, um den Mangel an Tränen zu verbergen. *Ambrose Bierce*

Tat:
ein in die Wirklichkeit umgesetztes Bekenntnis. *Martin Kessel*

gute Taten:
Originale, die leider nur selten kopiert werden. *Lil Dagover*

Tatmensch:
haltloser Schwächling, der nicht imstande ist, seine Gefühle den Umständen anzupassen, und deshalb seine Zuflucht zur Änderung der Umstände nimmt. *Helmar Nahr*

Tatsachen:
Dinge, denen wir nicht mehr weiter auf den Grund gehen wollen. *Anonym*

die Todesursache vieler Theorien. *John Cedrington*

die Schwachstellen der Theorie. *Helmar Nahr*

taufen:
ein hilfloses Kind feierlich mit einem Namen strafen. Hierbei wird das Kind angefeuchtet, da der Name sonst nicht klebt. *Ambrose Bierce*

Taxameteruhr:
eine Vorrichtung, die anzeigt, wie schnell man nicht vom Fleck kommt. *Anonym*

Teamwork:
eine Verschwörung der Mittelmäßigkeit. *David Ogilvy*

wenn fünf Leute für etwas bezahlt werden, was vier billiger tun könnten, wenn sie nur zu dritt wären und zwei davon verhindert. *Charles Saunders*

Teenager:

ein junges Mädchen, das die Vergangenheit noch vor sich hat. *Anonym*

Mädchen, die mehr über die Pille wissen als ihre Mütter über die Geburt. *Dustin Hoffmann*

stiller Teilhaber:

ein Mann, der keinen Krach schlägt, wenn er sein Geld verliert. *Henry Ford II.*

Teleobjektive:

die Artillerie der Indiskretion. *Georges Pompidou*

Telefon:

eine Erfindung des Teufels, die die erfreuliche Möglichkeit, sich einen lästigen Menschen vom Leibe halten zu können, teilweise wieder zunichte macht. *Ambrose Bierce*

beliebtes Einbrecherwerkzeug, mit dem man sich auch außerhalb der Besuchszeit Zutritt zu Privatwohnungen verschafft. *Ron Kritzfeld*

Telefonzellen:

Straßenbeichtstühle. *Anonym*

Television:

Erfindung für Leute, die das Fernsehen aus gesellschaftlichen Gründen ablehnen. *Robert Lembke*

Tempolimit:

für viele männliche Autofahrer so etwas wie eine amtlich verfügte Potenzminderung. *Silvia Mingotti*

Tennis:

die Kunst, auf einen harmlosen Gummiball so loszudreschen, daß entweder der Gegner oder der Ball oder beide für immer vom Platz verschwinden. *Anonym*

Terroristen:

Vorboten weltgeschichtlicher Erschütterungen, Seismographen ihrer Zeit. *Horst Herold*

Test:

Methode, das über einen Menschen in zehn Minuten zu erfahren, wofür man früher mindestens zehn Jahre benötigte. *Michael Schiff*

Theater:

früher einmal ein Spiegel des Lebens, heute ein Schlüsselloch. *Anonym*

ein Vergnügen am Besserwissen sowie an den Schwierigkeiten der auftretenden Personen. *Sigmund Graff*

Ort, wo man sich unterhält, ohne mit jemand zu sprechen. *Ron Kritzfeld*

der seligste Schlupfwinkel derjenigen, die ihre Kindheit heimlich in die Tasche gesteckt und sich auf und davon gemacht haben, um bis an ihr Lebensende weiterzuspielen. *Max Reinhardt*

Theater heute:

Notzucht am Text des Autors. *Fernando Arrabal*

das deutsche Theater:

eine sehr geglückte Mischung von Volksbibliothek und Museum. *Kenneth Tynan*

Theater-Avantgarde:

eine kleine Mafia, die sich gegenseitig die Bälle zuspielt und die Wünsche des Publikums ignoriert. *Siegfried Lowitz*

Theke:

der Rangierbahnhof der menschlichen Seele, ein Bebra des Gemüts auf der Fahrt von des Tages Mühe in den Frieden der Nacht. *Peter Bamm*

Theologie:

der Versuch, in einem dunklen Zimmer eine schwarze Katze zu fangen, die gar nicht drin ist, und dabei zu rufen: »Ich hab' sie!« *Pablo Cruz*

eine mystisch verkleidete Anthropologie. *Viteslav Gardavsky*

Theorie:

eine Vermutung mit Hochschulbildung. *J. A. Carter*

die Vorurteile eines Professors. *Mark Twain*

Tiefe (bei deutschen Schriftstellern):

nur ein anderes Wort für nicht realisierte Form. *Hugo von Hofmannsthal*

Tiere:

die unterhaltsamsten Stars im Fernsehen. *Rochus Bassauer*

Tod:

ein schwarzes Kamel, das vor jeder Tür niederkniet. *Anonym*

Toleranz:

die geduldete Ungenauigkeit. *Anonym*

die Tugend des Mannes, der keine Überzeugungen hat. *Gilbert Keith Chesterton*

das unbehagliche Gefühl, der andere könne am Ende doch recht haben. *Robert Lee Frost*

die Nächstenliebe der Intelligenz. *Jules Lemaitre*

eine Eigenschaft, die dem Reichen zu erklären erlaubt, Armut sei keine Schande. *Robert Lembke*

ein anderes Wort für Gleichgültigkeit. *William Somerset Maugham*

die Fehler der anderen entschuldigen. *Arthur Schnitzler*

totschweigen:
eine besonders heimtückische Form des Rufmords. *Rupert Schützbach*

Mord ohne Blutvergießen. *Stephen Spender*

tot sein:
die Gleichheit vor dem Wurm. *Pierre Daninos*

Tourismus:
auf der Suche nach Heimweh zu weit weggehen. *Georges Elgozy*

die Völkerwanderung der Neuzeit. *Halldór Laxness*

der unstillbare Drang des Menschen, für teures Geld im Ausland immer wieder bestätigt zu bekommen, daß es nirgendwo so schön ist wie zu Hause. *Brian Tuck*

Touristen:
Reisende, die man leichter melken kann als Kühe. *Anonym*

eine unbewaffnete Besatzungsarmee auf Zeit. *Guy Abecassis*

Leute, die in einem fremden Land nur blättern. *Guido Baumann*

Reisende, die ihren Besitz verbrauchen, um sich den Besitz anderer anzusehen. *Ernst Heimeran*

Tradition:
die Summe von verjährten Werten. *Kazimierz Brandys*

das System, das verhindern will, daß Kinder ihre Eltern übertreffen. *Ephraim Kishon*

überlieferte Dressur. *Harold Pinter*

die Gesinnung der Faulen, die Pfützen stehen läßt, weil sie vielleicht noch von der Sintflut herrühren könnten. *Bob Singleton*

Traditionalismus:
einem silbernen Salzstreuer, aus dem kein Salz kommt, den Vorzug geben vor einem aus Plastik, der tatsächlich Salz streut. *Herzog von Bedford*

Traditionen:
die Dogmen der Bequemlichkeit. *Hans Lohberger*

Tränen:
weibliche Wasserkraft, die männliche Willenskraft spielend überwindet. *Anonym*

Träume:
Schlafkino. *Definition eines Kindes*

eine Art Fernsehen im Schlaf. *Alberto Sordi*

träumen:
der Sonntag des Denkens. *Henri-Frédéric Amiel*

schlafen mit Illustrationen im Text. *Eugenio d'Ors y Rovira*

Trainer:
ein Mensch, der sein Brot im Schweiß des Angesichts anderer Menschen verdient. *Martin Lauer*

Tratsch:
die Kunst, nichts zu sagen, aber so, daß nichts ungesagt bleibt. *Anonym*

Trauerflor:
das Spinnengewebe, womit die Witwen sich einen neuen Mann fangen. *Ramón Gómez de la Serna*

Traum:
die Wirklichkeit der Gedanken. *Ralph Boller*

Treue:
Mangel an Gelegenheit. *Anonym*

ein starker Juckreiz mit dem Verbot, sich zu kratzen. *Anonym* eine Tugend, die jenen eigentümlich ist, die wissen, daß sie bald betrogen werden. *Ambrose Bierce*

meist nur noch die zur Moral erstarrte Liebe von gestern. *Hans Lohberger*

eine Tugend, die man oft beweisen soll, aber nicht immer. *Omar Sharif*

entweder die erschlaffende Wirkung der Gewohnheit oder ein Mangel an Einbildungskraft. *Oscar Wilde*

Trick:

eine Verhaltensweise, die nur dann erlaubt ist, wenn sie gelingt. *Arno Sölter*

Tripper:

für den Deutschen die französische Krankheit, für den Polen die deutsche, für den Russen die polnische. *Alfred Kern*

Trost:

das Wissen, daß ein besserer Mensch schlechter dran ist als man selber. *Ambrose Bierce*

Trotz:

eine jugendliche Form von Alters-Starrsinn. *Anonym*

Tsetsefliege:

ein afrikanisches Insekt, dessen Stich allgemein als das wirksamste natürliche Mittel gegen Schlaflosigkeit gilt, obwohl manche Patienten amerikanische Romanschriftsteller vorziehen. *Ambrose Bierce*

Tugend:

etwas zum Behalten, das man eigentlich verlieren möchte. *Curt Goetz*

die Summe der Dinge, die wir aus Trägheit, Feigheit oder Dummheit nicht getan haben. *Henry Miller*

bei einigen Furcht vor der Gerechtigkeit, bei vielen Schwäche, bei anderen Berechnung. *Gérard de Nerval*

eine Art Gewerkschaftsbewegung der Verheirateten. *George Bernard Shaw* eine Eigenschaft, die nie so angesehen war wie das Geld. *Mark Twain*

Tugenden:
die Laster der Mehrheit. *Jean Genet*

meist nur verkleidete Laster. *François de La Rochefoucauld*

die Pflichten, denen wir uns nicht zu entziehen wagen. *Henry Miller*

die gesündeste Turnübung:
das rechtzeitige Aufstehen vom Eßtisch. *Giorgio Pasetti*

die schwierigste Turnübung:
sich selbst auf den Arm nehmen. *Werner Finck*

U

Überarbeitung:
eine gefährliche Erkrankung, die hohe Beamte befällt, die angeln gehen wollen. *Ambrose Bierce*

überlegen:
Wahrscheinlichkeiten auf der Waagschale der Wünsche wiegen. *Ambrose Bierce*

X **innere Überlegenheit:**
Eigenschaft, die unsere Mitmenschen unglaublich oft übersehen. *Helmar Nahr*

Überlegung:
ein Gedankenvorgang, der nach einem Mißerfolg angestellt wird. *Anonym*

überparteiliche Angelegenheit:
ein Problem, für das keine Partei eine Lösung weiß. *Anonym*

Überredungskunst:

die Fähigkeit eines Vertreters, einem Bauern für seine einzige Kuh eine Melkmaschine zu verkaufen und die Kuh in Zahlung zu nehmen. *Anonym*

Übersetzer:

verwegene Kämpfer, die den Turm von Babel angreifen. *Albert Camus*

schlecht bezahlter Sklave, der einen Text aus einer Fremdsprache in eine Sprache übersetzt, die eine entfernte Ähnlichkeit mit der deutschen Sprache hat. *Hans Weigel*

Übersetzung:

nur die Rückseite eines schönen Teppichs. *Miguel de Cervantes de Saavedra*

Übertreibung:

eine Wahrheit, die die Geduld verloren hat. *Khalil Gibran*

Übervölkerung:

der Kinderreichtum der Nachbarsfamilie. Freudiges Ereignis: Zuwachs in der eigenen. *Anonym*

Überzeugung:

an uns selbst ein bewundernswerter Zug, bei anderen unerträglicher Starrsinn. *Anonym*

jener Irrtum, dem die Menschen sich in der Jugend verschrieben und den sie dann später aus Trotz und falscher Scham nicht mehr korrigieren wollen. *Wilhelm Lichtenberg*

Überzeugungen:

Krankheiten, die durch Begeisterung übertragen werden. *Siegfried Lenz*

Vorurteile, die man sich selbst erarbeitet hat. *Wolfram Weidner*

Überzeugungskraft:

die Kunst, eine Sache so einseitig darzustellen, daß man alle anderen Seiten vergißt. *Ron Kritzfeld*

Uhrzeiger:

Peitschen für alle jene, die sich als Rennpferde mißbrauchen lassen. *François Mitterand*

Uhu:

gefiederte Katze. *Ramón Gómez de la Serna*

Ultimatum:

in der Diplomatie: eine letzte Forderung, bevor man sich auf Zugeständnisse einläßt. *Ambrose Bierce*

Umleitung:

die längste Entfernung zwischen zwei Punkten. *Anonym*

Umleitungen:

die beste Chance, endlich die eigene Stadt kennenzulernen. *Danny Kaye*

Umschweife:

literarischer Trick, mit dem der Schriftsteller, der nichts zu sagen hat, dies dem Leser schonend beibringt. *Ambrose Bierce*

Umstürzler:

jeder, der die bestehende soziale Ordnung abschaffen und eine andere erproben will. *George Bernard Shaw*

Unaufrichtigkeit:

eine Lüge, die noch in die Schule geht. *Wolfram Weidner*

Unbescheidenheit:

ein starkes Gefühl für eigene Verdienste und ein schwaches Gefühl für die anderer. *Ambrose Bierce*

unbesonnen:

unempfänglich für den Wert unserer Ratschläge. *Ambrose Bierce*

Unbußfertigkeit:

ein zeitlich zwischen Schuld und Sühne liegender Geisteszustand. *Ambrose Bierce*

der Undankbare:

ein Mensch, der etwas für nichts bekommen hat und der zu denselben Bedingungen mehr haben will. *Elbert Hubbard*

Understatement:

die seltsame Lust der Engländer, einen Elefanten als Maus auszugeben und dafür auch noch Glauben zu finden. *Norman Mailer*

ein beliebtes Vergrößerungsglas für die eigene Größe. *Peter Ustinov*

Unendlichkeit:

dort, wo Dinge geschehen, die es nicht gibt. *Definition eines Schülers*

Unentschlossenheit:

ein Charakterfehler, zu dessen Korrektur sich die meisten nicht entschließen können. *Anonym*

Ungeduld:

Warten in Eile. *Anonym*

die einzige Eigenschaft der Jugend, deren Verlust man im Alter nicht beklagt. *Frank Thieß*

Ungehorsam:

ein Lichtstreif am dunklen Horizont der Knechtschaft. *Ambrose Bierce*

für jeden, der die Geschichte kennt, die eigentliche Tugend des Menschen. *Oscar Wilde*

Ungläubiger:

in New York: jemand, der nicht an die christliche Religion glaubt; in Istanbul: jemand, der an sie glaubt. *Ambrose Bierce*

Unglaube:

die größte der großen Weltreligionen. *Ambrose Bierce*

Unglück:

versäumtes Glück. *Hans Lohberger*

Universität:

eine Einrichtung, die es Vätern ermöglicht, ihre Söhne noch ein paar Jahre vom Betrieb fernzuhalten. *Anonym*

ein Ort, wo Kieselsteine geschliffen und Diamanten getrübt werden. *Robert Green Ingersoll*

Unkraut:

Pflanzen, die wiederkommen, nachdem man sie mit der Wurzel ausgerissen hat. *Anonym*

die Pflanzen, deren Vorzüge noch nicht erkannt worden sind. *Ralph Waldo Emerson*

die Opposition der Natur gegen die Regierung der Gärtner. *Oskar Kokoschka*

alles, was nach dem Jäten wieder wächst. *Mark Twain*

das Unmögliche:

das, was man nie versucht hat. *Anonym*

Unmoral:

die Fähigkeit, etwas freudig zu tun, das anderen ein schlechtes Gewissen beschert. *Anonym*

die Moral derer, die sich amüsieren. *Henry Louis Mencken*

Unordnung:

nichts anderes als undurchsichtige Ordnung auf russisch. *Ludmilla Tscherina*

unparteiisch:

außerstande, sich einen persönlichen Vorteil davon zu versprechen, daß man sich in einer Kontroverse auf eine der beiden Seiten schlägt oder sich einer von zwei widerstreitenden Meinungen anschließt. *Ambrose Bierce*

das stärkste Unrecht:

das Recht des Stärkeren. *Marie von Ebner-Eschenbach*

Unschuld:

eine Sache, die oft verloren und noch nie wiedergefunden wurde. *Anonym*

Unsinn:

die Einwände, die gegen dieses hervorragende Wörterbuch vorgebracht werden. *Ambrose Bierce*

Unsterblichkeit:

die Sehnsucht von Millionen, die schon an einem verregneten Sonntagnachmittag nichts mit sich anzufangen wissen. *Susan Ertz*

Untergebener:

einer, der sich kurzfassen muß. *Wieslaw Brudzínski*

Unterhaltung:

alles, was im Fernsehen nicht langweilt. *Hans Rosenthal*

mittelständisches Unternehmen:

ein Unternehmen, dem beim Konkurs der Staat nicht hilft. *Friedrich Conzen*

Unternehmer:
jemand, der täglich 16 Stunden zu arbeiten bereit ist, um nicht acht Stunden pro Tag für einen anderen arbeiten zu müssen. *Anonym*

unterscheiden:
die Besonderheiten feststellen, durch die eine Person oder Sache womöglich noch anrüchiger ist als eine andere. *Ambrose Bierce*

Unterschriften:
Handschellen aus Tinte. *Rumänisches Sprichwort*

Parlamentarische Untersuchungsausschüsse:
Teppichklopfer, die gerade so stark drauflosschlagen, daß es nicht staubt. *Enrique Morales*

Untertreibung:
die raffinierteste Form der Übertreibung. *Harold Nicholson*

Untreue:
oft nichts als ein Mangel an Phantasie. *Hans Krailsheimer*

Unvereinbarkeit:
in der Ehe: Ähnlichkeit der Neigungen, insbesondere der Neigung, den Ton anzugeben. *Ambrose Bierce*

Unwandelbarkeit in der Politik:
nur ein anderer Ausdruck für Mangel an Verstand. *Charles Maurice Talleyrand*

Unwissenheit:
der Weg zum Erfolg, sofern sie mit Selbstvertrauen gepaart ist. *Mark Twain*

Unzufriedenheit:
X der erste Schritt in der Entwicklung von Menschen und Völkern. *Oscar Wilde*

Urlaub:
die kürzeste Verbindung zwischen zwei Gehältern. *Anonym*

Freizeit, die man den Arbeitnehmern gewährt, um sie daran zu erinnern, daß das Unternehmen auch ohne sie auskommt. *Anonym*

Urteil:

etwas, womit sich die meisten Menschen zufriedengeben, weil Denken so anstrengend ist. *Anonym*

usw.:

ein Zeichen, das verwendet wird, um die Leute glauben zu machen, daß man mehr wüßte, als man ihnen erzählt. *Anonym*

V

Vamp:

eine Frau, die alles besitzt, was sie braucht, um alles zu bekommen, was du besitzt. *Anonym*

Vater:

ein Mann, der seinen Sohn zu einem so tüchtigen Menschen heranwachsen sehen möchte, wie er selbst gern einer geworden wäre. *Anonym* wer weder sein Telefon noch sein Badezimmer noch sein Auto benutzen kann. *Anonym*

ein Mann, der etwas geleistet hat, das Hand und Fuß hat. *Anonym*

Vaterlandsliebe:

erweiterte Familienliebe. *Marie von Ebner-Eschenbach*

Vaterschaft:

ein Beruf, der einem auferlegt wird, ohne daß man gefragt wird, ob man sich auch dafür eignet. *Anonym*

Vegetarier:

ein Mensch, der es ablehnt, Tiere zu schlachten – und ihnen dafür das Futter wegißt. *Anonym*

ein Mensch, der kein tierisches Leben ißt, das man ohne Mikroskop sehen kann. *Anonym*

Venedig:

zweifellos die schönste Wasserleiche Europas. *Peter Frazer*

die zweite Enttäuschung der Braut auf der Hochzeitsreise. *Anonym*

eine Stadt, die von Gebäuden bewohnt wird. *Boris Pasternak*

Verachtung:

gefahrloser Ersatz für Ohrfeigen, die man nicht anbringt. *Anonym*

eines vorsichtigen Mannes Gefühl für einen Feind, der zu mächtig ist, um ihn gefahrlos zu bekämpfen. *Ambrose Bierce*

Verallgemeinerung:

ein Plateau, auf dem sich ein müder Geist ausruhen kann. *Anonym*

Verantwortung:

eine abnehmbare Last, die sich leicht Gott, dem Schicksal, dem Glück, dem Zufall oder dem Nächsten aufladen läßt. In den Tagen der Astrologie war es üblich, sie einem Stern aufzubürden. *Ambrose Bierce*

Verbindungen:

das, was man zu haben glaubt, bis man sie ausnutzen muß. *Anonym*

Verbot:

eine raffinierte Methode, Lust an Belustigungen zu wecken, zu denen kein Mensch Lust hätte, wenn sie nicht verboten wären. *Anonym*

Verbündete:

Freunde, die sich erst dann aus dem Staube machen, wenn man sie braucht. *Charles Maurice Talleyrand*

Verehrung:

das, was der Mensch für Gott und der Hund für den Menschen empfindet. *Ambrose Bierce*

tiefgekühlte Liebe. *Françoise Sagan*

Verein:

eine Vereinigung von Personen, die entweder gemeinsam Krach machen oder miteinander Krach haben. *Gerhard Uhlenbruck*

Vererbung:

das, woran man glaubt, wenn man ein intelligentes Kind hat. *Anonym*

Gesetzmäßigkeit der Natur, die dafür sorgt, daß unerwünschte Eigenschaften der Kinder immer vom anderen Elternteil stammen. *Anonym*

biologische Tatsache, die du anerkennst, wenn deine Kinder lauter Einsen aus der Schule mit nach Hause bringen. *Anonym*

Vererbungslehre:

eine Wissenschaft, die in erster Linie von den Müttern schöner Töchter und den Vätern kluger Söhne anerkannt wird. *Anonym*

Verfassung:

ein Dokument, das das Volk vor der Regierung schützt. *Ronald Reagan*

Vergangenheit:

die Vorratskammer für die Zukunft. *Anonym*

der Teil unseres Lebens, der immer größer und schöner wird. *Anonym*

ein Sprungbrett, nicht ein Sofa. *Harold Macmillan*

Vergebung:

taktischer Zug; dient dazu, einen Finsterling einzulullen, um ihn beim nächsten Mal in flagranti zu ertappen. *Ambrose Bierce*

Vergehen:

ein Gesetzesverstoß von niedrigerem Rang als ein Verbrechen, der nicht dazu berechtigt, in die vornehme Gesellschaft der Kriminellen aufgenommen zu werden. *Ambrose Bierce*

vergessen:

die Kunst, Bewußtes unbewußt zu machen. *Hans Lohberger*

die wohlfeilste Methode, seine Vergangenheit zu bewältigen. *Friedrich Luft*

Mangel an Treue. *Gabriel Marcel*

ein Prozeß geistiger Müllabfuhr. *Brigitte Milgner*

eine Form des Neinsagens. *Axel Schnorbus*

Vergessenheit:

der Zustand oder die Verfassung, in denen die Bösen zu kämpfen aufhören und die Mühseligen und Beladenen ruhen. *Ambrose Bierce*

die ewige Schutthalde des Ruhms. *Ambrose Bierce*

eine Stätte, wo ehrgeizige Autoren ihren Werken ohne Stolz und den überlegenen Kollegen ohne Neid begegnen. *Ambrose Bierce*

ein Schlafsaal ohne Wecker. *Ambrose Bierce*

Vergeßlichkeit:

eine Alterserscheinung, die sich mit Hilfe von Sigmund Freud in eine Jugendsünde verwandeln läßt. *Anonym* eine Gottesgabe, durch die Schuldner ihren Mangel an Gewissen wettmachen. *Ambrose Bierce*

Vereinte Nationen:

ein Forum, auf dem ein Zwergpinscher jederzeit einen Elefanten anpinkeln kann. *Joao Filhes*

Verhältnis:

zwei Menschen, die verheiratet sind, aber nicht miteinander. *Anonym*

verhandeln:

nicht die schlechteste Form des Handelns. *William Rogers*

Verhandlungstaktik:

die Antwort provozieren, die man haben will. *Hans Habe*

Verkehr:

der Versuch, immer mehr Wagen auf immer engerem Raum in Bewegung zu halten. *Michael Schiff*

fließender Verkehr:

ein Zeichen dafür, daß die Polizei gerade anderweitig beschäftigt ist. *Wolfram Weidner*

Verkehrsampel:

schüchternes Wesen, das rot wird, wenn man näher kommt. *Anonym*

Verleger:

ein Mann, der zuwenig investiert, zuwenig wirbt und zuviel verdient. *Robert Neumann*

eine besondere Spezies. Man findet unter ihnen Vertreter aller sieben Todsünden. *Michael Turner*

einer, der aufgrund übereinstimmender Aussagen von Autoren und Buchhändlern die alleinige Schuld am Mißerfolg eines Buches trägt. *Hans Weigel*

Verleumdung:

ein Schuldspruch, der in Abwesenheit des Angeklagten hinter verschlossenen Türen, ohne Verteidigungs- und Berufungsrecht, von einem voreingenommenen Richter verkündet wird. *Joseph Roux*

Verliebtheit:

eine psychische Angina, ein Zustand geistiger Verengung.

José Ortega y Gasset

Verliebtsein:

ein süßer Traum – die Hochzeit ist der Wecker. *Anonym*

eine Art Vorgeplänkel, eine Ouvertüre, nach der sich entscheidet, ob daraus ein Drama oder ein Lustspiel wird. *Hanna-Renate Laurin*

den Unterschied zwischen einer Frau und einer anderen ungebührlich überschätzen. *George Bernard Shaw*

guter Verlierer:

ein ungewählter Politiker, der sich trotzdem gewählt ausdrückt.

Ernst Schröder

Verlobung:

das Versprechen, nicht auseinanderzugehen, solange man nicht zusammengekommen ist. *Karl Farkas*

die bedingte Verurteilung zu lebenslänglicher Doppelhaft mit vorläufigem Strafaufschub. *August Strindberg*

eine sinnvolle Einrichtung, eine Art Ausnüchterungszelle für Berauschte.

Evelyn Waugh

vermachen:

einem anderen großzügig überlassen, was ihm sowieso nicht mehr vorenthalten werden kann. *Ambrose Bierce*

Vermutungen:

die Ausflucht jener Leute, die nichts wissen. *O'Connor*

vernünftig:

frei von allen Selbsttäuschungen, außer den im Beobachten, Erfahren und Denken enthaltenen. *Ambrose Bierce*

Vernunft:

manchmal nichts anderes als Mut zur Feigheit. *George Bernard Shaw*

Vernunftehe schließen:

alle seine Vernunft zusammennehmen, um die wahnsinnigste Handlung zu begehen, die ein Mensch begehen kann. *Marie von Ebner-Eschenbach*

verrückt:

im Widerspruch zur Mehrheit. *Ambrose Bierce*

Versager:

ein Mann, der Fehler gemacht hat und nicht fähig ist, Nutzen aus der Erfahrung zu ziehen. *Anonym*

verschroben:

hartnäckig und eifrig einer Meinung anhängend, die du nicht teilst. *Ambrose Bierce*

verschweigen:

die allerkürzeste Form der Demagogie. *Reginald Rudorf*

Versicherung:

ein geniales modernes Glücksspiel, bei dem sich der Spieler der angenehmen Überzeugung hingeben darf, den Mann, der die Bank hält, zu schlagen. *Ambrose Bierce*

Versicherungsagent:

der einzige Mensch, der an einer Versicherung verdient, ohne daß er gleich stirbt oder abbrennt. *Anonym*

Versöhnung:

eine zeitweilige Einstellung der Feindseligkeiten. *Ambrose Bierce*

Verständnis:

etwas, das moderne Frauen für alles auf der Welt aufbringen, nur nicht für den eigenen Mann. *Anonym*

Verstand:

ein Hemmungsapparat gegen das Sofortreagieren auf das Instinkturteil.

Friedrich Nietzsche

scharfer Verstand:

die gefährlichste Sorte von Dummheit. *Hugo von Hofmannsthal*

verstehen:

(X) sich eine Frage stellen, die durch das, was man versteht, genau beantwortet wird. *André Gide*

Versuchung:

ein Parfüm, das man so lange riecht, bis man die Flasche haben möchte.

Jean-Paul Belmondo

Verträge:

ein Beispiel dafür, daß sich Menschen nicht trauen. *Anonym*

überflüssige Schriftstücke, die von Gutwilligen ohnehin und von Bösartigen doch nie eingehalten werden. *Ron Kritzfeld*

Vertrag:

ein System, unter dem die Treuen immer gebunden, die Treulosen immer frei sind. *Lord Robert Gilbert Vantissart*

Vertrauen:

das Gefühl, einem Menschen sogar dann glauben zu können, wenn man weiß, daß man an seiner Stelle lügen würde. *Henry Louis Mencken*

Vertrauensvorschuß:

Kredit mit Maximalzins. *Ron Kritzfeld*

Vertreter:

Überredungskünstler auf Provisionsbasis. *Alfred Horné*

Verunglimpfung:

Satire, wie Dummköpfe und alle anderen Geistesbehinderten sie verstehen. *Ambrose Bierce*

Verwaltung:

der einzige Organismus, der auf die Umweltvergiftung mit Wachstum reagiert. *Wolfram Weidner*

Verwandte:

Menschen, die wir besuchen, sofern sie reich sind, und die uns besuchen, sofern sie arm sind. *Ambrose Bierce*

eine Gesellschaft von Leuten, die weder im geringsten ahnen, wie man leben soll, noch den Takt besitzen, im rechten Augenblick zu sterben. *Oscar Wilde*

Verwunderung:

unfreiwillig gespendetes Lob. *Edward Young*

verzichten:

einer Ehre um eines Vorteils willen entsagen. Eines Vorteils um eines größeren Vorteils willen entsagen. *Ambrose Bierce*

Verzweiflung:

die Schlußfolgerung der Narren. *Benjamin Disraeli*

Veterinärmedizin:

das einzige Gebiet in der Medizin, das dem Arzt erlaubt, seine Patienten zu verspeisen. *Ephraim Kishon*

vielleicht:

ein schlauer Krebs, der vor- und rückwärts gehen kann. *Anonym*

die Visitenkarte der Hoffnung. *Aus den »Fliegenden Blättern«*

eine prekäre Position auf der Grenze zwischen leichtsinniger Gewißheit und verzagtem Unglauben. *Ludwig Marcuse*

Virus:

ein lateinisches Wort, das die Ärzte verwenden, wenn sie sagen wollen: »Ich weiß es auch nicht.« *Bob Hope*

Vision:

die Kunst, Unsichtbares zu sehen. *Jonathan Swift*

Vitalität:

Kraftentfaltung in der Freizeit. Im Beruf verpönt. *Michael Schiff*

Volk:

der Umschweif der Natur, um zu sechs, sieben großen Männern zu kommen. – Ja: und um dann um sie herumzukommen. *Friedrich Nietzsche*

Volkslied:

ein Lied, das uns glauben läßt, wir könnten singen. *Anonym*

Volksvertretung:

repräsentativer Querschnitt der Verbandsfunktionäre. *Helmar Nahr*

Volkswirtschaftler:

ein Mann, der mehr von dem Geld versteht, das er nicht hat, als derjenige, der es hat. *Anonym*

ein Mensch, der über etwas schreibt, was er nicht versteht, und dich glauben macht, das sei dein Fehler. *Anonym*

einer, der alle Lösungen für die Probleme des vergangenen Jahres kennt. *Anonym*

ein Mann, der uns sagt, was wir mit dem Geld machen sollen, das wir verloren hätten, wenn wir seinem Rat gefolgt wären. *Aldo Cammarota*

Vorahnung:

das Vorgefühl von etwas Unangenehmem, wenn man um drei Uhr morgens nach Hause kommt und im Schlafzimmer der Ehefrau Licht sieht. *Ambrose Bierce*

voraussagen:

beobachten, was geschehen ist, und vermuten, daß es wieder geschehen wird. *Elbert Hubbard*

Vorgesetzter:
ein Mensch, der sich zurückgesetzt fühlt, wenn er nicht vorgezogen wird.
Anonym

Vorlesung:
jener Vorgang, bei dem die Notizen des Lehrers zu Notizen des Schülers werden, ohne daß sie den Geist der beiden passieren mußten.
Mortimer J. Adler

Vorliebe:
das Gefühl oder die Geistesverfassung, die von dem Irrglauben hervorgerufen wird, daß etwas Bestimmtes besser ist als etwas Anderes.
Ambrose Bierce

Vorrecht:
der größte Feind des Rechtes. *Marie von Ebner-Eschenbach*

gute Vorsätze:
Schecks, auf eine Bank ausgestellt, bei der man kein Konto hat. *Oscar Wilde*

guter Vorsatz:
ein Gaul, der oft gesattelt, aber selten geritten wird. *Mexikanisches Sprichwort*

meistens ein Startschuß, dem kein Rennen folgt. *Siegfried Lowitz*

Vorschußlorbeeren:
rote Rosen, die man einer Frau schon am frühen Abend schenkt.
Andreas K. Heyne

Vorsicht:
die Einstellung, die das Leben sicher macht, aber selten glücklich.
Samuel Johnson

das, was wir bei anderen Feigheit nennen. *Oscar Wilde*

Vorurteil:
der Versuch, die Tatsachen gegeneinander abzuwägen und dabei den Daumen auf die Waagschale zu legen. *Anonym*

eine Einbahnstraße mit Anhalteverbot für den Verstand. *Louis Guilloux*

ein Irrtum, der Wurzeln geschlagen hat. *Martin Held*

ein Urteil, das der Staatsanwalt gesprochen hat. *Heinz Hilpert*

Verurteilung ohne Urteil. *Bernhard Pollak*

Vorurteile:
Denkschienen. *Anonym*

ein Blumenstrauß, den man wenigstens von Zeit zu Zeit neu arrangieren sollte. *Luther Burbank*

die Vernunft der Narren. *Voltaire*

Vorzugsgläubiger:
einer, der als erster darüber informiert wird, daß kein Geld mehr da ist. *»Financial Times«, London*

Voyeur:
ein Mann, der grundsätzlich durchs Schlüsselloch schaut, auch wenn die Tür offensteht. *Hans Clarin*

Voyeure:
Männer, die nur noch besichtigen, weil sie nichts mehr beabsichtigen. *Helen Vita*

W

Wachmann:
ein in Tuch gehülltes Abführmittel. *Johann Nepomuk Nestroy*

Wähler:

Bürger, die ihre Stimmen so geschickt abgeben, daß die Zahl der Abgeordneten, die für etwas sind, gleich groß ist wie die Zahl derjenigen, die dagegen sind, und die sich dann wundern, daß nichts geschieht. *Anonym*

einer, der sich des geheiligten Privilegs erfreut, für den Mann stimmen zu dürfen, den ein anderer für ihn gewählt hat. *Ambrose Bierce*

Währungsspekulanten:

Leute, die fest auf die Unfähigkeit von Regierungen vertrauen. *Pierre van Dongen*

Wagemut:

eine der auffälligsten Eigenschaften eines Menschen in Sicherheit. *Ambrose Bierce*

Wahl:

eine Entscheidung für das vermeintlich geringere Übel. *Anonym*

Wahlbetrug:

verbotene Beeinflussung des Wahlergebnisses nach der Wahl. Gegensatz: Wahlversprechen. *Rolf Haller*

Wahlen:

die Rache des Bürgers. *Lloyd George*

eine Veranstaltung zur Überprüfung der demoskopischen Vorhersagen. *Robert Lembke*

Wahlkampf:

die Kunst, nur das zu versprechen, was man sowieso nicht halten muß. *Carlo Franchi*

Wahlredner:

einer, der weiß, daß jedes Ding zwei Seiten hat, und der gewöhnlich für beide ist. *Paul Renner*

Wahlurnen:

Behälter, in denen politische Hoffnungen bestattet werden. *Wolfram Weidner*

Wahlversprechen:
Versprechen eines Politikers, Steuergelder in Subventionen umwandeln zu wollen. *Rolf Haller*

Wahlversprechen von heute:
die Steuern von morgen. *Mackenzie King*

Wahrheit:
eine Halluzination, zu der sich die Mehrheit bekennt. *Anonym*

was man glaubhaft machen kann. *Anonym*

eine scheue Geliebte; man besitzt sie niemals ganz. *Hermann Bahr*

die Lüge, die am angenehmsten zu glauben ist. *Henry Louis Mencken*

die Art von Irrtum, ohne welche eine bestimmte Art von lebendigen Wesen nicht leben könnte. *Friedrich Nietzsche*

das einzige, was niemand glauben will. *George Bernard Shaw*

der Name, den wir unseren wechselnden Irrtümern geben.
Rabindranath Tagore

wissenschaftliche Wahrheit:
strittige oder unbestreitbare These, ausgedrückt in der Sprache der Mathematik. *Georges Elgozy*

Wahrheitsliebe:
das Privileg der Glücklichen, die nichts zu verlieren haben.
Christian Diekholtz

die seltenste aller amourösen Bindungen. *Alfred Polgar*

Wahrsager:
ein Wesen, das morgen verrät, warum die Dinge, die es gestern vorhergesagt hat, heute nicht eingetreten sind. *Anonym*

Wahrsagerin:
eine Frau, die ihr Geld im Handumdrehen verdient. *Anonym*

Waldheimer Krankheit:
die Krankheit, bei der man vergißt, daß man ein Nazi war. *Billy Wilder*

Walzer:
eine typische Männer-Erfindung – sie können eine Frau führen und dabei auch noch auf ihr herumtrampeln. *Anonym*

Wandelbarkeit:
die große Tugend der Frau. Wer eine echte Frau hat, braucht keinen Harem. *Gilbert Keith Chesterton*

Wanderpokal:
Trophäe, aus der es trotz ihrer wohlklingenden Bezeichnung nichts zu trinken gibt und die man daher nach angemessener Zeit weiterreicht. *Ron Kritzfeld*

Wasser:
eine Flüssigkeit, die nicht zum Trinken da ist, sonst hätte Gott nicht soviel davon gesalzen. *Brendan Behan*

Wasserball:
ein harter Sport – vor allem für Nichtschwimmer. *Peter Frankenfeld*

Wechsel vom Minirock zum Maxirock:
der komische Versuch, den Mann auf die Waden neugierig zu machen, nachdem er schon die Oberschenkel auswendig gelernt hatte. *Rolf Thiele*

Wecker:
Babyersatz für kinderlose Ehepaare. *Anonym*

wehrlos:
unfähig anzugreifen. *Ambrose Bierce*

Weihnachten:
ein bewährtes Mittel zur Umsatzsteigerung im Einzelhandel. *Anonym*

eine Zeit der Stille und Besinnung, bis jemand auf die Idee kam, daß Geschenke sein müssen. *Anonym*

Festtag der Völlerei, der Trunksucht, klebrigen Gefühlen, der Entgegennahme von Geschenken, öffentlicher Langeweile und häuslichem Frieden geweiht. *Ambrose Bierce*

Weihnachtseinkäufe:
ein hervorragendes Training für den Winterschlußverkauf. *Anonym*

Weihnachtszeit:
Wochen, in denen man für andere kauft, was man sich selbst nicht leisten kann. *Anonym*

Weihrauch:
auf dem Gebiet der Religion ein für die Nase bestimmtes Argument. *Ambrose Bierce*

Wein:
Gottes zweitbestes Geschenk an den Mann. *Ambrose Bierce*

weise sein:
sich nicht darüber schämen, daß man nichts weiß; sich nicht davor fürchten, daß man nichts weiß, und nicht darauf stolz sein, daß man nichts weiß. *Hans Krailsheimer*

Weisheit:
die Fähigkeit zu merken, wann man mit seiner Weisheit am Ende ist. *Anonym*

Wissen, gepaart mit eigenem Urteil. *Anonym*

das Resultat unserer Erfahrungen. *Sacha Guitry*

gute Laune, die anhält. *Michel de Montaigne*

dem Herzen glauben. *George Santayana*

Weißbuch:
Dokumentation zum Anschwärzen von Gegnern. *Ron Kritzfeld*

Welt:

ein wunderschönes Buch, doch von geringem Nutzen für den, der nicht lesen kann. *Carlo Goldoni*

ein Gefängnis, in dem Einzelhaft vorzuziehen ist. *Karl Kraus*

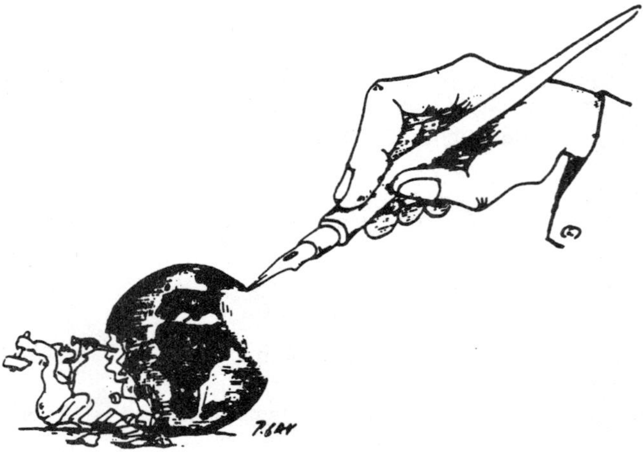

ein Spiegel, in welchem ein jeder sein eigenes Antlitz erblickt. Wer mit saurer Miene hineinschaut, sieht ein saures Gesicht. Wer hineinlächelt, findet einen fröhlichen Gefährten. *William Makepeace Thackeray*

eine Komödie für die, die denken, und eine Tragödie für die, die fühlen. *Horace Walpole*

Weltanschauung:

zeitgemäß gewordene Philosophie. *Hans Lohberger*

die gefährlichste Weltanschauung:

die Weltanschauung der Leute, welche die Welt nie angeschaut haben. *Alexander von Humboldt*

Weltgeschichte:

die ständige Wiederholung immer der gleichen Fehler von immer mehr Menschen mit immer schlimmeren Folgen. *Ron Kritzfeld*

ein Hemd, das nicht gewaschen wird, sondern nur gewendet.
Thomas Niederreuther

die Summe dessen, was vermeidbar gewesen wäre. *Bertrand Russell*

eine Verschwörung der Diplomaten gegen den gesunden Menschenverstand. *Arthur Schnitzler*

Weltstadt:
der Titel, den sich eine Großstadt zulegt, wenn ihre Verkehrseinrichtungen und ihre Schulen nicht mehr ausreichen. *Anonym*

eine Hochburg des Provinzialismus. *Ambrose Bierce*

Weltstars:
die intimsten gemeinsamen Bekannten von jedermann. *Charlie Chaplin*

Weltverbesserer:
Leute, die sofort das ganze Haus einreißen, wenn eine Tür quietscht.
Gustav Knuth

Leute, die um die Erkenntnis nicht herumkommen, daß es leichter ist, einen neuen Menschen zu machen, als die vorhandenen zu verbessern.
John Osborne

Werbeleiter:
ein Mensch, der täglich aus einer Fliege einen Elefanten macht. *Anonym*

Werbung:
Kraft, die einen Mann dazu bringt, sich einen Fernsehapparat zu kaufen, statt für einen zu sparen. *Anonym*

offenbar die erfolgreichste Form der Wiederholung. *Detlef Fliers*

der Versuch, das Denkvermögen des Menschen so lange außer Funktion zu setzen, bis er genügend Geld ausgegeben hat. *Stephen Leacock*

das Rasseln eines Stocks in einem Blecheimer. *George Orwell*

die Kunst, auf den Kopf zu zielen und die Brieftasche zu treffen.
Vance Packard

ein Versuch, den Menschen von seinem Geld zu trennen. *John B. Priestley*

die Kunst, ein Produkt so zu rühmen, als hätte es keine Werbung nötig.
Joachim Schwedhelm

Werbung im Fußball:
die Kunst, auf das Tor zu zielen und den Geldbeutel zu treffen.
Reinhold E. Eichholz

Wetter:
eine von Gott geschaffene Einrichtung zur Widerlegung der Meteorologen. *Ralph Boller*

Whisky:
ein probates Mittel, den Geschmack von Wasser zu verbessern. *Anonym*

Widersinn:
Erklärung oder Auffassung, die offensichtlich unvereinbar mit der eigenen Meinung ist. *Ambrose Bierce*

Wiedergutmachung:
die Rückgabe des Regenmantels, wenn die Sonne wieder scheint. *Anonym*

Wiener:
ein mit sich sehr unglücklicher Mensch, der den Wiener haßt, aber ohne den Wiener nicht leben kann. *Hermann Bahr*

eine Mischung aus tückischen Hausmeistern und genialen Begabungen.
Josef von Ferenczy

Wille:
Charakter in Aktion. *Anonym*

Willensstärke:
die Fähigkeit, beim Fernsehen aus einer vollen Schale nur eine Salzmandel zu essen. *Robert Lembke*

Wind:
Luft, die es eilig hat. *Anonym*

Window shopping:
die weibliche Entsprechung zum Spähtrupp beim Militär. *Peter Ustinov*

Wirbelsäule:
ein Knochen, der den Rücken herunter verläuft. Obendrauf sitzt der Kopf, untendrauf sitze ich. *Definition eines Schülers*

wirklich:
scheinbar. *Ambrose Bierce*

Wirklichkeit:
eine Sense für Ideale. *Helmut Qualtinger*

Wirtschaftsfachmann:
ein Mensch, der die eine Hälfte des Jahres Pläne erarbeitet und die andere Hälfte Rechtfertigungen dafür, daß die Dinge nicht so gelaufen sind, wie er sie geplant hatte. *Anonym*

Wirtschaftsgeld:
etwas, womit eine Frau nur auszukommen versucht, um ihrem Mann zu beweisen, daß es unmöglich ist. *Marianne Koch*

langlebige Wirtschaftsgüter:
Wirtschaftsgüter, die die letzte Teilzahlungsrate überdauern. *Anonym*

Wirtschaftsplan-Beratungen:
die Kunst, Enttäuschungen gleichmäßig zu verteilen. *Maurice Stan*

Wirtschaftswissenschaft:
das einzige Fach, in dem jedes Jahr auf dieselben Fragen andere Antworten richtig sind. *Danny Kaye*

Wissen:
so ziemlich das einzige auf der Welt, was auf der Straße liegt und wovon sich jeder nehmen kann, soviel er Lust hat. *Anonym*

eine nutzlose Sache, wenn niemand weiß, daß man etwas weiß. *Anonym*

jener kleine Teil der Unwissenheit, den wir geordnet und klassifiziert haben. *Anonym*

das Kind der Erfahrung. *Leonardo da Vinci*

Wissenschaft:

Austausch unserer Unwissenheit gegen Unwissenheit von neuer Art. *George Byron*

ein Friedhof toter Ideen. *Miguel de Unamuno*

das Studium der Schönheit der Welt. *Simone Weil*

Wissenschaftler:

ein Mann, der lieber zählt als vermutet. *Anonym*

Beamte, die abends um sechs Uhr ihre Probleme vergessen können. Forscher können das nicht. *Adolf Butenandt*

jemand, dessen Einsichten größer sind als seine Wirkungsmöglichkeiten. Gegenteil: Politiker. *Helmar Nahr*

Witz:

ein tückischer Pfeil, vielleicht die einzige Waffe, mit der man sich selbst in den Rücken schießen kann. *Anonym*

das Epigramm auf den Tod eines Gefühls. *Friedrich Nietzsche*

das Niesen des Gehirns. *Alfred Polgar*

die Diskrepanz zwischen dem Gedachten und dem Angeschauten. *Arthur Schopenhauer*

die Waffe der Wehrlosen. *Peter Wapnewski*

Intellekt auf dem Bummel. *Oscar Wilde*

Witz ohne Ernst:
nur ein Niesen des Verstandes. *Heinrich Heine*

Witzeerzählen:
jene Beschäftigung, die der Archäologie am nächsten kommt. *Hannes Messemer*

Wölfe:
Haifische auf dem Lande. *Jack London*

Wörter:
Nägel, mit denen man Gedanken dingfest macht. *Anonym*

lange Wörter:
alphabetische Prozessionen. *Mark Twain*

Wörterbuch:
eine bösartige literarische Vorrichtung, die das Wachstum einer Sprache hemmt und sie starr und unelastisch macht. *Ambrose Bierce*

Wohlfahrtsstaat:
Staatsgebilde, das für alle vorbildlich sorgt – außer für den Steuerzahler. *Anonym*

Wohlstand:
der Zustand, in dem man soviel Kredit bekommt, um über seine Verhältnisse leben zu können. *Anonym*

die Summe des Überflüssigen, ohne das man nicht mehr auskommen kann. *Gustav Knuth*

das Durchgangsstadium von der Armut zur Unzufriedenheit. *Wolf-Dieter Nahr*

Wohltäter:
der einzige Täter, der sich gern entdecken läßt. *Anonym*

Wohltätigkeit:
weggeben, was man nicht brauchen kann. *Cedric Dumont*

öffentliche Wohltätigkeit:
Güte mit einem Lautsprecher. *Tilla Durieux*

wohnen:
eine Beschäftigung, die einen Menschen ausfüllen kann. *Curt Goetz*

Wohnung:
Räumlichkeiten, in denen Kinder warten, bis der Vater den Wagen nicht braucht. *Anonym*

moderne Wohnung:
halb soviel Platz für doppelt soviel Miete. *Anonym*

ein Ort, wo man aufsteht, um das Radio abzustellen, und merkt, daß es das des Nachbarn ist. *Anonym*

Wollust:
die Prämie der Natur für die Mühen von Zeugungen und Geburt. *Sigmund Freud*

der Treibstoff in der Großindustrie des Universums. *Hermann Kesten*

»Wort zum Sonntag«:
die Predigt, die denen, die sie am Sonntag verpassen, schon am Samstag verpaßt wird. *Anton Neuhäusler*

Worte:

Haken, an die man Gedanken hängen kann. *Anonym*

die Ärzte eines erkrankten Gemüts. *Äschylus*

Waffen, mit denen Wunden geschlagen werden können, die niemals vernarben. *Klaus Bölling*

das stärkste Rauschgift, das die Menschheit verwendet. *Rudyard Kipling*

Wortspiel:

Sprache auf Ferien. *Christopher Darlington Morley*

Würde:

eine körperliche Kunst, erfunden, um die Mängel des Geistes zu verbergen. *François de La Rochefoucauld*

die Verstellungsform derer, welche im Grunde furchtsam sind. *Friedrich Nietzsche*

Würmerspeise:

das Endprodukt, dessen Rohmaterial wir sind. *Ambrose Bierce*

Wunsch:

ein Wille, der sich selbst nicht ganz ernst nimmt. *Robert Musil*

Wunschdenken:

von dem Tag träumen, an dem langes Gras ebenso in Mode kommt wie langes Haar. *Anonym*

X

X:

der Klappstuhl des Alphabets. *Ramón Gómez de la Serna*

Y

Yoga:
eine Lehre, die die ganze Welt auf den Kopf stellen möchte. *Anonym*

Z

Zärtlichkeit:
Tarnung für abnehmende Leidenschaft oder zunehmende Gleichgültigkeit. *Georges Elgozy*

das Ruhekissen der Leidenschaft. *Joseph Joubert*

Zahnarzt:
ein Mann, dem man die Zähne zeigen muß, damit er arbeitet. *Anonym*

ein Zauberkünstler, der einem Gold in den Mund steckt und Geld aus der Tasche zieht. *Ambrose Bierce*

der einzige Mann, der eine Frau jederzeit zum Schweigen bringen kann, obwohl sie ihm die Zähne zeigt. *Hannes Wühr*

Zank:
das Band vieler bürgerlicher Ehen. *Stendhal*

Zank in der Ehe:
die Schneedecke, unter der sich die Liebe warm hält. *Jean Paul*

Zauberkünstler:
ein Mann, der Dinge von da wegnimmt, wo sie nicht sind, und sie dorthin legt, wo man sie nicht finden kann, weil sie dort nicht sind. *Anonym*

Zebra:

ein Pferd hinter Gittern. *Anonym*

ein Tier, das sein Röntgenbild außen trägt. *Ramón Gómez de la Serna*

zeichnen:

die Kunst, Striche spazierenzuführen. *Paul Klee*

Zeichnung:

Sprache für die Augen. *Joseph Joubert*

Zeit:

eine verspielte Katze. Sie umschmeichelt einen und schlabbert den Tag auf wie eine Schale Milch. *Anonym*

Gottes Art, Kredit zu geben. *Ralph Boller*

eine große Lehrerin. Schade nur, daß sie ihre Schüler umbringt. *Curt Goetz*

ein guter Arzt, aber ein schlechter Kosmetiker. *William Somerset Maugham*

die einzige Anleihe, die selbst ein dankbarer Empfänger nicht zurückzahlen kann. *Seneca*

der Fluß, in dem ich angle. *Henry David Thoreau*

die gute alte Zeit:

als Fußballspieler ihre Suppe noch zu Hause aßen und nicht im Werbefernsehstudio. *Robert Lembke*

Epoche, in der die Luft noch sauber und der Sex noch schmutzig war. *Harald Rüster*

als Autofahren noch teurer war als Parken. *Olaf Sveistrup*

Zeitung:

Publikationsmittel, das auf der Kommentarseite gegen das Rauchen polemisiert und im Anzeigenteil Zigarettenreklame abdruckt. *Anonym*

heute aktuell, morgen Wurstpapier, in zwanzig Jahren Kulturgeschichte.
Paul Fechter.

Zeitungen:
Sekundenzeiger der Geschichte. *Arthur Schopenhauer*

Zeitungsartikel:
das Zeug, das zwischen den Anzeigen steht. *Lord Thomson*

Zeitungsleute:
Menschen, die zum Frühstück dicke Schlagzeilen schlürfen. *Anonym*

Zement:
ein Stoff, der nicht eher hart wird, als bis ein Hund oder ein kleiner Junge darüber gelaufen sind. *Anonym*

Zensor:
ein Mann, der mehr weiß, als man nach seiner Ansicht wissen darf. *Anonym*

ein Staatsbeamter, der sein Büro in unseren Köpfen hat. *Zarko Petan*

ein Mann, der für seine schmutzigen Gedanken bezahlt wird. *John Trevelyan*

ein Beamter, der Dinge empfiehlt, indem er sie verbietet. *Frank Wedekind*

Zensur:
Reklame auf Staatskosten. *Federico Fellini*

geheime Empfehlung durch öffentliches Verbot. *Dieter Hildebrandt*

eine Methode, die besten Stellen für sich zu behalten. *Robert Lembke*

das lebendige Geständnis der Großen, daß sie nur verdummte Sklaven treten, aber keine freien Völker regieren können. *Johann Nepomuk Nestroy*

die jüngere von zwei schändlichen Schwestern, die ältere heißt Inquisition. *Johann Nepomuk Nestroy*

ungewollte Unterstreichung durch gewollte Streichung. *Martin Sperr*

Zeremonien:
eine Erfindung der Klugen, um die Dummköpfe auf Distanz zu halten. *Richard Steele*

amerikanische Zeremonien:
eine seltsame Mischung von Würde und Kitsch. *Paulo Darval*

Zerstreutheit:
Konzentration auf etwas anderes. *Erik Wickenburg*

das Ziel finden:
den Ursprung wiederfinden. *Paul Claudel*

Zigarette:
das vollendete Urbild des Genusses: sie ist köstlich und läßt uns unbefriedigt. *Oscar Wilde*

Zigaretten:
Steuerbescheid, in den etwas Tabak eingewickelt ist. *Anonym*

Zinsen:
der Sex des Geldes, mindestens sein Fortpflanzungstrieb. *Arthur Willis*

Zinsspanne:
jene feine Differenz, die Bankiers zu allen Zeiten ein sorgenfreies Leben garantierte. *Ron Kritzfeld*

Zirkus:

ein Ort, wo Pferde, Ponys und Elefanten zusehen dürfen, wie Männer, Frauen und Kinder sich wie Narren benehmen. *Ambrose Bierce*

Zitat:

die fehlerhaft wiedergegebenen Worte eines anderen. *Ambrose Bierce*

ein schönes Zitat:

ein Diamant am Finger eines Mannes von Geist und ein Kieselstein in der Hand eines Toren. *Spruchweisheit aus Frankreich*

Zivilisation:

die Bremse, die wir in unseren Triebwagen eingebaut haben. *Ilona Bodden*

die unablässige Vermehrung unnötiger Notwendigkeiten. *Mark Twain*

Nichts anderes als ein Farbanstrich, der vom nächsten Regen fortgewaschen wird. *Auguste Rodin*

zögern:

die Kunst, mit dem Gestern Schritt zu halten. *Anonym*

Zoobesuch:

unbewußter Ahnenkult. *Fernandel*

Zorn:

ein kostspieliger Luxus, den sich nur Menschen von einem bestimmten Einkommen an leisten können. *George William Curtis*

ein Windstoß, der die Lampe des Verstandes auslöscht. *Robert Green Ingersoll*

eine in Fahrt geratene Verstimmung. *Heinrich Wiesner*

Zucker:

ein weißer Stoff, der dem Kaffee einen schlechten Geschmack verleiht, wenn man vergißt, ihn hineinzutun. *Definition eines Schülers*

Zürich:

doppelt so groß wie der Wiener Zentralfriedhof, aber nur halb so lustig. *Aus einem ORF-Kommentar*

Zufall:

ein unvermeidliches Vorkommnis, das auf unabänderlichen Naturgesetzen beruht. *Ambrose Bierce*

der Spitzname für Vorsehung. *Nicolas de Chamfort*

der Name, mit dem man die Verdienste des anderen bezeichnet. *Jacques Deval*

die in Schleier gehüllte Notwendigkeit. *Marie von Ebner-Eschenbach*

der gebräuchlichste Deckname des Schicksals. *Theodor Fontane*

Gottes Pseudonym, wenn er sich nicht zu erkennen geben möchte. *Anatole France*

ein Wort ohne Sinn. Nichts kann ohne Ursache bestehen. *Voltaire*

Zufriedenheit:

Gemütsverfassung, hervorgerufen durch die Betrachtung der Unzufriedenheit eines Nachbarn. *Anonym*

die schwachsinnige Schwester der Dummheit. *Peter Ustinov*

Zukunft:

die Vergangenheit, die durch eine andere Tür wieder hereinkommt. *Anonym*

etwas, das meistens schon da ist, bevor wir damit rechnen. *Anonym*

jene Zeit, in der unsere Geschäfte gut gehen, unsere Freunde treu sind und unser Glück gesichert ist. *Ambrose Bierce*

die einzige Art von Besitz, die die Herren den Knechten gutwillig zugestehen. *Albert Camus*

etwas, was zu erreichen jedermann 60 Minuten in der Stunde braucht – was immer er tue, wer immer er sei. *C. S. Lewis* etwas, das die meisten Menschen erst lieben, wenn es Vergangenheit geworden ist. *William Somerset Maugham*

die Ausrede all jener, die in der Gegenwart nichts tun wollen. *Harold Pinter*

Zukunftsforschung:
die Kunst, sich zu kratzen, bevor es einen juckt. *Peter Sellers*

Zukunftsforschung treiben:
einer Zeit den Impuls fühlen. *Hermann Kahn*

Zunge:
ein Dolch aus Fleisch. *Spanisches Sprichwort*

scharfe Zunge:
der einzige geschliffene Gegenstand, der durch ständigen Gebrauch nur noch schärfer wird. *Washington Irving*

Zurückhaltung:
die Fähigkeit, andere von selbst darauf kommen zu lassen, wie bedeutend du bist. *Anonym*

grundsätzliche Zustimmung:
die höflichste Form der Ablehnung. *Robert Lembke*

Zwangsvorstellung:
Theaterabend im Abonnement. *Anonym*

Zwangsvorstellungen:
die Theaterbesuche eines Kritikers. *Robert Lembke*

Zweifel:
Wiege der Wissenschaft und Sarg des Glaubens. *Anonym*

der Anfang des Glaubens. *Oscar Wilde*

zweimal:
einmal zu oft. *Ambrose Bierce*

Zweitehe:
der Triumph der Hoffnung über die Erfahrung. *Samuel Johnson*

Zweitfrau:
mittlerweile ein Statussymbol, genauso wie der Zweitwagen und die Zweitwohnung. *George Cummings*

Zwerchfell:
ein kuppelförmiger Muskel, der die Erkrankungen der Brust von denen des Bauches trennt. *Ambrose Bierce*

Zwiebel:
ein Gemüse, das echte Frauentränen kennt. *Anonym*

Zwischenbemerkung:
das Äußerste, was ein Mann machen kann, wenn sich Frauen unterhalten. *Anonym*

Zyankali:
veraltetes Mittel, um Erbauseinandersetzungen zu regeln. *Michael Schiff*

Zylinder:
Statussymbol, das man nicht mehr auf dem Kopfe, sondern unter der Motor-Haube trägt. *Ron Kritzfeld*

Zyniker:
ein Mensch, der an nichts glaubt und alle anderen zu seinem Glauben bekehren möchte. *Anonym*

ein Mensch, der auf die, die über ihm stehen, verächtlich herabblickt. *Anonym*

wer alle menschlichen Handlungen in zwei Gruppen einteilt: offenkundig schlechte und verschleiert schlechte. *Henry Ward Beecher*

wer niemals eine gute Eigenschaft eines Menschen sieht, wohl aber jede schlechte. *Henry Ward Beecher*

ein Mensch, der die Dinge sieht, wie sie sind, und nicht, wie sie sein sollten. *Ambrose Bierce* so nennen wir Menschen, die laut sagen, was wir denken. *Pierre Daninos*

einer, der den Glauben an das Böse im Menschen noch nicht verloren hat. *Ron Kritzfeld*

ein Mensch, der, wenn er Blumen riecht, nach dem Sarg Ausschau hält. *Henry Louis Mencken*

ein Mensch, der von allem den Preis und von nichts den Wert kennt. *Oscar Wilde*

Zynismus:

der geglückte Versuch, die Welt zu sehen, wie sie wirklich ist. *Jean Genet*

Humor in schlechtem Gesundheitszustand. *Herbert George Wells*

ein Ding zu betrachten, wie es wirklich ist, nicht wie es sein sollte. *Oscar Wilde*

Hans Magnus Enzensberger